비뢰도

飛雷刀

비뢰도 21
검류혼 장편 新무협 판타지 소설

초판 1쇄 찍은 날 § 2006년 9월 27일
초판 4쇄 펴낸 날 § 2006년 10월 21일

지은이 § 검류혼
펴낸이 § 서경석

편집장 § 문혜영
편집책임 § 장상수
편집 § 서지현 · 심재영

펴낸곳 § 도서출판 청어람
등록번호 § 제1081-1-89호
등록일자 § 1999. 5. 31
어람번호 § 제2-1019호

주소 § 경기도 부천시 원미구 심곡1동 350-1 남성B/D 3F (우) 420-011
전화 § 032-656-4452 팩스 § 032-656-4453
http://www.chungeoram.com
E-mail § eoram99@chollian.net

ⓒ 검류혼, 2005

ISBN 89-251-0334-6 04810
ISBN 89-5831-855-4 (세트)

※ 파본은 본사나 구입하신 서점에서 교환하여 드립니다.
※ 저자와 협의하여 인지를 붙이지 않습니다.

飛雷刀

FANTASTIC ORIENTAL HEROES

검류혼 장편 신무협 판타지 소설

폭풍 속의 날갯짓

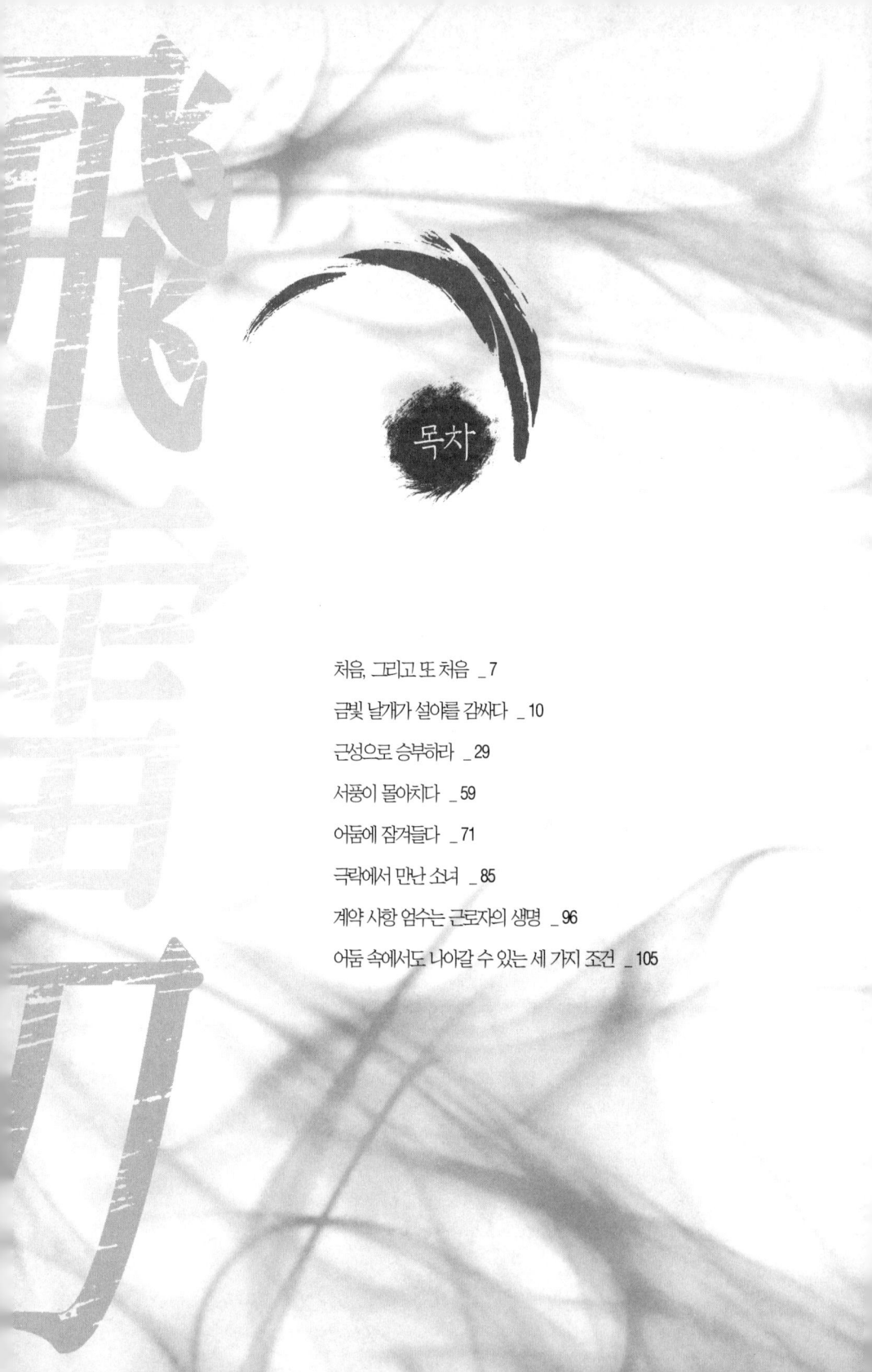

목차

처음, 그리고 또 처음 _7
금빛 날개가 설야를 감싸다 _10
근성으로 승부하라 _29
서풍이 몰아치다 _59
어둠에 잠겨들다 _71
극락에서 만난 소녀 _85
계약 사항 엄수는 근로자의 생명 _96
어둠 속에서도 나아갈 수 있는 세 가지 조건 _105

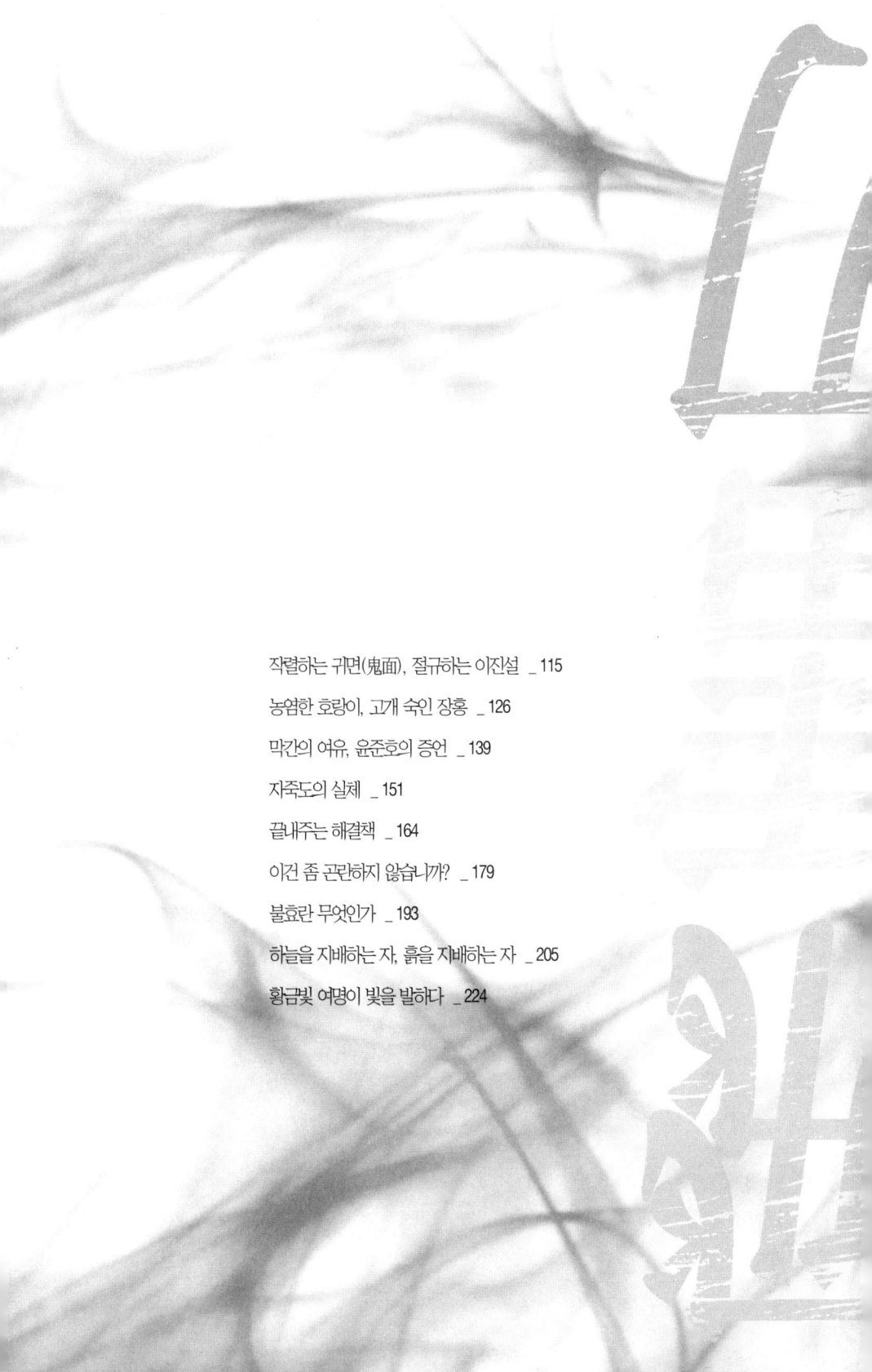

작렬하는 귀면(鬼面), 절규하는 이진설 _ 115
농염한 호랑이, 고개 숙인 장홍 _ 126
막간의 여유, 윤준호의 증언 _ 139
자죽도의 실체 _ 151
끝내주는 해결책 _ 164
이건 좀 곤란하지 않습니까? _ 179
불효란 무엇인가 _ 193
하늘을 지배하는 자, 흙을 지배하는 자 _ 205
황금빛 여명이 빛을 발하다 _ 224

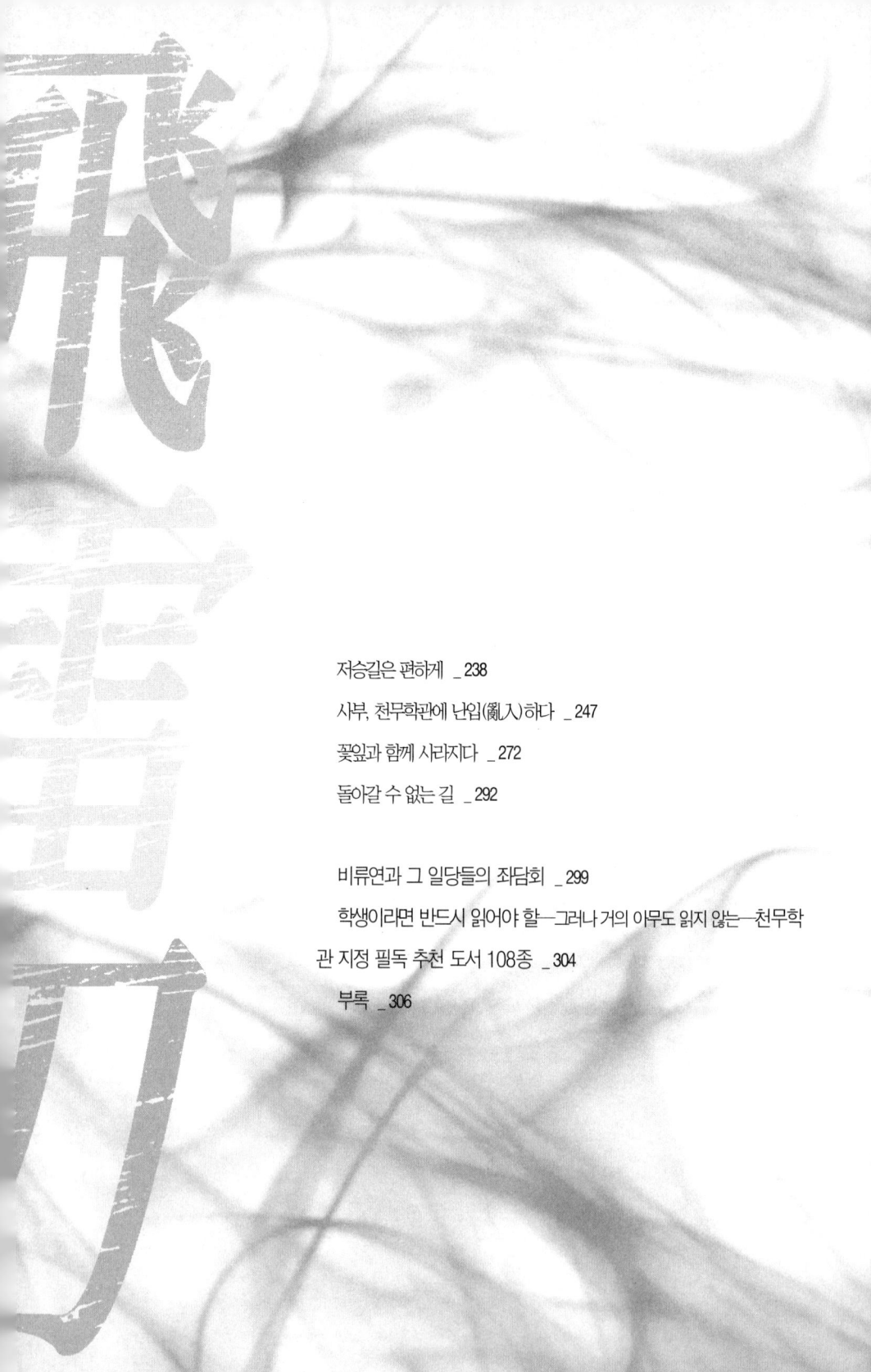

저승길은 편하게 _238

사부, 천무학관에 난입(亂入)하다 _247

꽃잎과 함께 사라지다 _272

돌아갈 수 없는 길 _292

비류연과 그 일당들의 좌담회 _299

학생이라면 반드시 읽어야 할―그러나 거의 아무도 읽지 않는―천무학관 지정 필독 추천 도서 108종 _304

부록 _306

처음, 그리고 또 처음

그때 나는 그것이 첫 만남이라고 생각했다. 그날, 그 일을 기억해 내기 바로 전까지 그것은 여전히 처음이었다. 그러나 아무렇지도 않게 다가온 그날, 망각에서 깨어난 이후 그것은 더 이상 처음이 아니게 되었다. 우리는 우리가 아는 것보다 훨씬 더 깊은 인연으로 맺어져 있었다.

그녀도 나도… 그러했다.

*   *   *

그날은 영원히 잊을 수 없을 것이다.

그 혼돈의 환마동마저 뺏을 수 없었던 찬란함을 몸에 머금고, 그녀가 나와 함께 귀환했던 날, 열광의 도가니 속에 들끓던 사람들 사이에서 그 남자의 얼굴을 확인했던 그때를.

"오오! 예린아! 이것이 꿈은 아니겠지?"

백의의 노인이 예린을 덥석 끌어안는 장면을 본 것은, 장홍들에게 제자 녀석들의 조의금 영업 결과를 보고받으며 한창 주먹의 관절을 풀고 있을 때였다.

누군데 감히 내 허락도 없이 예린을 껴안는 것일까. 처음 당장 든 생각은 바로 그것이었다. 그런 생각을 하는 사이, 노인은 어느덧 예린의 뺨까지 쓰다듬고 있었다.

"네! 아버님! 다녀왔습니다."

엷게 미소를 지으며 예린이 노인의 품에 안겼다.

아, 그 팔불출로 소문난 아버지였나? 비록 팔불출이라곤 해도 예린을 이 세상에 있게 해준 사람 중 하나. 그렇다면 감동의 부녀 상봉이라고 해도 과언은 아니겠군.

"오오! 천지신명이시여! 감사드리나이다!"

아, 저런! 감격의 눈물까지… 얼굴은 보이지 않았지만, 등과 어깨의 미세한 떨림으로 노인이 울고 있다는 것쯤은 충분히 알 수 있었다. 노인은 딸아이를 절대 놓치지 않으려는 듯 다시금 예린을 세차게 끌어안았다. 뭐랄까, 사흘 밤낮을 그대로 끌어안고 있겠다는 모종의 의지가 느껴지는 모습이었다. 아무리 부친이라도 저건 좀 과한 것 아닌가.

뭔가 조치를 취해야겠다고 생각할 때쯤 그 남자는 다행히도 예린을 슬며시 놓으며 소매로 눈물을 훔치느라 고개를 돌렸다. 바로 그 순간이었다.

쾅!

머릿속에서 뭔가가 폭발했다. 일순간에 영혼을 뿌리째 뒤흔들 정도로 거대하고 강렬한 충격이 해일처럼 밀어닥쳤다.

이럴 수가!

있을 수 없는 일이었다.

어떻게 저 남자가…….
흩어져 있던 과거가 그 순간 한 점으로 모이기 시작했다.
어떻게 잊을 수 있겠는가! 저 남자의 얼굴을!
그 얼굴은 10년이 다 되어가는 지금에도 거의 달라진 바가 없었다.
"무사히 돌아오셔서 기쁩니다, 사부!"
나는 때마침 나를 반겨주는 사람들이 다가오는 소리를 들으며, 부서져 내리는 충격을 미소로 가다듬었다. 앞으로 어떻게 할 것인가. 찬찬히 생각해 볼 시간은 충분하다.
그날은 진정한 의미에서 생환을 이룬 날. 그러니 그것을 자축하는 것만으로도 충분한 날이라고, 나는 그렇게 생각했다.

금빛 날개가 철야를 감싸다
―춤추는 연비

　사천성 회음현 아미산 부근의 한 성시. 이곳 사천성에서도 가장 맑고 향기로운 검남춘(劍南春)이 그득하기로 유명한 천향루(天香樓)에서는 감미로운 선율이 울려 퍼지고 있었다.
　파초(芭蕉) 잎에 튕겨 오르는 빗방울처럼 청아하고 맑은 금 소리. 대낮부터 꿈결 같은 금 소리가 흘러나오는 진원지는 대연회장의 중앙 무대였다. 특별한 날 특별한 손님에게만 개방한다는 이곳 대연회장이 오늘은 이열로 길게 늘어선 술상들과 손님들로 가득 차 있었다. 그럼에도 불구하고 대연회장 전체는 북적대기는커녕 마치 호수라도 된 듯 잔잔했다. 손님들의 시선은 모두 단상에서 금 한 곡조를 뜯고 있는 현의(玄衣)의 어린 소녀에게 집중되어 있었다.
　딩, 딩, 디리링……
　하얗고 가느다란 손가락이 팽팽한 금현을 연이어 가볍게 퉁겨낸다. 가녀린 섬섬옥수가 소녀의 얼굴에 드리워진 면사처럼 칠현의 우주를 하늘

하늘 누빈다. 희디흰 손가락이 춤추듯 미끄러지며 아름다운 천상의 선율을 자아냈다.

때로는 연인의 속삼임처럼, 때로는 봉황의 날갯짓처럼, 때로는 시냇물의 노래처럼, 또 때로는 폭포의 우르릉거림처럼. 천변만화하는 소녀의 금음은 피와 칼에 한평생을 담아온 거친 사내들의 혼을 일순간에 사로잡고 있었다. 소녀가 연주해 내는 선율을 감상하는 데에는 그 어떤 음악적 소양도 필요치 않았다. 그것은 그저 듣고 있는 것만으로 충분했다.

…딩!

마침내 연주가 멈추고, 아련한 선율의 반향이 가시고 나서야 사람들은 다시금 지상으로 돌아올 수 있었다.

"오오오오!"

소녀가 조신한 몸짓으로 인사하자 주객들 사이에서 우레와 같은 갈채가 터져 나왔다.

"어떻습니까?"

비단옷을 입은 중년의 사내가 상석에 앉아 있는 노인에게 넌지시 물었다. 노인은 중년인의 말에 고개를 끄덕이며 큰 소리로 찬탄을 터뜨렸다.

"흠, 좋은 음악이네. 아주 좋은 음악이야!"

언뜻 보기에 적어도 백 살은 되어 보이는 노인이었으나, 그 호기로운 말투와 우람한 풍채는 한창때인 장정 열 명도 부럽지 않을 정도였다. 게다가 자연스럽고 도도한 위엄은 노인이 오늘의 주객들 가운데서도 단연 최고의 상석에 자리 잡은 이유를 여실히 보여주고 있었다. 노인은 소녀가 연주한 음률이 마음에 드는지 연신 박수를 치며 칭찬을 금치 못했다.

"천상의 소리를 들은 게 아닌가 내 귀를 의심하게 되는구나!"

노인의 칭찬에 소녀가 겸양하며 대답했다.

"이제야 겨우 자연스레 가락을 맞추는 정도라 아직 그런 과한 평은 받을 수 없습니다."

노인은 소녀의 반응이 재밌는지 실소를 터뜨리며 반문했다.

"허허. 아직 아니라는 말인즉슨, 조만간엔 천상의 소리를 자아낼 자신이 있다는 뜻이렷다? 그래, 이름이 무엇이냐?"

"연비(燕飛)입니다."

현의의 소녀가 대답하자, 노인은 수염을 쓰다듬으며 고개를 끄덕였다.

"호오, 제비라… 그것참 어울리는 이름이로고. 겉보기에는 아직 둥지 속의 어린 제비 같다마는, 네 연주 실력을 들어보니 이미 이름처럼 날아오를 때가 눈앞이구나!"

"감사합니다."

조신하고 사근사근한 어조로 연비가 대답했다. 소녀의 목소리 또한 조금 전의 금음처럼 아름다웠다.

"허허, 너는 손가락뿐 아니라 목소리로도 음률을 연주하는구나."

노인은 즐거운 듯 너털웃음을 터뜨리며 한마디 했다. 그러자 이때다 싶은지 옆에 앉아 있던 비단옷의 중년 사내가 토를 달았다.

"설마 그래도 천하절색으로 자자한 따님만 하겠습니까?"

중년인은 나름대로 듣기 좋게 한 말이었지만, '따님' 이라는 말이 나오자마자 노인의 얼굴에서 웃음이 싹 사라졌다. 싸늘한 냉기가 노익장의 전신에서 농후하게 뿜어져 나왔다. 뭔가 중요한 역린을 건드린 것 같았다.

중년의 사내는 삽시간에 식은땀을 흘리며 자신의 실책을 후회하는 듯했지만, 이미 때는 늦어 있었다. 연회장 전체가 침묵에 잠겨들고, 여기저기서 중년인을 향해 비난의 시선이 쏟아져 들어왔다. 중년인의 늠름하던 어깨가 점점 더 작게 쪼그라들었다. 그제야 좌중의 살벌함을 눈치 챈 노인이 가볍게 헛기침을 하며 말했다.

"어흠. 아직 어린데도 정말 놀라운 기예다. 분명 엄격한 스승 밑에서 피나는 노력을 했겠지? 정말 장하다, 장해. 그렇지 않나, 동생?"

노인은 또 다른 옆 자리, 즉 비단옷의 중년인과 대칭되는 자리에 앉은 사내를 향해 물었다. 동생이라 불린 사내는 노인처럼 백의를 걸치고 있었는데, 아까부터 계속 뚱한 얼굴로 술을 홀짝이고 있는 참이었다. 연주도 듣는 둥 마는 둥 쉴 새 없이 술잔을 털어 넣는 바람에 벌써부터 얼굴에 벌겋게 취기가 올라 있었다.

"글쎄요, 나 같은 못난이한텐 형님 같은 음악적 감수성이 좀처럼 생겨먹질 않아서 말이외다. 끅!"

혀 꼬부라진 말로 사내가 대답했다. 비꼬는 기색이 역력했.

그는 여기 모인 이들 중 유일하게 소녀의 금음에 흥미를 보이지 않던 이였다. 소녀의 연주가 계속되던 때에도, 모든 이들의 이목이 소녀를 향해 집중되어 있을 때에도 그는 자신의 피를 술로 못 바꾸는 게 한스러운 사람처럼 혼자서 술잔을 끊임없이 비워 나갔을 뿐이었다.

"자네, 술이 좀 과했나 보군."

이런 자리에서 언성을 높일 수는 없는 노릇인지라 노인은 눈빛으로 주의를 주는 수밖에 없었다. 검남춘은 안 그래도 독한 술이거니와 이런 자리에서 혼자 연이어 술을 들이키는 것은 다른 주객들에게 심한 결례다. 그러나 노인의 경고는 별 효과가 없었다.

"끅, 나 같은 팔병신이 술 퍼마시는 것 말고 뭘 할 수 있겠소이까? 안 그렇소, 형님?"

사내는 게슴츠레 풀려 버린 눈동자로 노인을 바라보며 한쪽 소매를 시위하듯 내저었다. 그의 오른쪽 소매는 텅 비어 있었다.

"일천!"

부아가 치민 노인이 참지 못하고 사내에게 호통을 쳤다.

"크크크, 내 비록 팔병신이긴 하나 귀머거린 아니외다. 끅, 딸꾹!"

하나 남은 왼손으로 다시 술잔에 술을 채우며 일천이라는 자가 대꾸했다.

"남궁 호위! 아무래도 부총령의 술이 과한 듯싶네. 방으로 모셔가 쉬시도록 부축해 드리게."

노인이 명하자 노인의 우측 배후에 시립하고 있던 자가 포권을 하며 응답했다.

"예, 맹주님! 자, 가시지요, 부총령님."

탁!

명을 받은 호위가 손을 뻗자 일천은 거칠게 손을 뿌리치며 일갈했다.

"만지지 마라!"

일천의 갑작스런 돌발 행위에 장내는 한층 더 쥐 죽은 듯 조용해졌다.

"이젠 축객령이오? 끄윽."

일천은 게슴츠레한 눈으로 노인을 쏘아보며 한마디 했다.

"……"

노인은 딱딱하게 굳은 얼굴로 입을 꾹 다문 채 대답하지 않았다. 분노를 억누르느라 상당한 인내심을 소모하고 있는 것 같았다.

"이젠 이 못난 아우랑 이야기도 하기 싫은 모양이우?"

흥이 떨어졌는지 일천은 시선을 돌려 장내를 이리저리 훑어보았다. 이 때라면 바늘이 떨어지는 소리마저 똑똑히 들릴 것 같은 정적이 장내를 감싸고 있었다. 주객들은 다들 그와 눈을 마주치지 않기 위해 필사적이었다. 그 모습이 만족스러웠는지 일천의 입가에 씨익 미소가 맺혔다.

"아, 농담이오, 농담! 너무 썰렁해서 내가 다 춥구만. 이보게, 자네. 남궁가의 둘째 남궁진이라 했나?"

일천의 물음에 그를 데려가려던 남궁 호위라는 자가 답했다.

"그렇습니다."

"듣자 하니 형보다 더 능력이 출중하다던데?"

어딘가가 비틀린 일천의 질문에 남궁진은 정색을 했다.

"설마 그럴 리가요. 제가 어찌 감히 형님의 능력에 미칠 수 있겠습니까?"

일천의 입가에 비릿한 조소가 맺혔다.

"흐흠, 그런가? 그 형님께서 여기 이 자리에 계셔서 그런 건 아니고?"

쾅!

살벌한 소리를 내며 술잔이 거칠게 탁자에 부딪쳤다. 눈썹을 찌푸리며 술잔을 내려친 사람은, 좀 전에 실책을 범한 뒤 계속 떨떠름한 얼굴로 앉아 있던 예의 그 중년인이었다.

"이보게, 부총령! 자네는 우리 아우에게 무슨 말을 듣고 싶은 건가? 혹은 내게 무슨 할 말이라도 있는 겐가?"

일천의 시선이 데구루루 중년인에게로 굴러갔다.

"아, 지부장님. 여기 계셨었군요. 제가 미처 몰랐습니다그려?"

좀 전의 대화, 그리고 앉아 있는 위치를 고려해 보면, 중년인이 있는 줄 몰랐다는 말은 어느 모로 보든 어불성설이었다.

"자네도 저런 성질이 불같은 형님을 둬서 고생깨나 하겠구먼. 장손인 사람은 절대 이런 설움 모르지. 안 그런가? 남궁 호위, 앞으로도 우리 형님 잘 부탁하네. 변방으로 쫓겨난 나 같은 팔병신보다 몇천 배나 귀하신 우리 가문의 장손이자 지존이시니 말일세."

일천의 말을 듣는 남궁진의 얼굴은 몹시 일그러져 있었다. 불쾌하기 짝이 없는 언사와 극에 달한 무례함은 실로 참기 힘들었지만, 호위의 입장에서 자신이 모셔야 할 상대에게 먼저 칼을 들이밀 수는 없는 일이었다. 또한 일천의 말에는 섣불리 건드리기 힘든 증오가 날카로운 가시처럼 서려 있었다.

"무, 물론 제 목숨을 바쳐서라도 본분을 다할 생각입니다."

간신히 뱉어낸 남궁진의 말에 일천은 피식 웃으며 손을 휘휘 내저었다.

"그럼 수고하게."

일천은 술병을 병째 들고 자리에서 일어섰다. 그가 휘청거리는 걸음으로 계단을 내려가자, 잔뜩 긴장하고 있던 주객들이 그제야 참고 있던 한숨을 길게 토해냈다.

어색한 침묵.

솜은 물에 젖으면 통나무처럼 무거워진다고 하지만, 공기는 침묵에 젖어들면 쇳덩이보다도 무거워지는 법.

일천이라는 자는 연회장에서 사라졌지만, 그가 남긴 침묵은 한참이나 좌중을 무겁게 짓눌렀다. 누구 하나 감히 입을 여는 이가 없었다. 다들 자기 아닌 다른 누군가가 첫 칼을 뽑아주길 바라는 것이다. 이럴 때는 높은 사람이 울며 겨자 먹기로라도 솔선수범하지 않으면 부하들의 신망을 잃어버리게 된다. 그리고 그 칼자루를 쥐어야 할 자는 아무래도 지부장이라 불린 중년인 같았다.

"어, 어흠! 어째 분위기가 많이 죽었군. 크흠크흠, 그래, 연비라고 했던가?"

목에 가래라도 끓는지 지부장이 연신 헛기침을 하며 물었다.

"예."

조금 전까지 싸늘한 풍경 속에 있었음에도 소녀의 안색은 평온했다. 면사로 가리기는 했지만, 언뜻 보기로 아무리 많이 잡아도 열서넛이 채 안 된 나이치고는 매우 담대한 모습이었다.

'이런 상황에서도 저리 침착할 수 있다니, 어린 나이에도 정신 수양이

상당하구나!'

연비라는 소녀의 차분한 모습에 그는 속으로 감탄을 터뜨렸다.

"내 듣기론 천향루의 묵연비(墨燕飛)는 음률 말고도 또 다른 절예(絶藝)가 있다고 들었다. 그렇지 않느냐?"

그 말이 노인을 비롯한 주객들의 호기심을 자극한 모양이었다.

"호오, 그것은 또 무엇이냐?"

노인이 솔깃해진 얼굴로 물었다.

"절예라니요. 소문이 과장되었나 봅니다."

연비는 나이답지 않게 일단 겸양했다. 노인은 다시금 기분을 회복했는지 재밌어하는 얼굴로 답했다.

"무슨 기예인지는 몰라도 어디 한번 보자꾸나."

"글쎄요, 괜히 좋은 자리만 어지럽힐까 두려워서……."

연비는 내키지 않는지 다시금 사양했다. 노인이 더 이상 거절을 당했다가는 또다시 어색한 상황이 될까 봐 지부장이 제법 호탕하게 웃으며 말을 막았다.

"하하하하! 천향루의 제비가 날아오르는 모습은 선녀가 춤을 추는 것보다 구경키 어렵다더니, 이제야 그게 무슨 말인지 알겠다!"

지부장의 말에 겨우 의문이 풀린 듯 노인이 고개를 끄덕였다.

"흐흠, 춤인가 보군. 그 춤이 그리도 대단하오, 남궁 총령?"

노인은 지부장을 남궁 총령이라고 부르며 물었다. 아마 지부장과 총령은 동일한 칭호인 것 같았다. 그렇다면, 일천이라는 자는 부총령이라 불렸으니 남궁 총령의 직속 부하인 셈이었다. 그러나 직속 부하에게 '성질이 불같다'는 말을 들었던 남궁 총령은, 그 악평과는 달리 금세 불쾌했던 기분을 감추고 시원시원한 목소리로 노인에게 맞장구를 치고 있었다.

"물론이고말고요! 그 춤은 흡사 선녀의 천무와도 같다고 합니다. 이미 이 사천 바닥에선 유명한 얘기지요."

"호오, 그런 춤이라면 꼭 한 번 보고 싶구려."

이렇게 되면 사천의 지부장인 남궁 총령으로서는 어떻게든 그 사천 바닥에서 유명하다는 춤을 보여주어야 했다. 아쉬움을 남기는 접대는 안 하느니만 못한 법. 하물며 상사의 접대는 먹을 것이 모자라면 간이라도 빼서 바쳐야 한다지 않던가. 남궁 총령은 이런저런 위기감에 호기를 부리기로 했다.

"좋다! 만일 네 춤이 소문대로 훌륭하다면, 그래서 이 자리에 다시금 흥을 돋울 수만 있다면 내 크게 보답하겠다!"

"그 말씀이 정말이신지요?"

지부장의 제안에 연비가 야무진 목소리로 되물었다.

"물론이다!"

그는 옳거니 속으로 쾌재를 불렀다. 그러나 때 이른 자축이었는지, 소녀는 생각만큼 쉽게 넘어오지 않았다.

"하지만 어르신 같은 분이 '크게' 보답을 하신다니, 과연 어린 제가 감당할 수 있는 것인지 두려워 몸둘 바를 모르겠습니다."

돌려서 말하기는 했지만, 쉽게 말해 '큰 보답'을 명확한 액수로 제시해 달라는 뜻이다. 지부장은 속으로 헛바람을 들이켰다. 껍데기만 여리디여린 소녀지, 알맹이는 완전히 강호에서 수십 년을 굴러먹은 장사치 저리 가라였다. 그렇다고 그의 입장에서는 꼴사납게 홍정을 할 수도 없는 상황이니, 뒤탈이 없도록 넉넉하게 해두는 편이 좋을 것 같았다.

"허허허, 야무지기는. 내 너에게는 두 손 다 들었다. 더 이상 기다리다 지쳐 쓰러지겠구나."

지부장이 장난스레 두 손을 드는 것을 보고 나서야 연비는 비로소 방긋 미소를 지었다. 두 손에 달려 있는 것은 열 손가락, 다시 말해 숫자 십(十). 높으신 분이 중요한 자리에서 하는 약속이니 단위는 당연히 금(金)! 즉, 지부장은 은유적으로 금 열 냥을 약속한 것이었다. 춤 한 번에 금 열 냥이라니, 서민들이 들으면 입에 거품을 물고 쓰러질 정도의 횡재다.

"풋, 알겠습니다. 그러시다면……."

짝짝!

연비가 가볍게 손뼉을 치자, 대기하던 악대들이 단상 위로 우르르 올라왔다.

"우리까지 부르다니 별일이구나. 그동안 손가락 관절에 녹스는 줄 알았다."

대금을 잡은 노인이 한마디 했다.

"그거야 늙어서 뼈가 굳어 그런 거구. 간만에 솜씨 한번 보이려나 보지?"

북채를 잡은 노인도 기다렸다는 듯 한마디를 던졌다.

"좋은 물에서 좋은 술이 나온다는데, 춤도 마찬가지겠지요. 허접한 가락은 싫으니 잘 부탁드려요."

나긋나긋하면서도 똑 부러지는 연비의 답이었다.

"허허, 아직 어린 처자가 듣는 귀는 있어 가지고. 요즘 실력을 보일 데가 없어 따분했는데 잘됐지."

금(琴)을 담당하는 가장 나이가 많아 보이는 맹인(盲人)노인이 즐거이 말했다.

"곡은 어떤 걸로?"

노인의 질문에 연비가 손을 앞으로 뻗었다. 네모 반듯 단정히 개어놓은 은빛 주단이 손에 와 닿았다. 어느새 기척도 없이 연비의 주변을 깨끗이 치우고 가면서 잔심부름꾼이 건네준 물건이었다.

"향정의 〈금시비설야(金翅庇雪夜)〉."

연비의 말에 맹인노인은 의외라는 듯 눈썹을 움찔거렸다.

"금시비설야라… 정말 오랜만이군. 거 간만에 실력 발휘 좀 해야 쓰겠는걸."

여러 번 춤을 췄지만 좀처럼 추지 않던 환상의 춤이었다. 오늘은 손님이 손님인지라 최고의 기량을 선보이기로 작정한 모양이었다. 그래도 이들은 평생 동안 연주로 잔뼈가 굵은 사람들이었다. 사천제일이라는 천향루의 전속 연주자들이니 명인에 가까운 실력을 보유하고 있는 것은 당연한 일이다.

사라락.

연비는 하얀 면사를 걷어내면서 아무도 듣지 못할 작은 목소리로 중얼거렸다.

"그래야 사부가 절 이곳에 보낸 보람이 있지요."

딸랑, 딸랑…….

은은한 방울 소리와 함께 나직한 대금 소리가 바람처럼 울려 퍼졌다. 춤은 이미 시작되어 있었다.

　　　　　　＊　　　＊　　　＊

중앙 연회장으로부터 얼마 떨어지지 않은 후원에 위치한 고급 객실. 원래는 아기자기한 침상과 호화로운 장식들이 돋보이는 방이었지만, 지금은 어두침침해서 윤곽만 겨우 잡힐 뿐이다. 밖은 아직 환한 대낮임에도 불구하고 창문을 모조리 닫아놓은 채 검은 천을 덧씌워놓았기 때문이다. 방에는 그 흔한 촛불조차도 켜져 있지 않았다.

그 어두컴컴한 방 한구석에 가녀린 소녀 하나가 무릎을 껴안고 앉아 있었다.

짹짹! 뽀로롱!

그나마 어두운 방에서 유일하게 생기를 띠고 있던 작은 새가 불안한 듯 횃대를 부리로 찍으며 지저귄다. 아마도 조금 전부터 부서져라 문짝을 두들겨 대는 소리 때문이리라.

쿵쾅! 쿵쾅!

"예린아! 숙부가 왔는데 나와 보지도 않느냐!"

"이러시면 안 됩니다, 부총령님!"

"그만 돌아가 주십시오."

"시끄럽다. 어찌 숙부가 조카를 보는 데 일일이 호위들의 허가가 필요하단 말이냐?"

짹짹짹! 짹짹!

불안감이 커져 가는지 새가 연신 날갯짓을 하면서 초조하게 지저귄다. 소녀는 무릎을 껴안은 손가락에 힘을 잔뜩 주면서 눈을 꼭 감았다.

"맹주님께서 아무도 들이지 말라 하셨습니다. 부총령님도 잘 알고 계시지 않습니까?"

"네놈들, 감히 내가 누군 줄 모르느냐?"

"물론 알고 있습니다."

"그런데도 감히 내 앞길을 막아?"

"맹주님이나 아가씨의 명(命)이 아니면 저희도 어쩔 수 없습니다."

쾅쾅쾅!

"에잇, 시끄러운 것들! 예린아, 듣고 있는 것 다 안다. 네가 나와서 이것들에게 뭐라고 말 좀 해주거라!"

소녀, 즉 예린은 움찔 몸을 움츠리며 귀를 틀어막았다. 무릎 사이로 얼굴을 파묻으며 숨을 죽였다, 마치 크게 숨을 내쉬면 잡혀가기라도 할 것처럼.

쾅쾅쾅! 쾅쾅쾅!

짹짹! 짹짹짹짹!

……

얼마나 흘렀을까.

그토록 원하던 침묵이 찾아왔다.

소란이 가라앉고 새도 조용해지자 예린은 슬며시 고개를 들었다. 무척 예쁜 소녀다. 어두침침한 방에서도 백옥처럼 희고 부드럽게 은은한 빛을 발하는 살결. 어둠 속을 투명하게 꿰뚫는 검은 두 눈동자에는 신비로운 마력이 담겨져 있다.

누구라도 이 소녀를 본다면 아름답다고 생각하리라. 불행은 그곳에서 시작되었다. 예린은 생각했다.

'왜 사람들은 나를 손에 넣고 싶어 안달인 걸까?'

어릴 적부터 유난히 납치의 위험에 많이 노출되는 체질이었다. 그래도 무수한 납치 시도가 하나같이 실패로 돌아간 것은 모두 그녀의 아버지, 나백천 덕분이었다. 아버지가 그 권력과 전력을 다해 지켜주지 않았다면 분명 이렇게 무사하지는 못했으리라.

호위병도 숱하게 뒀었다. 그러나 호위병이 납치범으로 돌변해 버리는 사건이 이따금 발생하자, 그 이후로는 아무리 나백천이라 해도 남자 호위병은 도리어 꺼릴 정도가 되었다. 고육지책으로 여자 호위를 쓴 적도 있었지만, 여자 호위는 구하기도 힘들뿐더러 가끔씩은 그마저도 돌변할 때가 있었다. 그만큼 나예린의 마력은 압도적이었다.

두 달 전에 여자 호위병을 주축으로 한 어이없는 납치 미수 사건을 겪은 후, 나백천은 결국 그 어떤 호위 체계도 믿지 못하게 되었다. 항상 자신의 가까이에 딸아이를 두고 보호하기로 결심한 것이다. 특히나 업무

처리 때문에 어쩔 수 없이 사천에 오면서부터는 위험에 대한 대비가 극에 달해서, 예린은 거의 감금이나 다를 바 없는 생활을 하게 되었다.

하지만 그녀는 그래도 전혀 불만이 없었다. 왜 그렇게 되었는지는 몰라도 그런 일이 반복된다는 것은 이미 현실이다. 부모님이나 어린아이를 제외한 인간들 모두가 그녀에겐 공포의 대상이었다. 더욱이 원하진 않았지만 우연찮게 생겨 버린 능력이 그녀의 대인기피증을 악화시켰다.

용안(龍眼)!

마음의 단편을 읽어내는 능력이다. 독심술 같은 것은 아니었다. 오히려 상대의 마음이 넘칠 때마다 그녀에게로 흘러들어 오는 느낌. 그것은 결코 유쾌한 경험이 아니었다.

'나는 왜 이렇게 된 걸까?'

원망한 적도 한두 번이 아니었다.

납치의 위험으로도 문제는 끊이지 않는데, 그때마다 엿보이는 사람들의 마음, 특히 사내들의 마음은 사갈보다도 더 추악했다. 넘실거리는 검은 악의 덩어리가 잔뜩 쌓인 늪의 가장 깊은 밑바닥을 훔쳐보는 듯한 느낌이었다. 짙은 독기를 쏘일 때마다 그녀는 며칠, 혹은 일주일 이상 앓아 누워야만 했다. 인간들의 악의와 독기에 대해 그녀는 너무나 면역력이 없었다. 순수한 마음으로 견디기엔 너무도 강렬했다.

너무나 추악하고 더러웠다.

어른들 사이에 서 있기만 해도 그 자욱한 독기에 구토가 나올 것만 같았다. 살아남으려면 어떻게든 어둡진 구석에 작은 몸을 구겨 넣을 수밖에 없었다.

사방 어디에고 사람이 없는 곳은 없었다. 부모님과 함께 사람이 없는 곳으로 도망치고 싶었다. 그러나 그것은 불가능했다. 그녀는 아직 너무도 어렸다.

"어디론가 도망가고 싶어……."

어두운 방에서 무릎을 꼭 끌어안은 채 예린은 쓸쓸히 중얼거렸다.

*　　　*　　　*

수십 명의 사람들 가운데에 화려한 잔칫상이 차려져 있다. 모두들 기도가 범상치 않고 일신에 병장기를 휴대하고 있는 것으로 보아 무림인들의 무리임이 분명했다.

그들은 사천성을 총괄하는 사천 지부 지부장 전룡검(電龍劍) 남궁현과 그 일파였다. 오늘 그들은 매우 중요한 손님을 맞아 이곳에 주안상을 마련한 참이었다.

그러나 왜일까. 평소에는 피와 술에 들끓던 이들이 오늘은 좀처럼 술잔을 부딪칠 생각도 않은 채 오직 한곳으로 시선을 향하고 있었다. 게다가 모두들 손가락으로 무릎을 두드리거나 어깨를 가볍게 들썩거린다. 마치 저마다 근육 어딘가에 짓눌려 있었던 최후의 감수성이 알 수 없는 계기를 통해 한순간에 예술 혼으로 촉발된 것 같았다. 그 알 수 없는 계기를 제공한 것은 단상 위에서 춤사위를 밟고 있는 소녀, 연비의 모습이었다.

'비록 춤이라고는 하나 아직 어린 나이에 저 정도의 경지에 오를 수 있다니, 분명 고명한 스승에게서 수업을 받았겠구나.'

춤사위를 구경하기에는 최고의 명당인 중앙 상석에 앉아 있던 노인이 고개를 끄덕이며 감탄했다.

금시비설야(金翅庇雪夜)라… 금빛 날개가 눈 나리는 밤을 뒤덮는다니. 그럴듯하긴 해도 화창한 대낮에 추기에는 적당한 선곡이 아니다. 그러나 은은한 방울 소리가 주문처럼 울려 퍼지고 서늘한 대금 소리가 바람처럼 장내를 스쳐 가자, 사람들은 어느새 '밤[夜]'이 찾아왔다는 것을 깨달았다.

칠흑처럼 깊고 검은 옷자락이 연비의 몸을 감싸고 사람들의 시야를 가득 메운다. 잡힐 듯하면서도 잡히지 않고, 날아갈 듯하면서도 영혼을 옭아맬 것 같은 아득한 칠흑의 물결. 그러나 그 취할 것 같은 어둠의 자락도, 그윽한 금(琴)의 선율과 함께 흩뿌려진 은빛의 눈보라에는 은은히 잠겨들 뿐이었다.

차라랑, 차라랑…….

유리인지 진주인지 모를 빛의 파편들이 올올히 박힌 주단이 연비의 손에 나부낄 때마다 이루 말할 데 없는 미성(美聲)이 빛과 함께 부서져 내린다. 은빛의 주단은 그녀의 검은 옷자락을 휘감으며 겨울밤에 피어나는 매화처럼 춤사위에 향기를 더했다.

그러나 사람들의 시선을 한결같이 사로잡고 있는 것은 꿈결 같은 어둠의 자락이나 매화처럼 흩뿌려지는 은빛의 주단이 아니었다. 사라락 면사를 걷어낸 자리에서 나타난 그것, 마치 금빛의 영혼을 깊은 심연에 아로새겨 놓은 듯한 연비의 눈동자였다.

살며시 드리워진 짙은 속눈썹 밑에서, 햇살을 받을 때마다 빛이 아로새겨진 눈동자가 투명한 금빛을 발할 것 같았다. 금빛은 종종 타오르는 불로 묘사된다지만, 저것은 흡사 물빛이라고 해도 납득할 만한 투명하고 서늘한 호안석(虎眼石)의 빛깔. 그 눈동자가 아름다운 선율과 함께 흔들릴 때마다 주변의 모든 것이 빛을 잃는 듯했다.

"허허… 실로 눈 나리는 밤을 뒤덮는 금빛의 날개 같구나."

노인 자신도 모르게 터져 나오는 탄성. 이것이 몇 번째인지도 잊어버린 탄성이었다. 단순히 눈동자나 의상, 선율의 아름다움 때문이 아니었다. 춤이나 음악에 대해서 해박한 것은 아니지만, 노인이 보기에도 연비의 춤은 뜨내기로 배운 그저 그런 솜씨가 아니었다. 잠재된 아름다움을 극으로 끌어올려 눈앞에서 환상을 빚어낸다는 것은 육체의 가능성을 최고로 끌어내고자 하는 의지. 수천 수만 번의 반복 끝에 얻어지는 실력이다.

'아름다운 춤이라는 것은 분명 저런 형태의 것이겠지.'

동작 하나하나가 절도있으면서도 기품있는, 그러면서도 소녀답지 않은 힘이 느껴지는 현묘한 춤. 어떤 것이든 일정 경지 이상 오르면 문외한에게도 모종의 경외감을 주게 된다. 비록 무(武)와 춤[舞]이 영역은 다르다 하나, 노인은 아낌없는 박수를 보냈다.

'불쾌한 일정이 될 줄 알았는데 의외로 좋은 구경을 하는군.'

노인의 이름은 나백천, 소위 강호무림의 지존이라 불리는 무림맹주였다. 그가 금지옥엽(金枝玉葉)까지 데리고 모종의 일 처리와 시찰을 동시에 처리하고자 사천 땅에 발을 들이자마자 사천 지부장인 남궁현은 다짜고짜 환영의 주안상을 마련했다.

업무 보고는 뒷전으로 하고 접대를 우선시한 남궁현의 일 처리에 은근히 괘씸해하던 나백천은 그제야 진심으로 웃음을 보였다. 이런 자리에서 의외로 저런 것을 볼 수 있을 줄이야. 범상하지 않은 것, 빼어난 것을 본다는 것은 언제나 기분 좋은 경험이었다. 좀 전의 일 때문에 날이 서 있던 신경이 스르륵 눈 녹듯 누그러졌.

'그래도 어디 두고 보자.'

챙길 건 챙기는 나백천이었다. 공사 혼동은 그의 소신에 위배되는 행위였다.

챠라라락, 딸랑.

마침내 음악이 멈추는 것과 동시에 방울이 흔들렸다. 주문이 풀리는 것처럼 연비의 춤사위가 우뚝 멈추었다. 밤의 물결이 사라지고, 흩뿌려지던 눈발이 땅속으로 스며든다. 연비가 고개를 숙이자 금빛의 날개가 파르르 떨리며 날개를 접었다.

"와아아아아아아!"

우레와 같은 박수가 터져 나온 것은 다들 춤이 만들어낸 설야(雪夜)의 환상에서 깨어나고도 한참 후의 일이었다.

     *   *   *

"젠장! 망할 놈의 변태 영감들!"

비좁은 방에서 거칠게 잡동사니들을 바닥에 내던지고 있는 것은, 방금 전 주객들의 환호성을 들으며 중앙 연회장에서 돌아온 연비였다.

"어디다 눈을 힐끔힐끔거리는 거야! 나잇값도 못하고 입에서 침이라니! 우욱, 이놈이고 저놈이고 사내들이란!"

콱콱콱!

아직도 분이 풀리지 않는 듯 발로 마구 짓밟는다. 다소 묘한 것은, 어쩐지 약간이나마 돈이 될 만한 것들은 과격한 발길질에 화를 입지 않고 무사하다는 점이었다.

"에휴!"

소녀는 한숨을 내쉬며 경대 앞에 놓인 의자에 털썩 주저앉았다. 옆을 힐끔 보자 구릿빛 거울이 눈에 들어온다. 화려한 문양이 양쪽에 조각되어 있는 고가품으로 거의 연비의 전용 물품이었다.

얼음처럼 반드르르했던 거울이 어느덧 입김과 손때에 얼룩져 있었다. 다행히 화장을 고치는 데 쓰기에는 불편함이 없었다. 동경 안을 들여다보니 익숙하지 않은 얼굴이 연비를 반겼다.

"칫!"

여전히 낯선 얼굴이다.

"내가 왜 이런 꼴을 당해야 하는 거지?"

해답은 뻔했다. 그 이외에 무슨 또 다른 이유가 있겠는가. 원인은 정말 확고부동했다.

"이게 다 그 망할 사부 때문이야!"

근성으로 승부하라
―왕만두와 유리면구(琉璃面具)

"넌 이제 음률을 배웠다. 햇병아리 수준이지만 그럭저럭 들어줄 만하지. 그러나 음률을 안다고 해도 그것을 몸으로 체득하지 못하면 그저 취미 생활에 그칠 뿐이다. 그러니 이제 그 다음 단계로 넘어갈 때가 된 것 같다."

사부가 진중한 얼굴로 그럴듯한 말을 읊조린다. 그 엄숙한 말씀을 차분히 듣고 있던 열한 살짜리 소년, 즉 비류연은 조금씩 뻣뻣하게 인상을 굳히기 시작했다. 이럴 때면 언제나 안 좋은 일이 생기곤 한다는 것을 소년은 이미 본능적으로 알고 있었다.

"다음 단계라뇨?"

퉁명스런 반문에 사부는 한심하다는 듯 고개를 절레절레 저었다. 어쩐지 불길한 예감이 더욱더 짙어졌다. 이때쯤 펼쳐지는 사부의 궤변은 불행으로 향하는 전형적인 지름길일 터.

"가장 좋은 건 역시 실전이지. 넌 이제부터 실전으로 단련해 실전에서 검증받아야 한다. 검증받지 않은 것은 필요없다. 그런 건 없는 거나 마찬가지지. 난 그런 흐지부지 애매모호한 것은 딱 질색이다. 넌 자신의 음률에 만족하느냐?"

아아, 역시 불행으로 향하는 길은 열리고 말았다. 비류연은 한숨을 내쉬며 사부의 말에 대답했다.

"하아, 물론이죠. 난 천재니까요."

딱!

기다렸다는 듯 꿀밤이 날아왔다.

"천재 타령은 그만 해라. 넌 그 음률이 남에게 어떻게 들릴지 생각해 본 적이 있느냐? 익히기만 하고 선보이질 않았으니 어찌 알겠느냐?"

"별로 궁금하지 않은데요."

딱!

"그것은 그 음률이 너 안에만 존재하고 남에게는 존재하지 않는다는 뜻이다. 그럼 그것이 너 혼자만의 착각이 아니라고 어떻게 보장할 수 있겠느냐? 그러니 자기 안에 확신이 …(중략)… 세상과 부딪쳐 …(중략)… 너 자신을 확인하도록 …(중략)… 하나로 합일할 수 있을 것이니……."

"그 말인즉?"

비류연이 기괴한 장광설을 끊고 반문하자 사부는 대뜸 뭔가 뭉실뭉실한 것을 꺼내 들어 보였다.

어디서 구한 것일까? 알 수는 없지만 비류연의 눈앞에 펼쳐진 것은 명백한 여자 옷, 그리고 어서 냉큼 입지 못하겠냐는 무언의 압박이었다.

"왜요? 왜 내가 여장 따윌 해야 되는데요?"

비류연은 열과 성을 다해 강력히 항의했다.

"싫은 게냐?"

"당연한 말씀!"

이런 일에는 호불호를 묻는 쪽이 오히려 이상한 거다. 그러나 사부는 전혀 그렇게 생각하지 않는 모양이었다.

"어리석은 녀석! 이 세상의 절반은 여자다. 음양이 조화로워야 태극이 운행하고 만물이 생성되는 법. 어찌 한쪽 면만 보고서 진인(眞人)의 경지를 이루겠느냐? 음과 양, 정과 반의 양면을 알고 그것을 조화시킬 수 있어야 진정한 인간으로 거듭날 수 있는 것이다."

나름대로 거창한 이론이었지만, 비류연은 그 말에 혹하지 않았다.

"하지만 성전환이 가능한 건 아니잖아요? 어차피 난 남자라구요."

그 사실은 변하지 않는다. 그의 성 정체성은 확고했다.

"안 된다고 포기하다니, 이런 근성없는 놈!"

사부는 그야말로 몹쓸 것을 봤다는 듯 면박을 주며 호통 쳤다.

"그게 근성이란 무슨 상관이에요!"

아무 데서나 근성이 통하는 건 아니다.

'도대체 여장 하는 거랑 근성이랑 무슨 상관이람? 논리가 부족하잖아, 논리가!'

비류연이 속으로 구시렁거렸다. 아무리 하늘처럼 모셔야 할 사부라지만, 설득력없는 건 설득력없는 거다. 아니지. 애초에 진지하게 설득하려는 마음이 있는지조차 의심스러웠다.

"네 이놈! 감히 하늘 같은 사부님께 반항할 셈이냐!"

하지만 비류연에게는 그런 호통도 먹혀들지 않았다.

"논리도 설득력도 없는 말은 부처님이 와서 말해도 듣지 말라면서요? 틀렸나요? 설마… 이제 와서 가르침을 번복하실 생각은 아니시겠죠?"

오히려 대든다. 잘못한 게 아닌데 일일이 넘어갔다가는 끝이 없다는 것을 이미 본능으로 체화하고 있었던 것이다.

"어허, 내가 널 잘못 가르쳤구나!"

노사부가 탄식하며 말했다.
"잘 가르치신 거죠. 실천이 빠르잖아요."
단 한마디도 지지 않는다. 귀염성이라고는 없는 놈이라고 다시 한 번 사부는 탄식했다.
"귀여움? 그딴 건 키워서 뭐 하게요?"
불신에 가득 찬 목소리로 비류연은 어깨를 으쓱했다.
"쯧쯧, 무르구나! 물러! 귀여움의 파괴력을 모르다니! 이 세계에는 강함만으로는 통하지 않는 부분이 있다. 어느 한쪽만 갖춘다면 언젠가 한계에 부딪치게 마련! 강함과 부드러움을 겸비한 자만이 그 벽을 뛰어넘을 수 있는 것이다."
사부는 세상을 진리의 빛으로 일깨우겠다는 이상한 사명감에 젖어 열변을 토했다.
"그런가?"
그러나 소년 비류연의 반응은 여전히 냉담할 만큼 시큰둥했다.
"좋다. 네가 정 바란다면 빈틈없는 논리의 철옹성으로 너의 그 방만한 태도를 바로잡아 주마!"
둘째 손가락을 소년의 코앞에 들이대며 사부가 선언했다.
"그러시지요."
해볼 테면 해보라는 듯 비류연이 말을 받았다.
"오냐! 그럼 시작하마!"
"언제든지!"
둘 다 마치 결투에 임하는 검객 같은 태도였다. 사실 첨예한 논리를 무기로 상대의 허를 파훼한다는 점에서는 이런 것도 정신적인 대결의 장이 아닌가.
"좋다. 우선 한 가지 가정을 해보자. 너는 물 조금과 왕만두 다섯 개를 가지고 닷새 거리의 길을 걷고 있다. 그곳은 달리 식량을 구할 수 없는 험난한 길이며, 왕만두 하나를 먹으면 겨우 하루를 버틸 수 있지. 알겠느냐?"

사부가 물었다.

"이상한 가정이지만 뭐 그렇다 치죠."

비류연은 경계심을 풀지 않고 답했다. 이럴 때 순순히 고개를 끄덕이다가는 자칫 사부의 궤변에 말려들 수가 있는 것이다.

"빳빳한 녀석. 아무튼 그렇게 길을 가던 중에 너는 두 사람을 만나게 되었다. 하나는 근육이 우락부락한 사내놈이고, 또 하나는 바람 불면 날아갈 듯 귀엽고 여리여리한 소저! 공통점은 둘 다 식량이 떨어져서 네게 왕만두 하나를 부탁하고 있다는 것이다. 자, 자! 너는 이 중 누구에게 왕만두 하나를 주겠느냐?!"

"뭐, 정중히 거절하죠. 나 먹을 것도 곽팍한 판국이라."

냉정하고 단호한 대답에 사부는 분노했다.

"매정한 녀석! 이 사부가 너를 그리도 인정머리없는 놈으로 키웠단 말이냐?"

"어어, 아니었어요?"

딱!

"큭."

비류연은 무의식 중에 이를 악다물었다. 이번에 날아온 타격의 강도는 단순한 꿀밤이라고 얼버무릴 수 있는 성질의 것이 아니었다. 아마 보통의 열한 살짜리 소년이었다면 피를 철철 흘리… 지는 않았겠지만, 적어도 비틀거리며 땅에 쓰러졌으리라. 비류연은 사태의 흐름을 약간 바꿔보기로 했다.

"뭐, 무슨 말씀인지는 알았다구요. 사부님은 귀여운 쪽이 왕만두를 얻는다고 말씀하고 싶으신 거죠?"

"흥, 그래도 구제불능의 바보는 아니로구나."

사부가 코웃음을 치자 비류연은 고개를 절레절레 흔들었다.

"하지만 사부님은 그러실지 몰라도 현실은 다를걸요. 보통은 외진 길에서 우락부락한 사내를 만나면 덜덜 떨면서 있는 걸 다 내주지 않나요? 반대로 귀여운 소저의 경우, 조금이라도 음흉한 놈을 만나면 만두는커녕 돌이킬 수 없는 화를……."

퍼억!

"이놈이……!"

노사부가 빠직 하고 핏대를 세우는 찰나, 비류연은 잠시 지옥에 인사를 하고 돌아왔다. 더불어 아무래도 전면적인 방향 전환이 필요하다는 것을 절실히 깨닫게 되었다.

"하, 하기야 그냥 무공을 갖춘 사내보다는 무공을 갖춘 '귀여운' 소저가 더 유리하긴 하겠죠."

"흐흠, 이제야 말귀를 알아듣는군."

사부는 어쩔 수 없다는 얼굴로 고개를 끄덕였다. 순간 비류연은 어딘가에서 '역시 맞아야 말귀를 알아듣는군' 이라는 마음의 소리가 들려오는 바람에 남몰래 눈물을 삼켰다.

그러나 제자의 슬픔은 사부에 의해 묵살되었다. 사부의 입에서는 곧이어 열변이 토해졌다.

"어쨌든 핵심은 여장도 마찬가지라는 것이지! 여성이란 부드럽고 풍요로운 음(陰)의 결정체. 여자가 되어보면 보이지 않던 많은 것들을, 깨달을 수 없던 많은 것들을 보고 깨달을 수 있을 것이다! 시작하기도 전에 포기하지 말란 말이다."

"아니, 하지만 이건 그런 문제가……."

그러나 이미 사부는 대화 불능 상태였다.

"'안 되면 되게 하라'. 그런 말도 모르냐? 어설픈 근성으로 포기하지 마라. 만약 진짜 여자가 되는 데 실패하더라도 진정한 여인이 되기 위해 노력하는 자세가 중요한 거야, 노력하는 자세가!"

"이게 노력하고 무슨 관계가 있다고……."

저런 막무가내를 쓰다니… 역시 설득력이 떨어져도 한참 떨어졌다.

"관계있다면 관계있는 줄 알아!"

이젠 거의 막무가내다. 노력과 근성이 무슨 만능의 열쇠라도 되는 줄 아는 것인가. 여기서 비류연은 한 가지를 짚고 넘어가기로 했다.

"단순히 그래야 돈벌이가 더 되는 것은 아니고요?"

"…돈벌이라니?"

그게 무슨 마른하늘에 날벼락이 날래날래 떨어지는 소리냐는 듯한 표정으로 사부가 반문했다. 그러나 반문을 하기까지의 그 잠시간의 공백. 핵심에 찔려 '으윽' 하고 신음성을 토하는 마음의 소리가 담긴 것 같은 그 공백이 비류연은 심히 미심쩍었다.

그게 아니어도 가슴속에 쌓인 말은 많았다.

"그렇잖아요? 청루나 객잔에서 술 퍼마시는 사람 중 압도적 다수는 사내들이죠. 거의가 음률과 춤에 무지하고요. 밤낮 여자 끼고 술 퍼마실 생각만 하는 놈들이 무슨 음률과 춤을 알겠어요? 쥐뿔도 모르고 치맛자락만 보이면 그저 헤헤 침 흘리는 놈들이!"

짓씹듯 내뱉는 비류연의 말은 신랄하기 짝이 없었다.

"사, 사소한 것엔 신경 쓰지 마라."

노사부가 헛기침하며 말했다.

"그게 사소한 겁니까? 개인적으로 작은 일이라고 하기엔 좀 너무 지나치게 사회에 만연한 것 같은데요?"

제자의 항의에 사부는 고개를 가로저었다.

"어차피 진짜를 알아줄 사람을 만나기란 절벽에서 떨어져 기연을 만나는 것만큼이나 어려운 법이다. 그렇게 음률과 춤에 능통한 사람이 많다면 고산유수(高山流水)나 지음(知音)이라는 말은 왜 있겠느냐? 또한 종자기의 죽음이 뭐가 아쉽다고 백아가 거문고 현을 끊었겠느냐? 만 명에 한 명이라도 깨어 있는 사람을 만날 수 있다면 행운인 줄 알아야지 불평할 일은 아니다. 그러니 투덜대지 말고 이 옷을 입도록!"

"……."

* * *

…왜 이야기가 계속 그렇게 귀결되는지는 참으로 알 수 없는 노릇이었지만,

"이런 꼬락서니로 있으면 정말 그런 걸 이룰 수 있나?"

거울 속에서 턱을 괴고 삐뚜름히 앉아 있는 소녀를 바라보면서 소년은 중얼거렸다. 확신이 전혀 서지 않았다.

"에잇, 모르겠다!"

팔을 신경질적으로 내젓자 짤랑짤랑 방울 소리가 들려왔다.

그제야 비류연, 즉 연비는 움직일 때마다 종알종알 짤랑거리는 방울을 바라보았다. 그 방울은 용 문양이 새겨진 팔찌에 달려 있었다.

'망할 사부! 이런 거나 달아놓고.'

그는 사부가 했던 말을 떠올렸다. 사부는 옷을 갈아입고 난 그때 이렇게 말했었다.

"아! 깜빡하고 말을 안 했는데……."

"뭔데요?"
"춤출 때 벗지는 마라."
짐짓 엄숙한 얼굴로 주의를 준다.
"아니! 벗긴 누가 벗어요?"
재빨리 옷깃을 여미며 어중간한 모습이 된 비류연이 소리를 빽 질렀다.
'이제는 이 노망난 사부가 나를 그런 불법적이고 퇴폐적인 업소에 팔아넘기기로 작정했단 말인가? 설마……!'
충분히 있을 수 있는 일이었기에 소년은 정절의 위협을 느껴야만 했다.
"웬 징그러운 눈빛이냐? 넘겨짚기는. 그 팔찌랑 발찌 말이다."
사부가 가리킨 것은 팔목과 발목에 찬 한 쌍의 팔찌와 발찌였다.
"아, 이것들이요?"
나중에는 신체의 일부분처럼 꽤나 친숙해진 녀석들이지만, 당시에는 성가시기 그지없었다.
"그걸 차고도 완벽한 춤을 출수 있도록 해라. 그리고 이건 덤이다."
사부가 뭔가를 휙 던졌다.
"이게 뭔데요?"
얼른 그것을 받으며 비류연이 되물었다.
"뭐긴 뭐야. 방울이지. 보고도 모르냐?"
"그건 알지만……."
고양이 목에 달아놓으라는 것도 아니고, 용도를 모르겠다는 뜻이었다.
"팔찌랑 발찌에 달도록 해라."
사부가 지시했다.
"그리고요?"

아직 의혹이 완전히 풀린 게 아닌지라 그는 다시 물었다.
"응? 뻔하지. 춤출 때 소리가 안 날 수 있도록 수련해야지."
'뻔하긴 뭐가! 하나도 당연하지 않잖아!'
비류연은 튀어나오는 외침을 꾹 참고 최대한 부드럽게 말했다.
"사부님, 방울은 원래 딸랑거리라고 있는 것이랍니다. 소리를 듣기 싫으면……."
방울은 왜 다나. 방울은 딸랑거리라고 다는 것 아닌가. 그러나 사부의 세계에서 그것은 상식이 아닌 모양이었다.
"왜 이딴 것을 해야 되냐고?"
사부는 정확히 그의 의문을 짚어냈다. 비류연은 사부의 말에 열심히 고개를 끄덕였다.
"안 가르쳐 주지. 해보면 안다!"
"……."
사부는 평소에 어떻게 하면 최고로 무성의한 대답을 할 수 있을까 날마다 연구하고 있는 게 분명하다고 그는 확신했다. 하지만 재난은 거기서 끝나지 않았다.
"뭐, 이왕 하는 거 새로운 이름도 지어주지. 이제 여자가 됐으니까."
그 당연하다는 말투에 비류연은 꿈틀거리는 눈썹을 애써 진정시키며 외쳤다.
"아직 속은 멀쩡한 남자라니까요!"
"쯧쯧, 여자가 되려면 아직 멀었군. 그럼 그 모습을 하고 있을 때는 속까지 여자가 되도록! 당분간은 몸도 마음도 여자로 살아봐라."
여자가 되려면 멀었다는 사부의 말에 비류연은 기묘한 안도감을 느꼈다.
"아무리 그래 봤자 어차피 난 남자라구요. 여자 마음 같은 걸 어떻게 알아요."

"넌 상상력도 없냐? 상상력을 좀 발휘해 봐라. 심상(心象)해 보란 말이다! 특훈 시작!"

비류연은 장렬히 항의하기로 결의했다. 어쩐지 항의라도 해대지 않으면 마음속 뭔가가 붕괴해 버릴 것 같은 기분이었다.

"아무 데나 특훈 갖다 붙이지 마세요. 도무지 말도 안 되는……."

"기각한다!"

"그럼 적어도 장작 패거나 사냥하러 갈 때는 이 옷을……."

"기각!"

"……."

사부는 무참한 기각으로 좌절하는 비류연의 얼굴을 위압적으로 내려다 보았다. 더 이상 항의를 해봤자 돌아오는 것은 폭력일 것이 틀림없었다.

"아, 맞다. 이름 짓기로 했었지?"

짝!

좋은 생각이 떠올랐는지 노사부가 기뻐하며 손뼉을 쳤다. 불길한 예감이 엄습했다.

"연비로 하자. 비류연의 류를 빼고 뒤집어서 연비(燕飛), 제비 연(燕)이다."

사부의 선언에 비류연이 고개를 갸웃거렸다.

"제비 연이요? 원래는 연결될 연(連) 자인데, 전혀 다르잖아요?"

"그냥 뒤집으면 너무 단순하잖냐. 너무 뻔한 건 싫어. 제비라면 어감도 좋지. 아, 조만간 제비집이나 맛보러 내려가 볼까."

사부는 벌써 어느새 볼일을 다 봤다는 듯 한가해진 말투였다.

"그, 그걸로 끝이에요?"

비류연은 기가 막히지 않을 수 없었다. 사부는 '왜, 떫으냐?' 는 표정으로 망설임없이 대답했다.
"그래, 끝. 이걸로 보다 완벽해졌군."
만족스러운 말투. 정말로 완벽하다고 믿고 있는 것 같았다.
"뭐가 완벽입니까! 있지도 않은 여자를 만들어 가짜 이름을 붙여놓고."
"있지도 않다니? 이름까지 붙였으니 또 다른 네가 눈을 뜰지도 모르는 것 아니겠느냐."
사부는 눈까지 가늘게 뜨가며 불길하기 짝이 없는 말을 웅얼거렸다. 비류연은 왠지 가슴이 철렁 내려앉았다.
"그랬다간 이중인격이 되라구요? 절대 그럴 일은 없을 겁니다, 절대로."
"속단은 금물이란 말도 모르나? 그거야 두고 봐야 알 일이지."
불길함을 배가시키는 사부의 대답이었다.
아니나 다를까, 비류연은 다음날부터 기본적인 몸가짐을 비롯한 갖가지 기괴한 수련을 받아야 했다.
"음. 원래는 축골공 같은 신체 변환술도 써야 하지만, 어린 지금은 그다지 필요없겠지. 문제는… 그런 옷차림으로 남자처럼 어슬렁거리지 말란 말이다!"
사부가 엄한 목소리로 호통 쳤다. 사부의 말에 따라 두어 걸음을 걸어보던 비류연이 뒤를 돌아보며 말했다.
"당연하죠. 원래 남자니깐!"
"어허, 몸도 마음도 여자가 되라고 말하지 않았더냐! 엉덩이를 긁거나 다리를 벌리고 앉는 꼴은 용서할 수 없어! 우아하게 귀밑머리를 매만지는 습관이 있다던가, 앉을 땐 단아하게 무릎을 붙이는, 그런 게 여자란 말이다!"
알 수 없는 열의로 불타오르는 사부를 비류연은 미심쩍다는 눈빛으로 바라보았다.

"그게 말처럼 그렇게 쉽게 되나요? 그리고 그런 여성상은 어째 사부님의 개인적인 취향이 듬뿍 들어간 것 같은데요."

십여 년의 짧은 세월이라고는 하나 남자로 꾸준히 살아온 몸이었다. 하루아침에 몸도 마음도 여자가 될 리 만무했다.

"과거 따윈 잊어버려. 지금 넌 여자다. 역에 몰두하란 말이야. 역할과 동화되지 않고서 어찌 그 진수를 얻으리오!"

"진수까지나……."

의욕이 전혀 없는 비류연이었다.

"한 장의 유리면구를 썼다고 생각해라."

"유리면구(琉璃面㤅)?"

어디서 비슷한 말을 들었던 것 같기도 하다.

"그래, 노부가 예전에 감명 깊게 읽었던 한 서책에 나오는 문구다. 연기를 하는 자, 유리면구가 부서지게 하지 말지어니."

자못 아련한 눈빛이 되어 사부는 시를 낭송하듯 중얼거렸다.

"네가 여자, 혹은 다른 인생을 연기할 때, 너는 한 장의 유리처럼 얇고 부서지기 쉬운 인피면구를 쓰고 있는 것과 같다."

비류연은 그 말에서 한 가지 의문을 제기했다.

"유리는 유리고 인피(人皮)는 사람 가죽인데 유리 같은 인피면구가 어디 있어요? 설마 유리로 된 인간이?"

딱!

치마를 입고 있어도 사부의 꿀밤은 언제나처럼 날아왔다.

"비유의 묘(妙)도 모르는 어리석은 녀석 같으니. 아무튼 까딱 방심하면 그 유리면구는 산산이 부서져 흩어질 것이다. 그리고 네 녀석의 하잘것없는 본성이 드러나게 되겠지. 그러니 너는 천(千)의 얼굴, 천 개의 면구를 쓴 자가 되어야 한다."
 사부가 다시 본격적으로 열변을 토했다.
 "겨우 여장 하나 하는 데 천의 얼굴씩이나… 그냥 두세 개면 충분하지 않을까요?"
 비류연이 냉정하게 지적했다. 배우도 아니고 특별히 공연을 할 것도 아닌데 천 개씩이나 되는 얼굴이 무슨 필요가 있단 말인가?
 "또 잔머리냐?"
 "제자, 이성적인 판단이라 사료되옵니다."
 평소에 쓰지 않는 정중한 어투를 쓰면 오히려 반항으로 느껴지는 법이다.
 "미숙하구나! 네 녀석은 마음으로는 부드러움보다 강함을 추구하고, 무공에선 강함보다 잔기교에 치중하지. 언젠가 후회하게 될 날이 올 거다. 그때 가서 울지 말고 열심히 여자가 되어라!"
 왜 이야기가 그렇게 흘러가는 걸까? 전혀 설득력이 없었다.
 "'여자, 여자, 나는 한없이 우아하고 기품있는 여자'라고 되뇌어라. 껍데기뿐 아니라 알맹이까지 진정한 여자가 아니면 의미가 없어! 남자로서의 감정이나 과거는 신경 쓰지 마라. 넌 이제부터 여자다. 자신을 속여라. '적을 속이려면 아군부터'라는 말도 있지 않느냐."
 쓰임이 조금, 혹은 아주 많이 다른 것 같다.
 "이를테면 여자와 함께 자더라도 절대 동요해서는 안 된다. 여자가 여자랑 있는 건 자연스러운 것이니까. 심지어 함께 목욕을 하거나 함께 화장실에 가도 말이다!"
 그때 비류연이 손을 번쩍 들었다.
 "잠깐만요! 그건 아닌 것 같은데요? 여자끼리도 그럴 땐 서로 부끄러워하는 게 정상 아닐까요?"

제자의 지적에 사부는 단호하게 답했다.

"모른다! 난 남자니까. 그저 그렇다는 소문이 있던데. 흐음, 과연 어떨지. 기회가 생기면 필히 시험해 보도록!"

"……."

할 말을 잃고 잠시 사고의 흐름이 끊어진 비류연에게 사부는 다시금 강의를 계속했다.

"아무튼 여자의 가면을 쓰는 순간 넌 완전히 여자가 되어야 해! 함부로 무대를 내려와선 안 되는 것이다."

'무대라니, 어디 무대를 말하는 걸까…….'

머리에 뭔가 혼란이 오고 있는 게 분명하다고 비류연은 확신했다. 혹시 나이가 들면 간혹 발생한다는 치매의 전조인 걸까. 역시, 나이를 생각하면 무리도 아니지만…….

"무대라니, 아무리 봐도 아까부터 그냥 생각나는 대로 말하는 거 아니에요?"

"어허, 사소한 것엔 신경 쓰지 말라니까. 말투도 왜 아직 사내 말투야? 좀 더 조신하고 나긋나긋하게!"

사부가 다시 한 번 호통 쳤다. 마치 연기의 길을 물로 보지 말라고 외치는 듯했다. 자꾸만 이상한 데서 불타오르기는.

뭔가 무지 신경 쓰였다.

"그때 사부의 말이 최면 효과가 있었던 걸까?"

특훈을 빙자해 두어 달가량 여자로 생활했더니 완전히 여자로서의 행동거지가 몸에 배어버렸다. 말투도 여성스럽게 변했다. 가끔 의식적으로 거칠게 말하지 않는 이상, 부드럽고 사근사근한 어조가 나온다.

그렇게 되기까지는 물론 많은 고초를 겪었다. 잠자는 모습부터 시작해서 나무를 패는 자세, 심지어는 볼일을 보는 자세에 이르기까지 사부는 시도 때도 없이 급습해서 요상하기 짝이 없는 특훈을 시켰다. 남성으로서의 자연스런 행동들은 가혹한 제약 하에 급속도로 제거되어 갔다.

'걸치는 옷에 따라서 사람이 달라진다더니.'

나중에는 옷을 갈아입는 순간 뭐랄까, 일종의 신호가 들어가는 느낌이다. 그 행위를 기점으로 자연스레 존재가 바뀐 달까. 단순히 연비라는 인물을 연기하는 것이 아니라, 자신 안의 '연비'라는 존재가 겉으로 튀어 나오는 느낌마저 들었다.

역에 대한 몰입이라고 보기엔 좀 달랐다. 진짜의 자신은 한 발짝 물러나 '연비'의 행동을 관찰함으로써, 더욱더 자아가 또렷해지는 그런 느낌이었다.

'이러다 정말 이중인격 되는 거 아냐?'

확실히 이 모습을 하고 있으면 평소보다 성질이 빨리 가라앉는다. 쉽게 흥분하지도 않는다. 이토록 차분한 모습이 되는 데 일조했던 것은 우습게도 사부가 던져 준 딸랑이, 즉 방울이었다.

방울을 달고 춤 연습을 시작하자마자 연비는 그것이 사부가 던져 준 최대의 족쇄라는 것을 깨달았다. 조금만 집중이 흐트러져도 방울은 여지없이 경망스레 딸랑거렸다. 살며시 흔들 때는 맑은 미성(美聲)을 흘려내지만, 제멋대로 흔들릴 때는 시끄럽고 경망한 소음에 불과했다. 게다가 유리면구라는 출처 모를 괴서적에 심취해 시도 때도 없이 장광설을 늘어놓는 사부의 잔소리는 방울 소리보다도 더 시끄러웠다.

"쯧쯧. 방울 소리를 없애는 것이야말로 기본 중의 기본! 그 시끄러운 잡음만큼 네 몸동작에 쓸데없는 군더더기가 많다는 것이다!"

어차피 팔다리에 방울을 달고 몇 달을 살다 보면 누구라도 그 시끄러운 소리에 머리가 지끈거려서 둘 중 하나를 선택할 것이다. 신경을 제거하던가 소리를 제거하던가. 연비는 결국 고된 연습 끝에 딱히 의식을 하지 않고도 방울을 자유자재로 통제할 수 있게 되었다.

그로 인해 연비는 여러 가지 효과를 동시에 얻게 되었다. 군더더기없이 우아하고 부드러운 몸동작을 생활화하게 된 것이나, 방울 소리가 일종의 주문처럼 작용해 자신을 보다 완벽히 통제할 수 있게 된 것 등이 가장 큰 성과였다.

묘한 것은 연비가 마치 주문 의식에 들어가듯 방울을 가볍게 울리며 춤추기 시작하면 대부분의 관객들도 마치 주술에 걸린 듯 춤에 빠져든다는 것이었다.

'평범해 보이는 방울인데, 설마 사부가 일부러 이상한 걸로 구해온 건 아니겠지?'

연비는 사부가 그렇게까지 부지런하지는 않으리라는 믿음에, 애써 불길한 느낌을 떨쳐 버리며 경대 옆으로 시선을 돌렸다. 때마침 경대 옆에는 기분 전환에 도움이 될 만한 것들이 놓여 있었다.

"이게 오늘의 특별 소득인가?"

그제야 사천 지부장 남궁현에게서 받은 물건에 눈길이 갔다.

"흐흥, 의외로 괜찮네. 그냥 금 열 냥인 줄 알았더니."

탐스러운 금화(金花) 열 송이가 담긴 상자를 이리저리 돌려보며 연비는 한마디 했다. 이곳은 연비의 전용 분장실로, 천향루 내의 유일한 휴식 공간이었다. 물론 전용 공간을 확보할 수 있었던 것은 실력과 인기 덕분이었다.

"그나마 이 짓을 하는 보람이 있군."

딱히 춤과 금이 싫은 것은 아니고, 오히려 상당히 심취해 있는 편이었다. 하지만 금을 연주하고 춤을 출 때마다 여장을 해야만 한다는 것은 아무래도 부담이 됐다.

"이 동경은 왜 이리 지저분해졌어? 거울갈이라도 불러놓지 원."

연비가 한참 분장을 지우며 투덜거릴 때 밖에서 수군거리는 소리가 들렸다.

"그 소문이 정말 사실이었나 보네."

삼십 줄에 접어든 남성의 목소리였다.

"뭔데? 그 금지옥엽 아가씨에 관한 건가?"

말투나 내용으로 봐선 십중팔구 하급 무사들이었다.

"맞네. 듣기로는 말은커녕 사람 얼굴도 똑바로 못 본다더군. 아직 어린 나이에 허구한 날 방구석에만 쪼그려 앉아 있다던걸."

"왜 그리 됐다던가? 그런 집에서 자랐으면 무서울 것도 부족한 것도 없었을 텐데. 나 같으면 좋아서 날아다니겠구만."

비웃음과 의아함과 동정심이 적당히 섞인 말투였다.

"잘난 게 죄지. 개나 소나 덥석 잡아가고 싶을 미모라서 이래저래 말 못할 미수 사건들이 수두룩했다더군."

"허허, 그것참, 얼마나 예쁘길래. 나도 꼭 한 번 봤으면 좋겠네."

"그만두게, 그만둬. 말도 꺼내지 말게. 남궁 총령도 벌벌 떨던 거 못 봤어?"

"하긴, 지켜보던 나도 식은땀이 다 나던데. 딸내미 혼자 두기 걱정돼서 직접 데리고 왔다는 소문이 사실인갑네."

그런 소문이 떠돌고 있었던 것이다.

"그렇다는 거지. 어쨌든 묵연비의 춤은 과연 대단하더군, 쩝."

"뭐야, 자네 소녀 취향인 거야?"

어느새 하급 무사들의 목소리에는 능글거림이 더해져 있었다.

"하늘 위의 금지옥엽보단 이쪽이 더 가망있지. 어디 한번……."
빠직!
얘기를 듣고 있던 연비는 이마에 핏대를 세웠다.
'이것들이!'
그때 연비의 눈에 마침 좋은 게 들어왔다. 무식하게 생겨서 처박아놨던 커다란 나무 빗이었다.
"호오, 이거면 충분하지."
망설이지 않고 힘을 주어 빗살을 두 개 분지른다. 순식간에 굵은 나무 바늘이 만들어졌다.
'두 개 동시엔 무리라도 하나씩이라면!'
연비는 정신을 집중해 빗살에 기를 모았다. 그리고는 벽을 향해 날카롭게 손을 휘둘렀다.
퍽!
"끅!"
벽 너머로 비명이 전해진다.
"아니, 자네 왜 그러나?"
연비의 손이 망설이지 않고 남은 빗살을 마저 던졌다.
"꽥!"
다시금 비명 소리가 짧게 울리고, 곧이어 뭔가가 쓰러지는 둔탁한 소리가 쿵, 쿵 연속으로 들려왔다.
"흥, 일어나기 전에 가서 좀 더 뻐근하게 해줄까."
아직 이상적인 여성의 역할에 완전히 몰입하기엔 무리가 있는 모양이었다. 흰 칠이 된 벽에는 미세한 구멍 두 개가 뚫려 있었다.
'방금 전 그건 누구 얘기였을까?'
다시금 매무새를 정리하기 시작한 연비의 머릿속에 짧은 생각이 일순간 스쳐 갔다. 하지만 잠시 후 공연의 흔적을 모두 지운 뒤에는, 이미 그런 의문마저 머릿속에서 지워진 지 오래였다. 잠시 기절해 있는 두 하급무사는 더 말할 것도 없었다.

"자자, 그럼 오늘의 주요 업무를 처리해 볼까. 여자답게, 여자답게."

연비는 그렇게 말하며 가벼운 발걸음으로 문을 나섰다.

"돈!"

연비가 손을 쭉 내밀며 짧게 말했다. 상대는 이곳 천향루의 주인인 소한산이었다. 어떻게 보면 실로 불경한 광경이었지만, 소한산 역시 말없이 곧장 돈을 꺼내 연비 앞으로 내밀었다.

안에 든 내용물을 정확히 세어본 후 연비는 전낭을 품속에 고이 챙겨 넣었다.

"틀림없군요."

"깐깐하기는."

이미 불혹의 나이에 접어든 소한산이 한마디로 답했다.

"남에게 할 말은 아닌 것 같은데요?"

이만한 사업을 일구려면 철저한 금전 감각은 필수불가결이다. 돈의 습성과 본질을 파악하지 못한 채 성공을 이룩한다는 것은 어지간히 운이 좋지 않으면 거의 불가능에 가깝다. 소한산은 연비를 물끄러미 보며 말했다.

"그러고 보니 오늘 연주와 춤, 상당히 훌륭했다고 들었네."

"일이니까요."

연비는 약간의 경계심을 발동했다. 아무래도 본론은 연주와 춤을 칭찬하자는 것이 아닌 듯했다.

"남궁 대협에게 특별 부상까지 꽤 받았다더군."

"그게 무슨 문제라도?"

날카로운 어조로 연비가 반문했다. 십여 세 소녀답지 않은 매서운 눈빛에 산전수전 다 겪은 소한산은 가볍게 얼굴을 굳혔다.

"뭐, 문제는 없지."

"그렇겠죠? 처음부터 그렇게 계약했으니까요."

사부가 처음 연비를 데리고 이곳 천향루에 왔을 때, 소한산은 거들떠보지도 않았다. 저런 어린 계집애를 써봐야 무슨 득이 있을까 하는 생각에서였다.

"사실 저 애는 올해로 열다섯이라네. 편식을 해서 성장이 좀 느린 모양이야."

말도 안 되는 변명에 듣고 있던 연비는 속으로 한숨을 내쉬었다.

"…잘 봐야 열두셋, 아마 열한 살 정도겠군요."

"허허, 자넨 그간 속고만 살았나. 아무튼 그래서 싫다는 겐가?"

사부의 목소리가 슬슬 위협적으로 바뀌기 시작했다. 하지만 소한산이라는 자도 녹록치는 않은 모양이었다.

"전 장사꾼입니다, 노야. 아무리 노야의 부탁이라도 저렇게 어린아이를 써버리면 삼대에 걸쳐 쌓아온 저희 천향루의 명성에 흠이 갈 것입니다."

평판이 나빠지면 그것은 곧 매상 저하로 이어진다. 소한산의 걱정은 당연한 것이었다.

"홍. 내가 듣기로 가끔 이런 곳엔 독특한 손님들도 찾아온다던데? 열서넛 이상은 도리어 상대도 안 한다는……."

"어흠, 흠. 다른 삼류주루들이 벌이는 짓을 오해하신 모양입니다."

사부의 난감한 언급을 소한산은 잔기침으로 무마했다. 연비는 소한산의 흘낏거리는 시선을 받으며 왠지 사부에게 형언할 수 없는 분노를 느꼈다.

"어차피 저 아이 장기도 그런 쪽이 아니니까 상관없는 일이지만. 뭐, 할 수 없군. 저 녀석을 왜 이곳에 데려왔는지 직접 보여주는 수밖에."

"뭘 말입니까?"

"무대나 만들어주게."

급히 무대가 만들어졌다. 어린 소녀가 자기 키보다 큰 금을 들고 무대 위에 오르자 소한산은 호기심 어린 눈으로 그것을 쳐다보았다. 아마 일종의 여흥으로 여기자고 다짐한 모양이었다.

'흥!'

칠현의 금 줄 위에 손가락을 얹으며 연비는 생각했다.

'좋아. 여기서 일부러 대충 하면 이곳에서 일할 일도 없다는 거지?'

그러잖아도 이미 부업으로 하고 있는 일들은 차고 넘쳤다. 여기에 주루 일까지 더한다면 창창한 나이에 과로사할 위험이 있었다. 사부가 무공을 가르치는 것은 결국 과로사의 위험을 막기 위한 체력 보강에 불과한 게 아닌가 부쩍 의심이 드는 요즘이었다.

'적당히 하자고, 연비!'

그가 자신에게 속삭였다.

'적당히! 적당히!'

그때 사부가 한마디 했다.

"적당히 할 생각 마라!"

이럴 땐 정말 귀신이다.

'너무 대충 하면 들킬 테니까 적당한 선에서 연주하는 게 좋겠군.'

디리리리리링!

연비는 연주를 시작했다. 금 연주는 사부에게서 금을 배운 이후 한 번도 거른 적이 없었다. 칠현 위를 달려가는 작은 손에는 아무런 거침도 없었다. 이제는 수위 조절도 자유자재로 가능했다.

'적당히! 적당히!'

너무 심취해 버리면 곤란하기에 정신을 바짝 차렸다. 이곳 천향루 정도라면 상당한 실력의 연주자를 고용하고 있을 게 분명했다. 그러니 적당히만 하면 충분히 떨어질 수 있었다. 그거면 충분했다.

그런데 반응들이 좀 이상했다.

'왜 다들 눈을 감고 있는 거야?'

저래서야 마치 음률에 취해 있는 것 같지 않은가? 이거 곤란한데.

'이보세요들! 지금 적당히 켜고 있는 거 안 들려요? 표정들이 다들 왜 그래요? 어서 눈을 뜨고 이런 적당한 음률 따윈 귓가에 흘려들으며 일상으로 돌아가라니깐!'

이 적당함에 어디 감탄할 요소가 있단 말인가. 그러나 연비의 마음속 외침은 사람들에게 통용되지 않았다. 서둘러 주인 소한산 쪽을 바라봤다.

'그래, 주인장인 소한산의 판단이 중요해! 그러면 그 음률에 스며든 적당함과 대충대충함을 눈치 챌 수 있을 터.'

그러나 소한산의 얼굴을 본 연비는 크게 실망하고 말았다. 그는 흥미롭다는 눈으로 조용히 고개를 끄덕거리고 있었던 것이다.

디딩!

어느새 잡생각과 딴생각이 가득한 연주가 끝났다. 순간 고요한 적막이 찾아왔다. 반응을 나타내는 사람은 아무도 없었다.

'그래, 아직은 희망이⋯⋯.'

그러나 연비의 희망은 곧이어 터져 나온 감탄성에 와르르 무너지고 말았다.

"호오오오!"

"거참!"

"와아아아!"

저 뒤쪽에서 탁자를 닦던 점원 하나는 고개를 외로 꼬고 슬쩍 눈물을 훔쳤다.

'이, 이보세요. 대충 한 사람 미안하게 눈물 흘리지 말아요.'

순식간에 시끌시끌해진 주위를 둘러보며 연비는 나직한 한숨을 내쉬었다. 그래도 답례로 정중히 인사하는 것은 빼놓지 않았다.

"흠, 가능성은 큰 것 같군요. 그럼 일단 계약해 두겠습니다."

만족스런 미소를 머금고 소한산이 한 장의 종이를 내밀었다. 좀 전의 떨떠름한 모습은 어디에도 없었다.

"우선 계약 내용부터 살펴봐야지. 조건부터 따지는 게 순서 아니겠나?"

이번엔 사부가 느긋한 소리를 했다. 소한산이 끄응 소리를 냈다.

"연주비 이외에 손님에게서 받는 부상 일체는 전부 이쪽에서 받아가도 되겠지?"

"그건 좀……."

원래 그런 건 적당한 비율로 나누는 것이 관례다.

"왜? 불만인가?"

"뭐, 괜찮겠지요."

한숨을 내쉬며 소한산이 말했다. 연비의 재주가 탐나긴 탐나는 모양이었다.

"그리고, 내키지 않을 땐 춤을 추지 않겠네."

"그건 상당히 곤란하지 않습니까?"

"그래야 더 희소가치가 올라가는 법일세. 연주가 저리도 대단한데 춤은 또 어떨까 하고 말이야. 함부로 웃음을 팔면 싸구려가 되게 마련이지. 자네도 경영 수완이 뛰어나다고 생각했는데 조부에겐 못 미치는구먼."

사부가 혀를 차며 말했다. 노인은 소한산의 조부를 알고 있는 모양이었다. 한때 금산(金山)이라고까지 불렸던 사천 일대 최고의 상인을 말이다.

"어찌 제 수완이 조부님께 미칠 수 있겠습니까. 알겠습니다. 노야의 말씀에 따르겠습니다."

그리하여 마침내 계약이 체결되었다. 연비로서는 그다지 기쁘지 않은 일이었다.

어쨌든 그런 일이 있었기 때문에 소한산은 절대 부상에 대해 연비에게 왈가왈부할 수 없었다. 소한산은 과거의 기억에서 돌아와 얘기를 계속해 나갔다.

"넘어가지. 그보다 평소에 춤 연습을 하던 후원 말인데… 당분간은 그곳에 가지 말아줬으면 좋겠어."

웬일인지 곤란해하는 말투에 연비는 호기심이 생겼다.

"이유가 뭐죠?"

"귀빈의 부탁으로 어제부터 그곳은 금지 구역이 됐으니까."

연비의 호기심은 좀 더 증폭되었다.

"귀빈이라면?"

"말하기 곤란해. 아무튼 위험한 곳에는 가지 않는 것이 좋겠지."

그런 말을 들을수록 호기심이란 녀석이 고개를 치켜드는 것은 어쩔 수 없었지만, 일단은 물러나기로 했다.

"그러죠. 그럼 이만."

용무가 끝나자 연비는 주저하지 않고 자리에서 일어났다. 오늘은 처리

해야 할 일들이 산더미처럼 남아 있었다.

"아, 내일도 부탁해도 되나? 중요한 손님들이 한동안 머무를 예정이어서 말이지."

아마도 오늘 중앙 연회장을 빌렸던 손님들을 말하는 듯했다. 어쩌면 귀빈이라던가 금지 구역이라던가 하는 것도 그들과 관계되었을 가능성이 컸다. 하지만 연비 자신과는 별 상관 없는 얘기.

연비는 이곳 천향루에 예속된 처지가 아니었다. 일정 조건을 내걸고 정당한 계약을 했을 뿐이니 자신이 굳이 천향루의 일정에 휘둘릴 필요는 어디에도 없었다.

"내일은 일하는 날이 아니니까 계약 사항 외의 업무군요. 내일은 다른 일이 있어서 곤란해요."

단호하지만 정당한 거절이었다. 다음날은 만화장에 출근하는 날이었다. 거칠긴 하지만 근래 상당히 애착이 가는 일이기도 했다. 뭔가를, 특히나 고(高)부가가치를 창출하는 물건을 만들어내는 일은 보람차고 즐거운 일이 아닌가.

"물론 공짜는 아닐세. 평소 임금의 두 배를 주겠네!"

"세 배라면 생각해 보죠."

"글쎄……."

"이만 가보겠습니다."

오늘 공연은 분명 호평이었을 테니 아쉬운 건 분명 저쪽이다. 연비는 망설이지 않고 방문을 열었다.

"잠깐!"

"왜 그러시죠?"

뒤도 안 돌아본다.

"내가 졌네. 세 배를 주지."

문밖으로 나가던 연비의 발이 우뚝 멈추었다. 빙글 몸을 돌리며 연비가 말했다.

"그럼 좀 더 의논해 볼까요?"

연비의 입가에 여유로운 미소가 맺혔다.

의견 조율을 마치고 나온 연비는 흘깃 후원 쪽을 바라보았다.

"위험한 금지 구역이라니, 그렇게 강조하는 걸 보면 꼭 가보란 얘기겠지?"

아무리 봐도 그런 것 같지는 않았지만 이미 연비는 머릿속에서 결론을 내린 것 같았다.

"하지만 오늘은 일단 은장부터."

그날 번 돈은 그날그날 은장에 즉각 맡겨놓는 것이 연비의 철칙이었다.

연비가 도착하자마자 청룡은장의 총관이 냉큼 달려와 인사했다.

"어서 오십시오, 연 소저. 오늘도 어김없이 저희 청룡은장을 방문해 주셨군요."

대접하는 품을 보아하니 연비 역시 청룡은장의 초우량 고객인 듯했다. 맡은 돈이 클수록 더 큰 이윤을 남길 수 있으니, 날이면 날마다 잊지 않고 돈을 맡겨주는 이 아가씨가 고맙지 않을 리 없었다.

"오늘은 이 금화(金花) 열 송이도 현금화하고 싶군요. 이 정도 재질에 이 정도 상태면 최상급이고, 여기에 현금 예금을 더하면······."

연비는 탁자 위에 놓여 있던 주판을 재빨리 몇 번 튕겨보였다. 총관은 주판알을 세어보고는 고개를 끄덕였다.

"과연 안목이 대단하시군요. 이 바닥에 정통한 사람이 아니면 그렇게 정확하게 귀금속의 가치를 매기기 힘들 텐데 말입니다."

"약간 인연이 있어서요."

너무 많은 것을 알려줄 필요는 없었다. 요는 어리다고 무시할 수 없을 만큼의 지혜를 살짝 보여주기만 하면 되는 것이다. 지금까지도 꽤 거래를 했으니까 겨우 나이 때문에 무시할 멍청이는 어디에도 없었지만, 비류연일 때보다는 좀 더 신경을 써야 했다. 알맹이는 똑같아도 바지를 걸쳤을 때와 치마를 걸쳤을 때는 대우나 신뢰도가 다른 것이다.

"자, 처리가 모두 끝났습니다."

총관은 공손하게 장부를 내밀었다. 그동안의 모든 거래 내역이 적혀 있는 장부였다.

"음, 확실하군요. 수고하셨습니다."

장부에 기재된 내용을 확인하고 총관에게 다시 돌려주었다.

"별말씀을. 연 소저의 자산 증식은 저희들의 기쁨이기도 합니다. 매번 감사합니다."

"뭘요. 앞으로도 계속해야죠."

이런 건 꾸준할 때 의미가 있는 것이다. 연비는 깍듯한 인사를 받으며 은장을 나왔다.

그러나 그날 저녁.

산 위에 있는 누군가는, 한 번 받고 나면 결코 되돌려주지도 않을 돈을 받으면서도 청룡은장의 이들과 대조적인 모습을 보였다.

"이것뿐이냐?"

"그럼요."

소년의 모습으로 돌아간 연비, 아니, 비류연은 단호하게 대답했다.

"흐흠, 덤으로 더 받은 것은 없고?"

비류연의 전신을 위아래로 훑어보며 노인이 물었다.

"그럼요."

속으론 뜨끔한 게 있었으나 내색치 않고 대답했다. 대답에 조금이라도 지체가 있으면 걸려드는 것이다. 비류연은 최대한 평상심을 유지하고자 노력했다.

'이럴 때 필요한 게 명경지수(明鏡止水)의 마음인가?'

역시 배워놓으면 다 쓸모가 있었다.

"진짜란 말이지?"

의혹의 구름이 뭉실뭉실 떠오르는 눈빛으로 사부가 재차 질문했다.

"물론이죠."

비류연은 흔들리지 않았다.

'녀석! 많이 늘었는걸!'

비류연의 얼굴을 한참 들여다보던 사부는 이내 화제를 다른 곳으로 돌렸다.

"알았다. 내일은 만화장 가는 날이냐?"

사천 지방에서 가장 알아주는 철물점이었다. 무사의 도검에서부터 규방 아가씨의 장신구 노리개까지 못 만드는 게 없는 곳이기도 했다.

"모레로 바뀌게 되었어요. 내일은 천향루에서 초과 근무를 하기로 해서. 두 배 보수라니 할 말은 없죠."

비류연은 은근슬쩍 세 배를 두 배로 바꿔 말했다. 평상시대로 보수를 받고 초과 근무를 한다고 했으면 사부는 믿지도 않았겠지만, 이 정도면 조용하겠지. 세 배와 두 배 사이의 차액은 뭐 가벼운 융통성이랄까.

"흐흠. 그래, 만화장 쪽은 진척이 좀 있냐?"

역시, 다행히 무사통과다.

"조금 있었죠. 아직 검장이 되려면 조금 더 기다려야 되지만요."

"쯧쯧, 굼뜨긴. 대장장이는 검을 만들어야 비로소 진짜지. 검이야말로 철과 불의 예술 그 자체니깐."

'돈을 더 많이 벌어서 진짜라는 건 아니고요?'

물론 그런 말은 입 밖에 내지 않았다.

"너, 어째 불만인 것 같다?"

역시 사부의 눈치는 귀신같다. 이럴 때 당황하면 자신이 그랬다는 것을 자백하는 꼴, 비류연은 최대한 밝고 상큼하게 미소 지었다.

"아뇨, 그럴 리가요. 지당하다고 생각했는걸요?"

"흠, 그렇다고 해두지. 그보다 분뢰수 수련에 좀 더 정진하도록."

사부는 비류연의 손을 슬쩍 훑어보며 말했다.

"왜요?"

"여자애라면 손이 이뻐야지. 불과 쇠를 만지려면 손이 거칠어지는 게 필연이지만, 분뢰수를 익히면 그럴 걱정이 없어지지."

그것도 모르냐는 투로 사부가 대답했다.

"그거, 미용신공(美容神功)이었어요?"

딱! 이제는 습관처럼 날아오는 꿀밤.

"멍청한 놈! 그럴 리가 있겠냐? 응용(應用)이란 거다, 응용!"

비류연은 정수리를 두 손으로 감싸며 항의했다.

"크윽, 그렇다고 때릴 것까진 없잖아요!"

"밥이나 먹자. 오늘 하루도 수고했다."

내일도 또 수고하란 얘기였다.

"예."

공손하게 들리는 대답이었지만 입은 삐죽거리고 있었다. 저녁 준비는 언제나 비류연의 독차지였던 것이다.

'언젠가 반드시 이 생활을 청산하고 말리라!'

소년은 마음속으로 굳게 맹세했다.

서풍이 몰아치다
―서천의 발동

야심한 밤.

무림맹주 〈진천뢰벽검〉 나백천이 머무르고 있는 귀빈실로 어둠을 뚫고 한 인영이 접근했다. 솜 신발을 신고 있기라도 한 듯, 일체의 발걸음 소리도 나지 않았다. 인영의 신형이 방문 앞에서 우뚝 멈춘다. 방 안은 아직 밝았다.

똑똑!

인영이 조심스레 문을 두 번 두드린다.

"들어오게."

문안에서 소리가 들린다.

주위를 두어 번 둘러본 인영은 조심스레 안으로 들어간다. 쓰고 있던 초립을 벗자 모습이 드러났다. 바로 사천 지부장 남궁현이었다.

"갑작스런 시찰에 많이 놀랐겠지?"

"아, 아닙니다."

사실 그 일로 사천 지부가 발칵 뒤집혀서 며칠 밤을 새긴 했지만, 굳이 그런 얘긴 하지 않았다.

"안심하게! 자네의 딴 주머니 속엔 관심없으니."

그 말에 남궁현의 얼굴이 대번에 창백해졌다.

"따, 딴 주머니라니요! 당치도 않습니다."

기겁하는 목소리에 나백천은 건성으로 대답했다.

"아니면 다행이고. 이곳에 온 것은 시찰보다는 사실 다른 목적 때문이네."

나백천은 남궁현 앞으로 서찰 하나를 내밀었다.

"이, 이건……."

서찰을 잡기가 망설여지는지 선뜻 손이 가지 않는 모양이다.

"이 년 전 무림맹 본부에서 발생한 도난 사건을 기억하고 있나?"

"무, 물론입니다. 다름 아닌 제칠비고(第七秘庫)가 하룻밤 사이에 감쪽같이 털린 사건 아닙니까?"

그때라면 그도 아직 본부에 적을 두고 있었던 때였다. 제칠비고라면 무림맹의 최중요 기밀 창고. 일곱 겹의 감시가 뚫리고 그 비고 안의 물건을 도둑맞은 사실을 그가 어찌 잊을 수 있겠는가.

"자넨 그때 없어진 물건이 무엇인지 몰랐을 거네."

"그렇습니다."

남궁현 같은 자도 모를 만큼 엄중하게 관리되었다는 사실만으로도 그것이 얼마나 중요한 것인지 능히 짐작할 수 있었다.

"철저히 함구령을 내렸으니 아마 그랬겠지. 그 물건은 바로……."

나백천은 내공을 이용해 펼쳐 낸 차음막으로도 불안한지 의도적으로 목소리를 더욱 낮추었다. 나백천이 그 물건의 정체와 유래에 대해 말을 하면 할수록 남궁현의 얼굴에서는 점점 더 핏기가 빠져나가며 핼쑥해졌다.

"서, 설마 그런 일이……."

자초지종을 모두 들은 남궁현의 입은 떡 벌어진 채 다물어질 줄 몰랐다.

"믿기 힘든 사실이지. 이 일을 아는 이는 삼성 세 분과 나, 또 몇몇 호법들뿐이네. 그런데도 그것이 감쪽같이 없어졌으니 무림맹이 발칵 뒤집힌 걸세."

때문에 몇몇 사람들은 직위 해제되어 옷을 벗어야만 했다. 모든 정보망과 인력을 총동원해 샅샅이 수색해도 결국 실마리조차 잡아내지 못했던 사건이었다.

"이 서찰은 이 년 전 범인이 두고 간 서찰일세. 어차피 자네도 알아야 할 일이니 서둘러 읽게나."

그 말에 남궁현의 두 눈이 휘둥그레졌다.

"범인이 그때 단서를 두고 갔던 겁니까?"

"그렇지만 극비에 붙여졌지. 자칫 말이 새 나갔다가는 강호가 혼란에 빠질 게 불 보듯 뻔했으니까!"

나백천이 심각한 어조로 말했다. 도대체 어떤 내용이기에 그토록 엄중히 다루었던 것인지 남궁현은 도리어 더욱 불안해졌다.

"보면 알게 되네."

그의 마음을 읽기라도 한 듯 나백천이 대답했다. 남궁현은 조심스럽게 이 년 전 범인이 남겼다는 편지를 열어보았다. 서찰을 잡고 있는 남궁현의 손은 금세 사시나무 떨리듯 세차게 경련했다.

"이… 이건……."

떨리는 것은 비단 그의 손뿐이 아니었다. 나백천은 침중한 얼굴로 고개를 끄덕였다. 믿을 수 없다는 표정으로 남궁현은 다시 한 번 서찰을 들여다보았다. 두 번, 세 번, 아니, 다섯 번을 다시 읽어도 그곳에 적혀 있는 내용은 변하지 않았다.

잃어버린 물건을 찾아간다. 그동안 잘 보관해 줘 고맙다. 다음에 보자.
―빚을 진 자가.

"하지만 제칠비고에 보관되어 있던 물건은……."
남궁현은 두려운지 차마 방금 들었던 그 이름을 입 밖에 내지 못하고 우회적으로 표현했다.
"그래! 일명 '서풍(西風)의 광란(狂亂)', 바로 사천멸겁 중 한 명인 서천의 독문기문병기일세!"
"그럼, 설마 서천(西天)이 아직 살아 있다는……."
남궁현은 하늘이 무너졌다는 소식을 들은 사람 같은 표정이 되었다. 비록 오십여 세라고는 하나 아직도 그는 무림에서 젊은 축에 속했다. 백 년 전의 천겁혈세는 전설 속의 이야기나 다름없었다. 그 역시 대전에 참전했다는 조부로부터 간간이 들은 이야기가 전부였다. 하지만 그 얘기 속에 깊이 배인 공포의 잔재만으로도 당시의 두려움과 공포를 어느 정도 전해 받을 수 있었다.
"쉿! 그런 말, 쉽게 입에 담아선 안 될 것이네. 아직 확정된 것은 아무것도 없으니."
나백천이 신중한 얼굴로 주의를 주었다.
"제, 제가 너무 성급했습니다."
남궁현은 실책을 자인했다. 나백천의 의도는 분명했다. 세상에는 사칭이라는 것이 있지 않은가. 범인은 얼마든지 그 수법을 이용할 수 있었을 것이다. 괜히 호들갑을 떨다가는 일을 시작해 보기도 전에 자멸할 수 있었다.

"내가 왜 자넬 일부러 은밀하게 이곳에 불렀는지 이제 알겠나? 모든 판단은 사실 확인을 한 이후로 미루게."

"예, 명심하겠습니다, 맹주님!"

나백천은 그제야 만족한 듯 가볍게 고개를 끄덕였다.

"이건 이번에 내 앞으로 은밀히 도착한 서찰일세."

나백천은 두 번째 서찰을 내밀었다. 좀 전의 빛바랜 서찰과 달리 아직 새 티가 역력했다. 저것이 바로 나백천을 움직이게 해서 사천 지부 사람들이 몇 날 며칠을 새게 한 원흉이리라.

남궁현은 뻣뻣하게 긴장된 손길로 서찰을 펴보았다. 겉봉에 적힌 '무림맹주 친전'이라는 글의 서체는 좀 전의 서체랑 꼭 같았다. 내용은 짧았지만 결코 가볍지 않았다.

바야흐로 때가 되었다. 빚을 청산할 때가! 서쪽 관문을 넘어 서쪽 끝에서부터 다시 바람이 불기 시작할 것이다.

―빚을 진 자가.

"관문이라면 아마 사천 옥문관을 가리킨 것이겠지. 중원의 서쪽 끝에 위치한 천험의 요새이니 말일세. 중원의 서쪽 끝이면 단연 이곳 아니겠나?"

"그래서 사천으로……."

"바로 그걸세."

굳이 이런 서찰을 보낸 것은 그로 하여금 본부에서 이탈하게 하려는 함정일 수도 있었다. 나백천이 딸을 데리고 온 것도 사실은 그런 불안이 있어서였다. 자신이 없는 무림맹에 두는 것보다는 차라리 위험해도 함께 데려오는 편이 마음 놓였다. 어쨌든 함정이고 뭐고 직접 나설 수밖에는 없었다. 서찰은 일종의 도전장이기도 했던 것이다.

"이 년 만에 나타난 유일한 단서라네. 내 어찌 그걸 소홀히 다룰 수 있겠나?"

'확실히 그 일이라면 맹주님 본인이 직접 나선다 해도 이상할 게 없지.'

왜 수십 일 길인 이곳까지 번거로운 몸을 움직였을까 고민했었는데 이제야 제대로 납득이 갔다.

"제가 해야 할 일은 무엇입니까?"

마른침을 삼키며 남궁현이 물었다. 어깨가 천 근 철추에 눌린 듯 무거워져 왔다.

"우선 단서가 있나 알아봐 주게. 내용은 비밀로 하고. 기밀 유지가 최우선 관건이네."

"어렵겠군요. 일을 어디서부터 시작할지 난감합니다."

수하들에게도 함부로 정보를 흘릴 수 없는 이상 번거로움은 따놓은 당상이다. 수하를 부리는 의미마저 없어지는 것이다.

"걱정 말게. 그가 진짜 서천이라면 단서가 있네. 과거 삼성께서 남겨 놓으신 증거지."

"그 단서는 무엇입니까?"

남궁현을 바라보는 나백천의 안광이 날카롭게 빛났다.

"백 년 전 그자는 천무삼성에 의해 오른팔이 잘렸네."

"그럼 그자가 외팔이라는……."

그러나 나백천은 고개를 가로저었다.

"아닐세! 이 년 전이라면 확실히 그랬겠지만, 지금은 아니지!"

"예?"

어리둥절해하는 남궁현의 모습에 아랑곳 않고 나백천은 단호한 목소리로 힘주어 말했다.

"그 독문병기는 그자의 팔이라네! 그러니 외팔이이면서도 외팔이가 아닌 자를 찾게!"

*　　　*　　　*

"이거 한바탕 몰아치겠는걸?"

산 중턱에 서 있던 소년이 몰려오는 먹구름을 바라보며 중얼거렸다. 물기 머금은 바람이 그의 작은 몸을 제법 매섭게 때리고 있었다.

하늘을 검게 뒤덮은 구름이 범상치 않다. 두께와 색깔을 보면 비바람을 잔뜩 품고 있음이 틀림없었다. 짙은 먹구름 안에서 성난 용이 꿈틀거리는 듯했다.

"류연아! 빨래 걷어라! 폭풍우가 올 게다."

등 뒤에 서 있는 초옥 안에서 사부의 목소리가 들려왔다.

"알아요."

소년 비류연이 퉁명스레 대꾸했다.

"근데 빨래가 문제가 아니라 집이 무너지지 않을까요?"

흘끔 초옥을 바라보며 비류연이 걱정스런 어조로 말했다. 서 있는 폼이 언제 무너져도 이상하지 않을 정도로 영 생긴 게 시원찮았다.

"근성으로 버티면 돼!"

사부의 조언은 전혀 쓸모가 없었다.

"근성만 있으면 예산도 계획도 필요없는 겁니까?"

소년이 항의했다.

"엉!"

항의는 즉각 묵살당했다.

*　　　*　　　*

방 밖에는 폭풍이 몰아치고 있었다. 사내는 탁자 위에 놓인 것을 물끄러미 내려다보고 있었다. 철로 만들어진 기다랗게 생긴 철관이랄까, 이리저리 복잡하게 쇠사슬이 묶여 있는 철 상자였다.

들썩거리는 창문 틈을 비집고 들어오는 바람에 사내의 오른쪽 소매가 맥없이 펄럭였다. 사내는 외팔이였다.

"폭풍이라…이 녀석과 잘 어울리는 밤이군!"

철컥! 철컥!

외팔이 사내는 이중 삼중으로 둘러친 쇠사슬을 천천히 벗겨내고 상자를 열었다. 마찰음과 함께 상자가 열렸다.

"드디어……."

상자 안을 바라보는 사내의 입가에 사악한 웃음이 번져 간다.

번쩍!

창밖으로 뇌전이 번뜩인다.

우르르릉! 콰쾅!

천둥이 대기를 때린다.

"때가 되었다!"

외팔이 사내는 상자 안으로 손을 집어넣어 그 안에 있는 물건을 꺼냈다.

"복수의 때가!"

*　　　*　　　*

저벅저벅저벅!

무림맹 사천 지부 지부장 집무실 앞 복도로 한 사람이 걸어왔다. 사내의 발걸음이 문밖에서 우뚝 멎었다.

번쩍!

번쩍이는 섬광이 창호지 위에 사람의 그림자를 만들어냈다.

"누구냐!"

탁자 위의 검대에 올려놓았던 검을 잡으며 남궁현이 외쳤다.

"……."

드르륵!

대답 대신 문이 활짝 열렸다.

"뭐야, 자네였나."

방문자를 확인한 남궁현은 검을 무릎에 올려놓으며 다시 자리에 앉았다.

"자네 일부러 그랬지! 좀 기별이나 하고 들어오게. 깜짝 놀랐잖나, 부총령."

남궁현의 비난을 받은 부총령 나일천은 시큰둥한 어조로 답했다.

"여긴 무림맹 사천 지부 안입니다. 누가 감히 허튼수작을 부린단 말입니까? 지부장님이 너무 소심하면 보기 안 좋습니다."

"자네한테 그런 말 듣고 싶지 않네. 그래, 무슨 일인가?"

갑자기 진지한 얼굴이 된 나일천이 심각한 표정으로 말했다.

"서천에 대한 단서가 잡혔습니다."

"뭐?"

남궁현의 얼굴이 순식간에 굳었다. 이름조차 입에 담기 두려운 존재, 혈신을 호위하던 네 명의 심복, 그 이름도 두려운 사천멸겁. 그중 행방불명된 서천의 행방에 대한 단서를 찾았다는데 그가 어찌 긴장하지 않을 수 있겠는가. 그런데 뭔가가 이상했다. 뭔가 알 수 없는 위화감이 있었다.

"예, 그렇습니다. '외팔이면서도 외팔이 아닌 자'라는 수수께끼를 푸는 게 도움이 되었지요."

나일천은 여전히 진지한 표정이었다. 남궁현은 그 얼굴을 찬찬히 바라보며 고개를 끄덕였다. 슬슬 위화감의 원인을 알 것 같았다.

"아, 그렇군. 그래, 그렇군……. 그런데 말이야."

"예?"

나일천이 눈을 둥그렇게 뜨고 반문하는 동안 남궁현은 천천히 손을 무릎으로 가져갔다.

"어떻게 알았나? 나는 자네한테 '서천'이라는 말을 꺼낸 적이 없는데 말이지."

번쩍!

창문을 뚫고 들어오는 섬광을 배경으로 나일천은 번개처럼 오른손을 들어올렸다. 남궁현이 급히 의자를 박차며 몸을 뒤로 날리는 동시에 의자는 산산조각이 났다.

"어떻게 오른손이!"

분명 헐렁해야 할 그곳에 손이 달려 있었다. 나일천의 입가에 조소가 맺혔다. 말투도 바뀌었다.

"이건 이제야 눈치 챘나? 생각보다 멍청하군."

"이런, 네놈이!"

남궁현이 검을 빼 드는 동안에도 나일천은 그 자리에서 꼼짝하지 않았다.

"훗!"

다시 한 번 입가에 조소가 걸리는 순간, 나일천의 오른손이 남궁현의 심장을 향해 뻗어갔다.

피융!

어떤 사전 동작도 없이 날카로운 창처럼 늘어난 오른손이 섬전처럼 빠른 속도로 남궁현의 심장을 쫓아가 꿰뚫었다. 남궁현의 검은 덜컥, 힘없이 땅에 떨어졌다.

콰악!

남궁현의 심장을 꿰뚫은 마수(魔手)는 여력이 감소하지 않은 채 그대로 뒤편의 벽을 꿰뚫고 그곳에 박혔다.

남궁현은 순식간에 꼬치 신세가 되어 허공에 매달리게 되었다.

스르르르륵!

팔은 뻗은 채 나일천의 몸이 지면을 스치듯 움직여 남궁현에게 다가갔다.

"서, 서천은 분명 백이십 살도 넘었을 텐데……."

나일천을 내려다보는 남궁현의 눈에 불신의 빛이 가득 찼다.

"뭐, 이대째라고 해두지."

"내, 내겐 무슨 원한이……."

"별로. 난 장손이 싫거든."

남궁현의 가슴을 꿰뚫은 오른팔에서 붉은 피가 흘러내리는 것을 바라보며 나일천이 내뱉듯 말했다.

"장손이란 것만으로 모든 걸 손에 넣잖아. 그건 그렇고, 꽤 오래 버티는데?"

예상대로라면 곧바로 숨이 끊어졌어야 정상이다.

"과연, 썩어도 준치란 건가! 몸을 비틀어 심장을 비켰군. 그러면 좀 더 도와주지!"

찰캉 하는 소리와 함께 남궁현의 몸에서 굵은 쇠침이 튀어나왔다. 피가 분수처럼 치솟아 바닥을 홍건히 적신다.

"잘 가시오, 지부장 나리!"

나일천이 즐거이 미소 지으며 말했다.

스르륵!

늘어났던 팔이 점점 줄어들었다. 뽑혀져 나온 마수 위에는 붉은 심장이 들려 있었다. 조금 전까지만 해도 남궁현의 가슴속에서 더운 피를 내뿜던 바로 그 심장이었다.

와작!

약간의 힘을 가하자 심장은 마치 사과처럼 붉은 즙을 내며 바스러졌다.

"호호호!"

그의 입가에 잔인하면서도 즐거운 미소가 맺혔다.

"자, 그럼 이제 우리 귀여운 조카님을 만나러 가볼까!"

얇은 윗입술을 혀로 핥으며 나일천이 중얼거렸다.

밖에는 여전히 폭풍우가 세차게 몰아치고 있었다.

어둠에 잠겨들다
―추락하는 봉황

폭풍이 몰아친다. 거친 비바람에 항거하는 잠겨진 문을 비틀고 폭풍이 틈입한다.

똑! 똑!

계단을 타고 물방울이 흐른다. 빗물이 아니다. 좀 전까지 누군가의 몸속에 생명을 싣고 돌고 있었을 붉은 액체, 그것은 바로 피였다.

핏물은 계단 위에서부터 아래로 흘러내리고 있었다. 삼층 꼭대기의 객실 앞. 피는 그곳에서부터 흘러내려 오고 있었다. 삼층 복도는 이미 피로 흥건했다. 피의 강은 복도를 따라 안으로 쭉 이어져 있다. 그 복도의 끝에는 오직 방 하나만이 존재했다. 그 방문 앞에 두 명의 여무사가 핏물에 머리를 박은 채 쓰러져 있다. 두 사람 모두 심장이 있어야 할 곳이 텅 비어 있었다.

피의 강은 텅 빈 심장 자리에서부터 시작되고 있었다. 하얀 창호지로 도배되어 있던 방문은 붉은 피의 꽃이 활짝 펴 있었다. 그리고 그 문은 지금 굳게 닫혀 있었다.

"크크큭!"

검은 옷을 입은 사내가 웃었다. 그 웃음에 소녀는 본능적으로 몸을 움츠렸다. 창백한 얼굴에 두려움이 가득했다.

"응, 왜 그렇게 떨고 있느냐, 린아?"

사내가 물었다.

"오… 오지 마세요."

소녀는 바닥에 주저앉은 채 뒷걸음질치며 외쳤다.

"오지 말라니? 숙부가 조카한테 다가가는데도 일일이 허락을 맡아야 하느냐?"

나일천이 붉게 물든 오른손을 으쓱 들어올리며 짐짓 안타까운 어조로 말했다.

째, 쨱. 푸득, 푸드득.

복도에서부터 약간의 불빛만이 스며들어 오는 어두침침한 방. 그 어둑함 속에서도 피에 젖은 손을 보았는지 작은 새는 소리를 죽이면서 푸득푸득 날개를 떨었다. 나일천이 한발한발 소녀, 나예린에게 다가가자 새는 어지러이 횃대 위를 맴돌았다.

"수, 숙부."

툭!

뒷걸음치던 등이 차가운 벽에 가 닿았다. 더 이상 물러날 곳은 없었다.

"벌벌벌벌, 흐흐흐흐. 비에 젖은 새처럼 떠는 모습도 사랑스럽기 그지없구나."

번쩍!

다시 한 번 섬광이 번쩍였다.

하얗게 드러난 나일천의 눈이 사이하고 음침한 빛으로 물들었다. 추악한 욕정으로 번뜩이는 눈. 그 사악하고 뒤틀린 욕정의 사념(邪念) 덩어리가 나예린의 마음속으로 흘러들어 왔다. 그것은 이미 들짐승의 눈이었다.

"흐흐흐, 너의 그 순결한 눈동자는 독(毒)보다도 치명적이구나. 진주를 녹인 듯 보드라운 살결, 석류처럼 붉게 흐드러진 향기로운 입술… 흐흐흐. 예린아, 너는 왜 이리도 나를 미치게 하느냐. 난 이제 더 이상 참을 수가 없다, 참을 수가 없어!"

그 순간 나예린은 숙부의 가슴속 밑바닥에서 일렁거리는 그것을 보았다. 저주받을 용안 덕분에 그녀는 그것을 똑똑히 볼 수 있었다. 오로지 쾌락, 쾌락만을 부르짖는 추악한 들짐승의 본능을!

농밀하게 뭉쳐진 끈끈하고 더러운 독기가 그의 몸에서 자욱이 퍼져 나왔다. 그 시커먼 독소의 덩어리는 흡사 거대한 독벌레처럼 꿈틀꿈틀 촉수를 펼쳐 왔다.

"자아, 착하지. 어서 이 숙부의 품에 안기려무나."

나일천의 그림자가 점점 더 커지며 예린의 작은 몸을 뒤덮었다. 그녀는 눈을 질끈 감고 몸을 움츠리며 외쳤다.

"시, 싫어어!"

누가, 누가 제발 도와주었으면.

푸득, 푸드득.

유일하게 그 광경을 지켜보고 있던 새는 가만히 멈춰 서서 날개만을 푸드득 떨고 있었다.

"흐후후, 좀 더 울부짖어라! 그 모습은 더 더욱 참을 수 없구나. 어서, 어서 너의 그 보드라운 살결을 헤집어주마! 깨끗할수록 더럽혀지는 것은 어차피 숙명. 그렇다면 이 몸이 더럽혀줘야겠지?"

나일천이 서서히 어린 예린을 향해 손을 뻗었다. 그녀는 뱀 앞의 다람

쥐처럼 오들오들 몸을 떨었다. 벽을 타고 오른쪽으로 다시 뒷걸음질쳐 보았지만, 곧 또 다른 벽에 가로막히고 말았다.

나일천은 서두르지 않았다. 천천히 쾌락을 음미하려는 것일까. 시간이 갈수록 그의 욕정과 광기는 더욱더 짙어질 따름이었다.

"아무에게도 널 내주지 않겠다. 곧 네가 환희로 몸을 떨며 내 품에 매달리도록 해주마. 흐후후후!"

그의 입가에서 흘러나오는 광소가 더욱 스산해졌다. 역겨운 입김이 예린의 목에 들척지근하게 달라붙었다. 그녀는 두려움과 역겨움에 몸을 떨었다. 너무나 무서웠다. 너무나 더러웠다.

'제발 도와줘요, 제발!'

그러나 그녀의 염원은 어디에도 닿지 않았다. 점점 농후해지는 광기와 독기, 그리고 그 후텁지근한 입김에 질식할 것만 같았다. 암흑의 나락이 저 밑에서 입을 쩍 벌린 채 그녀를 삼키려고 기다리고 있었다.

"아빠!"

마지막 힘을 짜내 울부짖었다. 그 호칭을 듣는 순간 나일천의 두 눈에서 광기가 폭발했다.

철썩!

예린의 작은 몸이 바닥에 나동그라졌다. 나일천이 거칠게 뺨을 때리자 힘을 버텨내지 못하고 쓰러진 것이었다.

쾅!

그녀는 미처 정신을 차리기도 전에 벽에 등을 부딪치며 다시금 눈앞이 하얘지는 것을 느꼈다. 어느새 나일천은 한 손으로 그녀를 들어올려 벽으로 거세게 밀어붙이고 있었다. 작은 발이 허공에서 대롱대롱 흔들렸다.

얼얼한 오른쪽 뺨, 불에 덴 것 같은 입술, 혀끝으로 느껴지는 찝찔한 액체. 숨이 막혀왔다.
"흥, 그 멍청한 놈은 바빠서 오지 못할걸! 여기 있는 것은 너와 나, 둘 뿐이지. 걱정 마라, 시간은 아주 많으니!"
이글이글 광기에 타오르는 눈으로 나일천이 내뱉었다. 예린의 입가로 흘러나온 핏방울이 똑, 바닥으로 떨어졌다.
"이런이런, 예쁜 얼굴이 아깝게 됐구나. 하지만 이건 이거대로 독특한 맛이 있지."
나일천은 예린의 턱으로 흘러내리는 피를 자신의 혀로 핥았다. 그녀는 뱀의 혓바닥이 얼굴을 핥는 듯한 감각에 숨도 쉬지 못하고 굳어버렸다.
그는 왼손으로 그녀의 가녀린 목을 움켜쥔 채 오른손을 천천히 목덜미에 가져다 댔다. 날카로운 쇳조각이 와 닿자 섬뜩한 한기가 그녀의 몸 전체로 퍼져 나갔다.
"흐흐흐, 그럼 어디!"
나일천의 날카로운 쇠 손톱이 그녀의 가녀린 쇄골 한가운데를 따라 서서히 내려왔다.
날카로운 칼날이 지나간 자리처럼 그녀의 옷이 양측으로 갈라졌다. 사내의 욕정과 광기는 폭발할 듯 농밀해졌다. 그의 입에서는 기묘한 신음 성과 함께 뜨거운 입김이 연신 뿜어져 나오고 있었다.
예린은 파들파들 경련하기 시작했다. 정신이 점점 아득해지는 것 같았다. 아니, 오히려 한시바삐 아득해지고 싶었는지도 몰랐다.
"아, 아빠… 제발, 도와……."
눈에 맺힌 눈물이 뺨을 타고 흘러내려 바닥에 떨어졌다.
톡! 사르륵!
눈물방울이 찢겨진 옷자락과 함께 바닥으로 흩뿌려졌다.
"끼아아아아악!"

절규, 날카로운 비명이 울려 퍼졌다.

와장창창!
광기로 번뜩이던 나일천은 고개를 홱 돌렸다. 부서진 문짝에서 튀어오르는 파편이 그의 팔에 맞고 떨어졌다.
"웬 놈이냐!"
방 안으로 뛰어든 인영(人影)이 번개처럼 맥문을 움켜잡는 바람에 나일천은 순간적으로 손아귀의 힘을 풀고 말았다. 벽에 눌려 있던 예린의 몸이 툭 하고 아래로 떨어졌다. 침입자는 왼손으로 예린을 받아들며 재빨리 오른손의 검을 놀려 탁자 위의 천으로 그녀의 몸을 덮어주었다.
나일천은 침입자가 손을 쓰는 틈을 타 한바탕 발길질을 한 다음 몸을 뒤로 날렸다. 기절한 나예린을 흐트러진 침상에 올려놓은 후 침입자는 몸을 돌렸다.
문짝이 떨어져 나간 자리로 복도의 불빛이 쏟아져 들어왔다. 나일천은 그제야 방 안에 침입한 이가 누군지를 알아볼 수 있었다.
"혀… 형님……."
문짝을 부수고 들어와 자신의 손아귀에서 다 잡은 새를 빼앗아간 자는 다름 아닌 친형 나백천이었다. 창백한 나백천의 얼굴은 지금 분노로 파르르 떨리고 있었다.
"이, 이 끔찍한 참상은 대체 뭐냐? 내가 형이라고? 그렇다면 저 아이는 네 조카다, 그것도 아직 열두 살밖에 안 된 어린애야!"
"어, 형님, 그러니깐 이건……."
'쳇, 계획이 틀어져 버렸군.'
당황해하는 표정과는 달리 그의 마음은 얼음장처럼 차갑게 날을 갈고 있었다. 오른팔은 이미 암암리에 소매 속으로 거두어들인 뒤였다. 다행히 나백천은 딸아이의 일에 정신이 없어 나일천에게 오른손이 있었다는 것을 눈치 채지 못한 듯했다.

"도대체 이게 무슨 짐승만도 못한 짓이냐!"

마침내 나백천이 노성을 터뜨렸다. 이미 일이 틀렸다는 것을 깨닫자 나일천은 사정없이 검을 휘둘렀다. 나백천에게서 전수받은 검법, 〈백혼검뢰천검식〉이었다. 그의 날카로운 공격에는 뚜렷한 살의가 깃들어 있었다.

챙!

동생이 이렇게까지 뻔뻔하고 잔인하게 나올 줄 몰랐던 형은 기겁을 하며 검을 막았다.

"못난 놈! 반성하기는커녕 검을 휘두르다니. 혈육에게 패륜을 저지를 셈이냐?"

"흥, 이미 틀어진 것을 어쩌라고. 근친 강간이나 근친 살해나 거기서 거기 아니겠소. 형님, 이 아우는 이미 거리낄 것이 없소이다."

간악하고 파렴치한 동생의 말에 나백천은 정신적인 충격으로 눈앞이 노래졌다. 등짝에 칼이 꽂힌 기분이었다.

"이, 이놈이, 어디라고 그런 망언을 입에 담느냐! 정녕 네가 내 동생이냐? 사천무림맹의 부총령이란 말이냐? 이놈! 하늘이 두렵지도 않느냐?"

"하늘이고 부총령이고 시궁창에나 처박으라지! 어차피 난 이름도 뭐도 없고 그냥 '무림맹주의 동생'일 뿐, 사천 부총령이래 봤자 맹주님 앞에선 저 밑의 떨거지에 불과하오. 그럴 거면 차라리 다 뒤엎어 버리는 게 낫지 않겠소?"

예상치 못했던 동생의 한 맺힌 폭언에 나백천은 가슴이 철렁 내려앉았다.

"그래그래, 이왕 뒤엎을 거라면 우리 위대하신 형님부터 지옥 맛을 보여 드려야지! 그렇게 곰곰 궁리를 해봤더니 묘수가 하나 나옵디다. 전부터 동하긴 했어도 억지로 참고 있었는데 마침 잘됐다 싶었지요. 흐흐흐."

성토를 듣고 있던 나백천의 얼굴이 분노로 시뻘겋게 달아올랐다.

"그게 네 친조카란 말이냐? 여린 마음으로 고통받는 저 작은 아이를 더럽히는 것이 고작 네가 생각해 낸 복수냐! 인간이라면 그런 치졸하고 간악한 방법을 생각해 낼 수 없다. 암, 없고말고."

나일천은 새삼스레 무슨 소리냐는 듯 눈을 둥그렇게 뜨고 말했다.

"인간이니까 그런 묘수를 떠올릴 수 있는 거외다. 안 그러면 그야말로 영락없는 짐승 아니겠소?"

그의 궤변을 듣자 나백천은 완전히 뭔가가 끊어져 버리고 말았다.

"짐승 새끼만도 못한 것! 네가 그 꼴이 된 것은 자업자득인 것을, 남 탓만 하고 맹주 자리나 탐을 냈단 말이로구나! 너처럼 어리석은 놈은 백년천년을 발버둥 쳐도 결코 맹주 될 자격이 없다!"

"흥, 힘있는 자가 맹주가 되는 것은 강호의 법칙이오. 바로 나 같은 패왕(覇王)이 말이지!"

외침이 끝나기도 전에 나일천이 도약했다. 번뜩이는 섬광의 무리가 나백천을 향해 쏟아져 갔다. 그러나 이번에는 그도 내심 대비하고 있었기에 나일천의 검초들은 별 효용 없이 무위로 돌아갔다.

어차피 그가 직접 가르친 검법이니 세세한 변식 하나까지 손바닥 보듯 파악하고 있었다. 승부는 이미 정해져 있었다. 또다시 동생의 칼질을 막아내며 나백천은 슬픔에 복받친 얼굴로 되뇌었다. 그의 노안에서 두 줄기 눈물이 흐르고 있었다.

"이토록 추악하게 쓰라고 검법을 가르친 것이 아니었거늘… 못난 놈!

네놈의 못난 목숨, 내 손으로 거둬주마!"

나백천의 검이 번쩍 빛났다. 나일천의 검보다 수배는 빠른 쾌검이었다. 진정으로 〈백혼검뢰천검식〉이라는 명칭이 어울리는 눈부신 속도였다. 그를 막는다는 것은 불가능했다.

"크아악!"

비명성을 터뜨리며 나일천은 검을 떨어뜨렸다. 그의 왼팔에서 피가 주르륵 흘러내렸다.

"결국, 결국 난 어느 것 하나 당신을 이기지 못하는구려, 나백천!"

그는 더 이상 나백천을 형이라 부르지 않았다.

"당신이라고?"

"크크큭! 이미 끊어진 인연 아니오. 설마 아직도 뭔가 미련이 남은 것은 아니겠지?"

냉소적인 그의 말에 나백천이 움찔했다. 딸아이의 일과 동생의 패륜으로 눈이 뒤집히긴 했지만, 사실 어느 정도는 기대하고 있었는지도 모른다. 나일천의 말은 일종의 확인사살이었다. 나백천은 그에게 검끝을 겨눈 채 외쳤다.

"사죄해라!"

"뭘 사죄하란 말이오?"

고통 속에서도 비웃음이 담긴 어조로 나일천이 물었다.

"나에게 사죄하는 것은 기대도 하지 않겠다. 하지만 저 아이에게는, 네가 남긴 상처가 평생 지워지지 않을 저 아이에게는 사죄하지 않으면 안 된다!"

나백천이 가리킨 곳에는 어느새 정신을 차리고 일어나 두려움에 벌벌 떠는 작은 여자 아이가 있었다. 눈을 마주치기만 해도 그녀는 또다시 기절해 버릴 것 같았다.

어둠에 잠겨들다

씨익! 나일천의 입가에 잔혹한 미소가 맺혔다.

"사죄하마, 예린아! 이, 숙부가 사죄하마! 암, 사죄하고말고. 잔뜩 기대하고 있었을 텐데 미안하구나. 어른의 맛을 가르쳐 주지 못하다니, 언젠가는 꼭 이 숙부가 네 보드라운 속살을 가르고 듬뿍 귀여워해 주마. 반.드.시!"

털썩.

예린은 쓰러졌다. 검은 악의의 홍수가 어린 소녀의 영혼을 삼켜 버렸다. 망가질 대로 망가진 마음에 또다시 몰아쳐 온, 끈적끈적 짙게 농축된 악의의 덩어리. 그것은 그녀가 견뎌낼 만한 충격이 아니었다. 모든 빛깔이, 모든 소리가 세상으로부터 사라졌다. 빛은 사라졌다. 자신도 사라졌다. 아무것도 남아 있지 않았다.

"네, 네놈이!"

마지막까지 이런 패행을 저지를 줄 몰랐던 나백천은 경악하고 말았다. 그러나 그 패륜아를 참할 일보다는 딸이 더 걱정되었다. 그 말이 최후의 기폭제가 되었는지 딸아이의 상태가 어딘가 이상했다. 어린 딸의 상태에 놀란 나백천의 신경이 한순간 그쪽을 향해 쏠렸다. 나일천은 그 순간을 놓치지 않았다. 이 기회를 만들어내고자 그는 다시 한 번 어린 조카의 정신에 지워지지 않는 깊은 상처를 새겨 넣었던 것이다.

깡!

쇠와 쇠가 부딪치는 소리가 폭우 소리를 뚫고 방 안에 울려 퍼졌다. 나백천을 강력한 힘으로 내려친 것은 검도 칼도 아니었다. 그것은 바로 나일천의 새로운 오른팔이었다.

"이, 이럴 수가!"

간신히 제때 공격을 막아낸 나백천은 경악했다. 그제야 동생의 몸에 새로 돋은 오른팔의 존재를 깨달은 것이다. 그는 여전히 직접 칼을 맞대고 있으면서도 자신이 본 것을 믿을 수 없었다.
"왜? 당신이 냉큼 잘라냈었던 게 멀쩡히 돌아나서 놀랐소?"
나일천의 입가에 비웃음이 맺혔다.
"설마 네놈이!"
하나의 깨달음은 연쇄적으로 또 다른 깨달음을 불러왔다.
"바로 맞췄소!"
그 순간 나일천의 소매가 검력의 여파를 견디지 못하고 갈기갈기 찢어졌다. 그리고 그것이 드러났다. 일만 삼천 장의 싸늘한 쇳조각으로 만들어진, 피에 굶주린 마수가!
"서풍의 광란……."
나백천의 입에서 침음성이 흘러나왔다. 나일천은 형의 그런 망연자실한 모습을 보는 것이 기뻐서 견딜 수 없는 모양이었다.
"후후, 서천의 행방을 찾으러 오신 것 같던데, 마침 잘됐구려!"
나일천의 비웃음이 극에 달했다.
"내가 바로 당신을 파멸시킬 새로운 서천(西天)이니까 말이지!"
찰칵!
모습을 드러낸 검은 마수가 수백 개의 비늘을 칼날처럼 날카롭게 세웠다.
"이것은……."
나백천의 생각은 더 이상 이어질 수 없었다.

서풍의 광시곡.
오의.
서풍광란.

거대한 광풍이 미친 듯이 장내에 몰아쳤다.
"예, 예린아!"
나백천은 다급히 딸을 쳐다보았다. 아직 무공을 모르는 어린 딸은 이만한 압력을 견디기에 너무나 무력했다.
"구십 년 만의 재현이라! 어디 한번 받아보시오!"
천겁혈세 당시 천여 명의 목숨을 앗아갔던 살초가 다시 한 번 맹위를 떨쳤다.
나백천은 다급히 수비식 중 가장 강력한 초식을 펼쳐 난폭한 폭풍의 앞길을 가로막았다.

백혼검뢰천검식(白魂劍雷天劍式).
오의(奧義).
뇌망백렬(雷網白裂).

새하얀 백광이 눈부시게 작렬하며 뇌망을 형성했다.
폭풍과 뇌망이 서로 부딪치며 맹렬히 기세를 다투었다. 불꽃과 굉음이 한곳에서 소용돌이쳤다. 그러나 다툼은 어느 한 명의 승자도 낳지 않은 채 그 끝을 고했다.
"칫, 상쇄했나?"
나일천이 불만스런 어조로 투덜거렸다. 그동안 증오로 벼려왔던 검날도 그의 적(敵)을 쓰러뜨리기엔 아직 날카로움이 부족한 모양이었다.
'쳇! 아직 미완성이라 이건가!'
과연 사철멸겁의 서쪽 축! 서천의 무공을 완전히 익히기엔 시간이 너무 촉박했던 모양이다.
"제기랄!"

아무래도 계획의 수정이 불가피해 보였다. 그동안 강해진 건 자신 혼자만이 아니었던 것이다. 높은 자리에 올랐으니 자만한 채 수련 따위 게을리 했으면 좋았을 것을! 이만큼 절호의 기회를 놓친다는 것은 그로서도 뼈아픈 일이었다. 그러나 동귀어진은 사양이었다. 이 싸움은 자신의 철저하고 확고한 승리로 끝나지 않으면 의미가 없다.

"결판은 다음으로 미뤄야겠소, 형님!"

대답을 기다리지도 않고 나일천이 왼손 장저를 내밀었다.

콰르르릉!

천둥치는 듯한 소리와 함께 그의 좌장에서 엄청난 광풍이 몰아쳤다.

"광풍장(狂風掌)!"

예전에 백풍검객으로 이름을 날리던 동생이 자랑하던 절초였다. 게다가 그가 장력을 쏘아댄 방향은 나백천이 그토록 사랑하는 딸이 있는 곳이었다.

"이 금수만도 못한 놈!"

나백천은 얼른 몸을 날려 장력을 받아냈다. 급하게 몸을 움직인 터라 위력을 완전히 반감시키지는 못했다.

그 순간 나일천은 그 반동으로 몸을 뒤로 날렸다.

콰쾅!

창문이 요란스레 부서지며 나일천은 사나운 폭풍우 뒤로 그 몸을 숨겼다.

"괜찮은 거냐, 예린아?"

걱정스런 표정으로 고개를 돌려 딸을 바라보는 순간, 나백천은 등골이 서늘해졌다.

"예린아! 예린아!"

별빛처럼 맑았던 눈은 어느새 검은 먹구름이 낀 것처럼 뿌옇게 변해 있었다. 침상에 쓰러져 있는 딸은 탁하게 변한 두 눈을 멀뚱히 뜬 채 석상처럼 굳어 있었다.
"예린아, 정신 차려라! 예린아!"
예린의 마음은 이미 굳게 닫혀 있었다.
그녀는 어둠에 휩싸여 까마득한 절망의 나락으로 떨어지고 있었다.

극락에서 만난 소녀
―어둠의 위액

'더러워… 싫어… 싫어. 오지 마, 오지 마. 이대로… 이대로 가라앉아 버리는 거야.'

뭉클거리는 어둠의 위장. 예린은 수천 수만 마리의 흉물스런 벌레들을 오물에 녹여 만든 어둠의 위액에 혼미하게 몸을 내맡기고 있었다. 그 끈적끈적한 위액의 독충들은 예린의 의식에 달라붙어 사각사각 의식의 껍데기를 갉아내 갔다. 후텁지근한 독액이 서서히 의식으로 스며들어 간다.

의식의 끄트머리가 독기에 닿을 때마다 예린의 정신은 파닥파닥 경련을 일으키며 검게 타 들어갔다. 검붉은 숙부의 신음성, 피비린내 나는 비명, 뭉클거리는 광기의 촉수, 찢겨져 나가는… 언젠가는 숙부가… 반드시……

'시, 싫어! 그마아아아안!'

예린의 영혼이 격하게 비틀리며 몸부림쳤다. 두려움, 혐오감, 증오,

그리고 광포한 살의가 갈 곳을 잃은 채 자신의 영혼을 할퀴고 뜯어버고 발기발기 찢어버린다. 너덜너덜, 형체를 알아볼 수 없게 될 때까지 미쳐버린 영혼은 광기로 날뛴다.

그리고 마침내 다시 한 번 찾아오는 편안한 절망감, 취할 것 같은 안락.

하지만 이 편안한 절망 상태도 길지는 않을 것이 틀림없었다. 또다시 뭔가가 떠올라 버리면 그녀의 의식은 처참한 자해를 다시금 반복할 것이 뻔했다.

그녀는 그 무형의 폐쇄 공간 속에서 발작과 절망의 쳇바퀴를 벌써 수백 수천 번이나 반복하고 있었다. 갈수록 잠겨드는 끊이지 않는 악몽의 나선이 찰나에도 끝없이 지옥의 영겁을 만들어냈다.

그녀는 그 진창의 늪 속에서 모종의 한 점으로 귀결하고 있었다.

'그래그래, 그런 일은 없었어. 아무 일도 없었던 거야. 그냥… 잠드는 거야. 그래, 그래, 그래, 그렇게……'

예린은 아직도 파들파들 소스라치는 마음속의 무언가를, 어둠과 절망으로 단단히 묶어버렸다. 다시는 풀어놓지 않을 생각이었다. 이제는 아무것도 듣지 않으리라. 이제는 아무것도 보지 않으리라. 이제, 무언가를, 떠올려 버리는 것 따위, 심연 저 밑으로 던져 버리리라.

*　　　*　　　*

나백천은 서천의 발동과 끔찍한 만행을 겪은 직후 사태를 수습하며 심각하게 고심해야만 했다. 치명적인 상태에 이른 딸아이를 어느 곳에서 보호해야 할 것인가. 아직 추격과 정보 수집, 기타 일 처리를 하자면 열흘 이상은 걸릴 게 틀림없었다. 상처 입은 딸아이를 이제 와서 혼자 돌려

보내는 것도, 천향루의 별채에서 섣불리 거처를 옮기는 것도 있을 수 없었다.
　애초에 천향루를 숙소로 택했던 것은 사천제일이라는 명성 외에도 이곳이 방어와 정보 교환에 가장 유리한 위치였기 때문이다. 비견될 만한 위치에 사천 지부가 있긴 했지만, 숙소로는 워낙 적합지 않은 데다가 지금은 남궁현의 살해 사건으로 뒤숭숭하기 짝이 없었다. 내부의 적으로 혼란을 겪기는 했어도, 역시 그 서천이 밖으로 빠져나간 현재로서는 이곳이 가장 유리한 거점이었다.
　특히 나예린이 묵고 있던 객실은 고요한 별채에 당시 보기 드문 삼층이라는 높이, 창밖으로 시야가 트인 후원이 펼쳐져서 가장 쾌적하고 안전한 장소였다. 하지만 그렇다고 참사가 일어난 방에 그대로 둘 수는 없는 법. 그는 고민 끝에 그녀를 부방(附房)으로 옮기기로 결정했다.
　삼층 객실 위에 얹혀진 부방(附房). 삼층 객실이 햇살로 달궈지거나 겨울에 춥지 않도록 온도를 조절해 주고 창고도 되는 작은 다락방이다. 방도 작고 복도도 없어 방문을 열면 바로 계단이었지만, 방어에는 오히려 최적이었다.
　나백천이 결단을 내리자 부방은 한 시진 만에 아담한 객실로 돌변했다. 나백천은 종이 인형처럼 변해 버린 딸아이, 그리고 그녀의 작은 새를 손수 옮기면서 이를 갈았다. 다시는, 다시는 그 누구도 딸아이를 상처 입힐 수 없게 하겠노라고 다짐하면서.

　얼마의 시간이 흘렀을까.
　예린은 작은 침상에 죽은 듯이 누워 있었다.
　좁지만 아담한 방. 창가에 겹겹이 드리워진 갈색 휘장 틈새로 싱그러운 햇살이 이리저리 기웃거리고 있었지만, 그녀는 아무런 반응도 하지 않았다. 창백한 피부, 가느다란 팔, 상처난 입술은 미동조차 하지 않았다.

짹, 짹.

탁자 위에 놓인 새장 속에서 작은 새가 들릴 듯 말 듯 희미하게 지저귀기 시작했다. 푸스스한 깃털, 불안정한 움직임, 며칠 만에 토해내는 첫 울음이었다.

고개를 외로 꼬며 몸 곳곳을 부리로 추스르고는 먹이 통에 든 먹이를 두어 번 콕콕 찍어 넘긴다. 조금씩 힘이 돌아오는 것일까.

짹짹!

지저귐이 확연해졌다. 예린의 손끝이 살짝 움찔하는 것 같았지만 눈은 여전히 감겨 있었다. 새는 기운을 완전히 회복했는지, 비로소 낭랑한 지저귐을 터뜨렸다.

짹짹! 뾰롱!

청아하고 맑은 새소리. 예린의 안색은 그 소리에 갈수록 파리해지고 있었다. 새는 마치 누군가를 애타게 찾기라도 하는 것처럼 끊임없이 노래를 불렀다.

짹짹짹! 뾰로롱!

짹짹!

예린은 마침내 뭔가에 홀린 듯 서서히 눈을 떴다. 검은 먹물이 번진 것처럼 뿌옇고 탁한 눈. 흔들리는 시선은 허공을 헤매다 탁자 위에 고정되었다. 순간 그녀는 가녀린 몸을 사시나무처럼 떨기 시작했다.

작은 새.

그날, 그곳에 있었던 작은 새.

그날, 그곳에서 자신을 지켜보고 있었던 작은 새.

그날, 그곳에서 숙부가… 자신을…….

뽀롱!

예린은 퀭한 눈으로 몸을 일으키다가 비틀거리며 바닥에 쓰러졌다. 멈칫한 것도 잠시, 그녀는 힘없는 다리를 억지로 움직여 탁자로 기어갔다.

탁자를 붙잡고 일어선 그녀는 떨리는 손으로 새장을 열었다. 새는 동그란 눈을 깜빡이며 가만히 횃대 위에 앉아 있었다. 예린은 가쁜 숨을 참으며 겁에 질린 얼굴로 손을 뻗었다.

따스한 깃털. 숨을 죽이고 엄지와 검지로 새의 목을 잡는다.

떨리는 손가락에 서서히 힘이 들어갔다. 작은 날개가 작은 손 안에서 조금씩 파닥거렸다.

조금만 더, 조금만 더.

예린은 거세지는 움직임을 느끼며 멍한 눈으로 손가락에 힘을 주기 시작했다.

푸득, 푸드득, 짹짹, 쿡!

"…아!"

예린은 새가 손등을 부리로 쪼자 화들짝 놀라며 손을 뒤로 뺐다. 살점이 살짝 패었는지 손등에서 피가 흘러내리고 있었다.

그 바람에 잠시나마 정신이 돌아온 것일까. 예린은 그제야 소스라치게 놀라며 참고 있던 숨을 거칠게 몰아쉬었다.

"하아, 하아……."

예린은 자신이 한 일을 믿을 수 없었다.

'내가…….'

톡, 멍하니 내려다보던 손등 위로 눈물이 떨어져 내렸다.

참을 수 없는 자기혐오. 그 속에서 한참을 얼어붙은 듯 서 있다가 다시금 새장으로 손을 뻗었다. 두 손으로 살포시 새를 감싼다. 더 이상 이 새를 여기 둘 수는 없었다.

그녀는 새를 가지고 비틀비틀 창가로 다가갔다. 휘장 너머로 넘실거리는 햇살이 그녀를 잠시 망설이게 했다. 만물을 생육하는 빛은 그녀에겐 곧 개방된 것의 상징, 두려움의 대상일 따름이었다.

잠시 후, 예린은 이를 악물고 문고리를 잡았다.

끼이이이익!

쏟아지는 햇살에 그녀는 눈을 꼭 감았다. 오랜만에 본 강렬한 햇살. 타 들어가는 고통이 엄습했다. 새 역시 발톱에 힘을 주며 예린의 손가락 위를 빙글빙글 돌았다.

날아갈 생각이 없는 것일까. 눈을 뜰 수 있을 정도가 되자 예린은 손가락을 살며시 흔들어보았다. 그러나 새는 떨어질까 두려운지 푸득거리며 손가락에 매달려 왔다.

"…가."

갈라진 입술을 움직여 힘들게 내뱉은 말이건만, 새는 날개를 푸득거리기만 한다.

"가! 어서!"

예린은 마지막 기력을 짜내듯 외치며 힘껏 손을 휘저었다. 새는 창틀 위로 떨어질 듯 위태롭게 날개를 파닥거리다가 겨우 균형을 잡았다. 새는 창가를 벗어나 날기 시작했다. 예린은 무심코 하늘을 올려다보았다.

구름 한 점 없는 하늘. 비참하리만치 덧없이 푸르렀다.

차라랑.

하늘이 웃음을 터뜨리는 것일까. 가슴이 저미도록 투명한 소리, 순수의 샘물이 흘러넘치는 소리였다. 나락에 녹아가던 예린의 영혼은 아려오는 고통에 몸을 떨었다.

딸랑, 딸랑!

개울 물 같은 방울 소리가 부드럽게 손을 뻗었다. 그녀는 눈물이 아롱진 눈으로 소리가 들려오는 곳을 바라보았다. 그곳에서는 어둠처럼 검은, 하지만 윤기를 발하는 아름다운 옷자락이 꿈결처럼 흔들리고 있었다.

차라라랑!

부서져 내리는 빛, 그 눈부신 빛이 터뜨려 내는 교소. 은빛의 물결이 그녀에게 손짓하고 있었다.

바람처럼, 새처럼.

예린은 빛에 이끌리듯 휘청거리며 어느새 창문 위로 올라섰다. 방울 소리가 운율을 맞춰 들려온다. 정신이 점점 아득해졌다.

하늘, 바람, 햇살, 새, 방울 소리……

경련처럼 입가에 미소가 맺혔다.

딸랑딸랑, 차라라라랑!

비틀거리듯 내민 마지막 한 발짝.

가녀린 몸이 깃털처럼 공중에 뜬 그 순간, 대지의 사슬은 광포한 힘으로 작은 몸을 끌어당겼다.

예린은 급격히 추락해 갔다.

연비가 창틀 위에서 위태롭게 서 있는 소녀를 발견한 것은 춤을 마무리하며 호흡을 고르고 있을 때였다. 후원에 가지 말라는 경고쯤은 간단히 무시하고 평소처럼 연습을 하고 있었던 것이다.

별채 뒤로 들어오는 길에서 일전의 그 높으신 영감과 무인들을 만나기는 했지만, 후원에서 춤을 추겠다고 하니 잠시 뭔가를 생각하다가 도리어 잘 부탁한다며 한숨을 쉬고 사라져 버렸다.

처음엔 수풀 너머로 보초가 경계를 하더니만, 춤 연습을 시작하자 곧 물러났다. 형태를 보면 아마도 저 위의 삼층 객실, 혹은 그 위에 '귀빈'이 있는 것 같았다. 애초에 귀빈용으로 지은 건물이라 삼층이라고는 해도 어지간히 높다. 부방은 더 말할 것도 없었다.

그렇다면 그 높으신 분도 고개를 끄덕인 열한 살배기 무희를 경계하는 것보다는 후원으로 침입할 수 있는 통로를 감시하는 것이 더 합리적이리라. 최소한 보초는 그렇게 판단한 것 같았다.

그 덕에 연비는 곧 호젓하고 아늑한 후원에서 마음껏 춤에 전념할 수 있었다. 위에 뭐가 있기에 그리 호들갑들인지 어떻게든 올라가서 봐주고 싶은 마음도 들었지만, 일단은 오늘 할 연습부터 끝내야 했다.

그렇게 한창 연습을 하고 있을 무렵, 새 한 마리가 부방 쪽에서 날아오르는 것이 언뜻 보이더니 이내 누군가가 창문으로 연비를 내려다보기 시작했다.

그리고 잠시 후.

"위험해!"

연비는 열성적이다 못해 무대 위로 다짜고짜 뛰어내린 소녀 관객을 받아주고자 몸을 날리며 속으로 혀를 찼다.

냅다 뛰어내리지만 않아도 그럭저럭 좋은 관객으로 남았을 것을.

불에 덴 듯 뜨거운 자극.

흩어졌던 의식이 자극을 기점으로 모여들기 시작했다. 약간의 정신이 돌아오자 소녀는 의문이 생겼다.

'…여긴, 극락?'

그런 것치고는 온몸이 통증을 호소하고 있었다. 역시 지옥인 걸까.

"정신이 들어요?"

부드러운 목소리가 들렸다. 따뜻한 손이 이마에 와 닿았다.

그녀는 눈을 떴다. 투명하고 깊은 진갈색 눈동자가 자신을 들여다보고 있었다. 화사하게 미소 짓는 우아한 현의(玄衣)소녀였다.

"…여, 여긴……."

"이제 좀 정신이 드나 보군요. 음, 짐작했겠지만 여긴 극락이에요."

"……!"

자못 진지한 어조의 말. 그녀는 눈을 동그랗게 떴다.

"풋! 농담이에요, 농담. 자, 여기저기 아프겠지만 좀 마시는 게 좋을 거예요."

농담의 주인공, 즉 연비는 작은 호리병을 소녀의 입에 대고 약간의 물을 흘려 넣었다. 일이 터지자 화급히 달려온 보초에게 빌린 물병이었다.

달려오던 보초는 연비가 몸을 날려 소녀를 받아 드는 광경, 이어 그늘로 안고 와서 그 소녀의 왼쪽 다리를 접골하는 것을 보자 눈이 휘둥그레졌다.

보초 자신이 부방에서 떨어지는 소녀를 받았다 해도, 저만한 높이라면 둘 다 어느 정도 부상을 입을 가능성이 컸다. 특히 이 경우 밑에서 받는 사람은 더 위중한 치명상을 각오해야 했다. 그런데 떨어진 소녀의 왼쪽 발목이 살짝 어긋난 걸 빼면 저 어린 무희는 다친 곳 하나 없었다.

한술 더 떠 자신과 비슷한 또래를 두 팔에 안고도 비틀거리는 기색 없이 그늘로 데려가 재빨리 치료하지 않는가. 눈 깜짝할 새에 다리를 맞춘 무희는 그에게 새침한 목소리로 말했다.

"아저씨, 이쪽에서 사람 부르러 가실 거죠? 오실 때는 저쪽에 있다가 제가 부르면 조용히 와주시겠어요? 뼈 맞춘 직후에 갑작스레 놀라면 별로 좋을 건 없으니까요. 아, 물은 좀 주고 가세요."

보초는 연비의 말에 할 말을 잃었다. 심상찮은 소녀에게 호위 대상을 맡겨도 될까 하는 점은 심히 찜찜했지만, 이 상황에서는 그야말로 가장 든든한 은인이었다. 해칠 거라면 진작 해쳤으리라. 게다가 어떻게 봐도 그 말대로 하는 것이 가장 합리적인 행동이었다.

보초는 다행히 구제불능의 바보가 아니었던지라, 결국 묵묵히 호리병을 건네준 뒤 묵묵히 자리를 떴다.

잠시 후, 깨어난 소녀에게 농담을 건네며 목을 축이게 한 연비는 불쑥 한마디를 던졌다.

"연비."

"……?"

"연비, 제 이름이에요. 아가씨는?"

"……."

소녀는 선뜻 답을 하지 못했다.

"흐음. 혹시 이름을 가르쳐 주면 안 되는 처지인가요?"

연비는 진심으로 물었다. 그도 그럴 것이, 어느 구석을 봐도 사연이 듬뿍듬뿍 배어 있는 소녀다. 귀빈실의 금지옥엽인가 했지만 그러기엔 모습이 너무 험했다.

여윈 몸매에 시체 같은 안색, 터진 입술, 퀭한 두 눈은 영락없이 사연 많은 영양실조 소녀의 모습이다. 그러나 유백색을 띠는 고급 복장이나 은근한 기품, 보초의 태도를 보면 또 그런 것만도 아니고. 그런데 왜 난데없이 저런 곳에서 뛰어내린 것일까.

이쯤이면 이름을 말할 수 없는 내막이 있다 해도 딱히 이상할 게 없었다. 하지만 소녀는 살며시 고개를 젓는다. 그저 말이 쉽사리 나오지 않았을 뿐일까. 입술이 머뭇머뭇 달싹거렸다.

"…ㄴ,…린"

소녀는 그 한마디를 힘겹게 내뱉고는 안색이 핼쑥해졌다. 꼭 가위에 눌렸다가 겨우 손끝을 움직여 낸 사람 같았다.

이게 소녀가 타인에게 일 년 만에 처음으로 자신의 이름을 말한 것이라는 사실을 연비는 알지 못했다.

"처음 뵙겠어요, 린!"

사근사근하게 고개를 살짝 옆으로 기울이며 연비가 인사했다. 시원한 바람이 불어와 나뭇잎들이 사아아사아아 몸을 비볐다.

"그럼, 저승사자가 된 기분으로 한번 들어볼까요? 린이 난데없이 뛰어내린 이유를."

계약 사항 엄수는 근로자의 생명
—이상한 계약

"괘, 괜찮겠습니까?"

수풀 너머에서 남궁진이 안절부절못하며 옆 사람에게 물었다. 옆에 있던 사람, 딱 보기에도 괜찮지 않음이 분명한 나백천은 침중한 목소리로 이렇게 답했다.

"이젠 괜찮을 걸세."

이어 나오는 땅이 꺼질 듯한 한숨. 남궁진 역시 속으로 한숨을 내쉬었다.

저천의 일은 비밀리에 수습되어서 나백천과 남궁진을 제외한 일행들은 남궁현이 누구에게 살해당했는지 모르고 있었다. 무림맹주의 동생이 서천이라는 소문이 퍼지면 강호는 피바람에 휘말려 버린다.

사천 총령 남궁현은 신원 불명의 자객에게 살해, 부총령 나일천은 실종.

졸지에 상(喪)을 당하고 이 짤막한 소식을 전해 들은 가족들은 남궁진이 형의 관(棺)을 이끌고 남궁세가로 귀환하기를 바랐다. 그는 이제 남궁세가의 차기 가주였다. 하지만 내막을 알고 있던 그는 단호하게 거절하고 사천에 남았다. 형 앞에서 그 같아 마셔도 시원찮을 원수 나일천, 아니, 서천에게 직접 다짐하지 않았던가. 목숨을 바쳐 나백천을 지키겠다고.

그렇다면 자신이 있을 곳은 싸늘해진 형의 주검 옆이 아니라 언젠가 원수가 반드시 찾아올 곳, 그가 목숨을 걸겠다고 다짐한 자리, 곧 나백천의 옆이었다. 그리하여 남궁현의 사인 때문에 찾아왔던 몇몇 방문객들을 나백천과 함께 배웅하던 그때, 그들은 후원으로 향하는 연비와 마주쳤다.

남궁진은 나예린의 일을 대략 알고 있었기에 나백천이 무슨 마음으로 연비를 제지하지 않았는지 이해할 수 있었다. 아마 못 볼 확률이 컸지만, 혹시라도 예의 그 아름다운 춤이 상처 입은 마음에 위안이 되기를 바랐겠지. 그러나 만약을 위해 남궁진이 따로 지시를 해두었던 보초는 달려와서 어이없는 소식을 전했다.

간신히 구해냈다는 얘기는 들었지만, 혼비백산한 나백천과 그가 달려오자마자 목격한 것은 바로 나예린의 오열. 곤혹스러워하는 연비 앞에서 소리없이 오열하는 나예린의 모습이었다. 나백천과 남궁진은 보초의 말이 아니어도 선뜻 나서기 힘들게 되었다.

"그래, 이제야 우는구나, 이제야. 그래, 실컷 울거라."

나백천은 누가 들으면 오해받을 말을 하면서 눈시울을 붉혔다. 끔찍한 일을 당한 사람이 흘려내는 눈물에는, 온갖 끔찍한 것들이 담겨 있게 마련이다. 속으로 꾹꾹 눌러 담는 것들은 언젠간 치명적인 독(毒)으로 산화해서 주인을 집어삼켜 버리고 만다.

언제부턴가 눈물조차 흘리지 않게 되어버린 작은 소녀. 그녀는 아마도 자신의 마음을 스스로 찢어내고 그 안에 갖가지 상처들을 꾹꾹 쑤셔 박아온 것이리라. 그 결과, 누구라도 탐낼 만큼 아름다운 빛을 발했던 소녀는 이제 전혀 다른 모습을 하고 있었다. 그런 그녀가 숨이 막힐 듯 몸을 떨며 한없이 오열하는 모습은 남궁진마저 가슴을 아리게 했다. 그도 그럴진대 친아비의 마음은 어떠하랴.

"…뒤를 부탁하네. 저 아이는 나중에 집무실로 불러주게나."

나백천은 그 말을 남기고 조용히 자리를 떠났다. 물론 '저 아이'란 연비를 가리키는 말이었다. 남궁진은 그대로 상황을 지켜보기로 결심하며 아예 자리를 잡고 앉았다.

한참 시간이 흐른 뒤, 흐느낌이 어느 정도 잦아들자 연비는 손수건을 물에 적셔 건네주었다.

"얼굴에 대봐요, 시원할 거예요."

린은 얼굴을 닦은 뒤 연비가 건네준 물을 받아 마셨다. 시원한 물. 어딘가에서 물처럼 청량한 바람이 불어왔다.

"린처럼 펑펑 우는 아가씨는 처음 봤어요. 하아, 눈물에 빠져 익사하는 진귀한 경험을 해보나 기대했는데. 그래도 뭐, 죽지는 않았으니 다행일까요?"

웃음 어린 말투. 린은 얼떨결에 피식 웃었다. 얼마만의 웃음일까, 아무래도 좋았다. 그녀는 연비가 이끄는 대로 나무에 등을 기대어 앉으며 숨을 골랐다. 이제는 정말 손가락 하나 까딱할 힘도 없었다. 전신이 한숨과 함께 녹아내린다. 그래도, 어쩐지 편안했다.

"보기 싫은… 괴물이 될 뻔했어요."

"네에… 네?"

연비는 아무렇지도 않게 흘러나온 말에 아무렇지도 않게 응답하려다가 문득 놀랐다. 이건 또 무슨 뜬금없는 소리란 말인가. 린이라는 소녀를 바라보니 오히려 그쪽이 의외라는 얼굴이다. 아니면 자신의 입에서 흘러나온 말에 스스로 놀라고 있는 것일까.

"아, 혹시 뛰어내린 이유를 말하는 거예요?"

린은 잠깐 생각을 해보는 눈치더니 고개를 끄덕였다.

"저런, 좀 꾀죄죄한 건 사실이지만 괴물은 심했네요. 설마 등에 커다란 입이 달려서 밤만 되면 등짝으로 닭을 잡아먹는다던가 하는 건 아니겠죠?"

기괴한 상상을 두루룩 늘어놓는 연비에게 린은 잠시 반응을 할 수 없었다. 하지만 곧 거대한 의문이 그녀의 말문을 트이게 했다.

"꾀죄죄?"

연비는 속으로 흠칫했다. 순간적인 위기감과 복잡한 생각이 한데 뒤엉켰다.

'으윽! 아까도 말 한마디 잘못 물었다가 한참 울었는데. 차라리 사부한테 몇 대 맞는 게… 아니, 그건 아니지. 그런 불길한 비교는 하지도 말자!'

연비는 재빨리 번뇌를 떨쳐 내면서 표현을 좀 더 완곡하게 바꿔보기로 했다.

"그, 그야, 바싹 마른 몸에 눈빛도 탁하고 안색까지 창백한 게, 꼭 방 구석에만 틀어박혀 있는 폐인 같다고나 할까……."

'이런!'

연비는 내심 식은땀을 흘렸다. 사부의 횡포에 굴하지 않고 진실 앞에 당당한 자세로 살고자 늘 항의와 지적을 반복하다 보니, 어느새 입바른 소리는 통제하지 못하게 된 것인가.

하지만 연비의 평은 정확했다. 며칠간 세수는커녕 식사도 제대로 하지 않았고, 보석처럼 빛나던 눈동자도 탁하게 변해 있었다. 게다가 입술의 상처도 다 낫지 않은 상태.

"꾀죄죄, 폐인……."

예린은 나지막하게 되뇌며 가볍게 미소를 지었다. 자신을 탐내며 뻗어 오는 끈끈한 마수보다는 차라리 꾀죄죄하다는 말이 백배 나았다. 연비는 기회를 틈타 얼른 화제를 돌렸다.

"그런데 어째서 린은 괴물이 될 것 같다고 느꼈을까요?"

"나는… 볼 수 있어요. 아니, 흘러들어 와요, 끈적끈적하고 뭉클뭉클한 시커먼 사람들의 마음이. 그러다가… 나도 그렇게……."

"……."

연비는 '하아, 그러십니까'라는 회의적인 말은 하지 않았다. 보통은 웃어넘기거나 거짓말쟁이라고 단정했겠지만, 연비는 무턱대고 불신하기에 앞서 곰곰이 생각했다. 표정이나 정황상 거짓말이라는 느낌은 들지 않았다. 진짜 그런 신기한 능력이 있을지도 모를 일이다. 연비는 문득 궁금해졌다.

"난 어때요? 나도 시커메요?"

흐릿하고 뿌연 눈동자로 물끄러미 연비의 눈을 응시하다가, 린은 그제야 깨달았다, 마음속에서 뭔가가 부서진 그때부터 뭔가가 닫혔다는 것을.

"아! 지금은… 모르겠어요. 아무것도 흘러들어 오지 않아요."

감각이 한 가지 없어진 느낌이었다. 연비라는 소녀와 함께 있으면서도 편안한 느낌이 들던 것은 이 때문일까.

"흐흠, 뭔지 몰라도 아깝게 됐네요. 신기한 능력인데."

"그렇지 않아요. 괴물인걸요, 사람들의 마음은."

톡.

연비는 린의 이마에 가볍게 꿀밤을 놓았다.

"너무해요. 나도 사람인데. 그럼 나도 괴물이에요?"

"그건……."

린이 말꼬리를 흐리자 연비는 부드럽게 웃었다.

"린 주변엔 나쁜 사람들이 많았나 봐요. 하지만 부모님이라던가 좋아해 주는 사람, 아니면 예쁜 아기들은 어때요? 그런 건 정말 기분 좋게 느껴질 것 같은데. 아, 나쁜 사람들한테 속아 넘어갈 일도 없으니까 여러모로 편리한 능력이네요."

"하지만 끈적끈적한 것들이 흘러들어 올 때면……."

"청소! 그럴 땐 청소를 하면 되죠. 집 안에 쓰레기가 생기면 쓸어버리잖아요? 그러니까 물컹물컹 끈적거리는 사람들은 주변에서 치워 버리고, 산뜻한 사람들로 채워가는 거예요."

린의 눈이 동그래졌다. 지금까지 그런 식으로는 한 번도 생각해 보지 못했던 것이다.

"어, 어떻게 하는 거죠, 그 청소?"

"흐흠, 린이 힘이 세다면 발로 뻥 차버리면 될 거고, 돈이 많다면 사람을 써서 대신 치워달라고 해도 될 거고, 말재주가 뛰어나다면 촌철살인으로 정신 공격을… 린이 잘하는 건 뭔가요?"

"잘하는 거요?"

그런 건 전혀 떠오르지 않았다. 역시 지금까지 한 번도 생각해 보지 않았던 것이다.

"네. 뭔가 하나는 있지 않겠어요? 그걸 찾아서 갈고닦으면 힘이 될 거고, 힘이 있으면 쓸 수 있는 방법도 생기겠죠."

린은 얼굴을 붉혔다. 왜 그런지 정확히 설명할 수는 없었지만, 자신이 너무나 부끄러웠다.

"자, 그건 천천히 생각해 보면 될 거고, 이제 슬슬 부모님께 돌아가야겠죠? 저쪽에도 아까부터 마중 나온 분이 계신 것 같고."
 연비의 말이 끝나기도 전에 남궁진은 자리를 털고 일어나 수풀을 넘어왔다. 그가 사박사박 풀을 밟으며 다가오자, 린은 자신도 모르게 손을 뻗어 연비의 옷자락을 꼬옥 붙잡았다.
 "응? 모르는 사람이에요?"
 "아니, 저, 가……."
 린은 고개를 저으며 초조한 표정으로 알 수 없는 말을 우물거렸다. 연비는 부드럽게 웃으며 말했다.
 "린, 사람을 대할 때는 확실히 표현을 해줘야 상대방도 린이 뭘 바라는지 알 수 있어요."
 책망하는 기색은 없었지만, 그 안에 담긴 의사는 명확했다.
 "같이 가요, 연비도."
 린은 용기를 내어 말했다. 누군가의 이름을 입에 담는 것은 처음 있는 일이었다. 다른 사람과 이렇게까지 대화다운 대화를 해본 것도 처음이었고, 자신이 부끄럽다고 느꼈던 것도 처음이었다. 무엇보다도 그 컴컴하고도 참담한 절망 속에서 뛰어내린 자신을, 처음으로 사심없이 보듬어준 사람이다.
 용안이 열려 있었다면 연비라는 소녀에게선 시원하면서도 따스한 빛이 느껴질 것 같았다. 지금은 이 옷자락을 놓치면 안 될 것 같았다. 그녀는 의식하지 못하고 있었지만, 어둠에 휩싸여 산산이 부서졌던 마음의 조각들이 겨우 조금씩 빛을 떠올리려는 중이었다.
 "같이 가시지요. 린 아가씨의 부친께서도 보고 싶어하십니다."
 남궁진은 존댓말까지 써가며 정중하게 청했다. 상황을 지켜보며 두 사람의 대화를 모두 들은 그로서는 연비를 함부로 대할 수 없었다. 겉보기에는 어린 무희에 불과할지 몰라도, 이미 연비는 나예린, 아니, 나백천에겐 최고의 귀빈이나 다름없을 터였다. 그러나 연비의 답은 단호했다.

"음, 그건 좀 곤란해요. 서둘러 일을 하러 가지 않으면 지각이거든요. 그럼 린, 잘 들어가요."

연비는 미소와 함께 고개를 살짝 숙였다. 이만 가보겠다는 뜻이 분명했지만 린은 옷자락을 붙잡은 손에 한층 더 힘을 주었다. 남궁진은 창백해지는 예린의 낯빛을 살펴보며 재빨리 말을 붙였다.

"천향루에는 따로 얘기해 놓겠습니다. 그보다 린 아가씨의 부친께서……."

순간 연비의 눈빛이 차갑게 가라앉았다.

"사양할게요. 애초에 그분을 만날 이유도 없고, 계약 사항 엄수는 근로자의 생명이니까요. 계약이나 약속을 하찮게 여기는 분이 아니시라면 이해해 주시겠죠?"

남궁진은 연비의 싸늘한 반응에 말문이 막혔다. 맹주의 명이 있긴 했으나, 거절하는 사람을 억지로 데려가면 괜히 일만 더 틀어질 뿐이다. 더구나 상대방은 금지옥엽의 은인 아닌가.

"그, 그럼… 나도, 아니, 나랑 계약해요, 연비."

"네?"

뜬금없이 나온 말에 연비뿐 아니라 남궁진까지 어안이 벙벙한 얼굴로 그녀를 돌아보았다.

"그러면, 또 볼 수 있는 거죠?"

절박한 말투로 자신의 옷자락을 붙잡는 린을 보고 연비는 잠시 멍청해졌다.

"아, 안 되나요?"

대답이 없자 린이 다시 물었다. 남궁진은 난감한 얼굴로 옆에서 입을 열었다.

"아가씨, 뭐랄까, 보통 그런 건 계약이라기보단 약속이라고…….."
"아니아니, 그런데 계약을 하면 린은 제게 뭘 줄 건가요?"
진지한 얼굴로 연비가 물었다.
"뭐, 뭘 줘야 하는 건가요?"
린은 당황했다. 다급한 상황에 말을 꺼내긴 했어도 그녀는 '계약'이라는 게 정확히 뭔지 모르고 있었다. 워낙 금지옥엽으로 자라나 나백천의 품에서 떠난 적이 없기 때문에 돈이나 계약 같은 세속적인 개념들은 전혀 접할 일이 없었던 것이다.
"풋, 푸훗!"
연비가 웃음을 터뜨리자, 남궁진은 웃음과 한숨을 참느라 잠시 먼 산으로 시선을 돌렸다.
"좋아요. 앞으로 린이 창문에 붉은 끈이나 수건을 걸어놓으면 늦어도 이틀 내로 달려올게요. 까다로운 사정이 있어서 빠져나오는 것도 쉬운 일은 아니니까. 대가는 린이 저의 세 가지 부탁을 들어주는 걸로 하죠. 내용은 생각해 보고 나중에 말하겠어요. 어때요?"
일사천리로 쏟아져 나오는 말에 남궁진은 긴장했다. 나백천의 정확한 신분은 보안 때문에 천향루에 드러내지 않고 있었기 때문에 주인 이외의 점원들은 그가 누군지 모르고 있었다. 보아하니 연비도 예린의 신분은 모르는 듯했고, 계약이라기보단 애들 장난 같은 약속이지만, 어쩐지 찜찜했다. 그러나 그가 만류하기도 전에 예린은 입을 열었다.
"그럼 된 건가요, 계약?"
"네, 계약 성립이에요!"
연비는 활짝 웃으며 대답했다.

어둠 속에서도 나아갈 수 있는 세 가지 조건
―지도, 지남철, 그리고 목적지

나예린은 천천히 눈을 떴다. 몸은 천길만길 먼 길을 걸어온 것처럼 무거웠다. 흐릿한 상이 점점 또렷해지자 낯선 천장이 보였다.

'이곳이 어디지?'

항상 보던 자신의 방이 아니다. 아직도 꿈에 사로잡힌 것일까? 몸이 물 위에 뜬 부평초처럼 흔들리고 있었다.

'그러고 보니 여긴 배……'

마천각에서 보내온 배를 탄 것이 기억났다. 강을 타고 꽤 내려가야 하기 때문에 며칠 걸릴 거라는 이야기를 들었던 것도 기억이 났다.

"깨어났어요, 린?"

그리운 목소리가 귓가를 울렸다. 꿈속에서 들었던 목소리, 그러나 그때보다 훨씬 성숙해진 목소리였다.

"연비……."

침상에 누운 채 고개를 살짝 돌리자 그곳에 연비가 웃고 있었다.

"괜찮아요? 식은땀을 많이 흘리던데. 나쁜 꿈이라도 꿨어요? 아니면 뱃멀미?"

연비는 무척 걱정스런 얼굴이었다. 아마 자는 동안 가위에 심히 눌렸던 모양이었다. 걱정도 되는 것이, 같은 사절단의 진성곤 임성진은 이 배에 올라타고 한 시진쯤 뒤부터 지금껏 계속 뱃속에 있는 것들을 일일이 끄집어내 확인하고 있었던 것이다. 지금은 그의 안색에 비하면 차라리 시체의 얼굴이 더 건강해 보일 정도였다.

"아니요. 이렇게 큰 배인 걸요. 뱃멀미도 없고 괜찮아요. 계속 옆에 있어줬던 거예요, 연비?"

"물론이죠. 악몽에 시달리는 것 같던데 어떻게 린을 혼자 둘 수 있겠어요?"

손을 꼭 잡고 얘기해 주는 상냥한 목소리. 그 한마디가 나예린의 마음을 따뜻하게 채워주었다.

"연비와 처음 만났을 때의 꿈을 꿨어요."

살짝 미소 지으며 나예린이 말했다. 연비는 물에 적신 손수건을 한번 짜낸 다음 그녀의 이마에 송골송골 맺힌 식은땀을 훔쳐 주었다.

"어머, 그거 악몽이었어요?"

연비가 살짝 웃으며 말했다.

"그럴 리가요."

나예린이 따라 웃었다. 일어나 볼까 했지만 아직 침상을 떨쳐 낼 힘은 없었다.

"최근에는 그때의 꿈을 꾼 적이 거의 없었는데… 아무래도 연비를 만난 덕에 떠오른 것 같아요."

십 년 전. 가장 힘든 시기였다. 그때 그녀의 정신은 산산이 부서지고 있었다. 나예린은 잠시 자신의 머리맡에 앉아 있는 연비를 물끄러미 바라보았다.
 '만일 그때 이 사람을 만나지 않았다면 어떻게 됐을까?'
 상상만 해도 소름이 돋았다.
 "응? 내 얼굴에 뭐 묻었어요?"
 빤히 쳐다보는 시선이 이상했는지 연비가 손가락으로 뺨을 이리저리 만지며 되물었다.
 "아니요. 연비를 만나서 참 다행이었구나, 라고 생각했어요."
 "어머, 나 같은 근로 처녀한텐 아부해도 나올 것 없는데?"
 "아부라니요. 진심이에요."
 장난스런 어조로 반문했던 연비는 나예린의 진지한 말투에 도리어 당황했다.
 "앗, 그런 눈으로 바라보면 반칙인데. 린은 정말이지 예나 지금이나 진지하군요."
 이제 겨우 힘이 났는지 나예린은 입가에 엷은 미소를 지으며 몸을 일으켰다.
 "아침인가요?"
 "아직 밤이에요. 해가 뜨려면 좀 더 기다려야 해요. 별다른 말썽도 없고, 물길도 순조롭군요."
 배를 탄 것은 삼 일 전으로, 이제 하루가 더 지나면 목적지에 도착할 예정이었다. 사절단 육십사 명을 모두 수용해도 문제없을 정도로 크고 넓은 배라서, 몇 명의 뱃멀미를 제외하면 별로 불편한 점은 없었다.
 일전에 무당산으로 합숙 훈련을 받으러 가던 중에는 나예린 일행이 탄 배가 공격을 받은 적이 있었다. 화산지회로 가는 길에서도 그랬기 때문에 이번에는 다들 상당히 각오하고 있었다. 그러나 그런 각오가 무색하리만치 뱃길은 평화로웠고, 슬슬 긴장이 풀리는 이들이 나오고 있었다.

"얘길 들어보니, 이 강에 사는 자들 중엔 흑룡(黑龍)의 깃발이 걸린 배에 달려들 정도로 바보 멍청이는 없다더군요."

"그렇군요. 강에 노를 담근 채 장강수로채를 적으로 돌릴 만큼 어리석은 이는 없겠죠."

나예린도 그 이야기엔 수긍이 가는지 고개를 끄덕였다. 연비는 손가락으로 문을 가리키며 말했다.

"잠깐 나가서 강바람이라도 쐴까요? 그럼 답답한 기분도 단박에 시원해질 거예요. 어때요?"

무척 구미가 당기는 제안이었다.

"좋아요. 마침 그러고 싶던 참이었어요."

"자, 그럼! 가실까요, 아가씨?"

연비가 연극을 하는 것처럼 정중하게 손을 내밀었다. 나예린은 살포시 웃으며 그 손을 마주 잡았다.

선실 밖은 달도 자취를 감춘 그믐밤이었다.

사방이 온통 새카맣게 칠해져 아무것도 보이지 않았다. 갑판 위에 걸린 등은 배 위를 밝히는 데만도 벅찰 지경이었다. 마치 무(無)의 세계에 이 배 하나만 떠 있는 듯했다. 등불의 빛이 닿는 곳만이 세계의 전부였다.

"묘한 기분이네요."

배 난간에 몸을 기댄 채 나예린이 말했다.

"왜요?"

연비가 물었다. 물 냄새가 코끝으로 확 풍겨왔다.

"아무것도 없는, 하지만 친숙한 느낌이네요."

시작도 끝도 알 수 없는 심연 같은 강물을 바라보고 있자니 영혼마저 삼켜질 듯한 기분이 들었다. 물귀신이란 것은 저 검은 심연의 물이 만들어낸 환상인 걸까?

"밤의 호수를 너무 오래 바라보는 건 좋지 않아요. 어둠에 잡아먹히거든요."

연비가 주의를 준다. 형태도 없고 경계도 없이 펼쳐진 어둠을 너무 오래 들여다보고 있으면 경계가 희미해져 인간의 마음은 어느새 깊이 가라앉고 만다. 보통 사람도 그럴진대 용안을 가진 예린이라면 더욱 위험하다.

"그래요. 그때의 나랑 같군요. 연비랑 만나기 전엔 나도 이렇게 새카맣고 어두운 심연 속에 삼켜져 있었죠. 아무것도 보이지 않고, 아무것도 들리지 않고. 그곳엔 작은 등불조차도 없었어요."

배가 물을 스치는 소리가 들린다. 물결이 선체에 부딪치는 소리만이 지금 자신들이 있는 곳을 알려줄 뿐이었다.

"그때 내게 유일한 불빛은 바로 연비였어요."

"그건 고백?"

"아뇨, 감사!"

"난 계약에 따라 움직인 것뿐이에요. 그나마도 이야기 상대밖에 못 된 것 같은데요?"

"그게 얼마나 큰 힘이 되었는지 연비는 모를 거예요."

"나도 얼마나 즐거웠는지 예린은 모를 거예요."

나예린은 연비의 대꾸에 가볍게 한숨을 내쉬며 고개를 설레설레 저었다.

"여전히 연비는 못 당하겠어요. 그건 그렇고, 궁금한 게 있어요."

"뭔가요, 린?"

"지난 십 년 동안 어떻게 지냈어요?"

다시 만났을 때부터 쭉 품고 있었던 의문이었다. 그러나 오랜만의 회우(會遇)에 너무 놀란 나머지 미처 물어보지 못했던 질문이기도 했다. 겨우 조용히 이야기할 기회를 잡았으니 놓치고 싶지 않았다.

"요약하자면 근로와 수련의 연속이랄까요. 음률과 춤을 팔기도 하고, 장신구도 만들고, 안 해본 일이 없는 것 같아요. 다른 애들이 혹독한 현실 따윈 아무것도 모른 채, 뭐 그것도 나름대로 딱하긴 하지만, 암튼 하하 호호 즐겁게 뛰놀고 있을 때 저는 고된 노동의 나날을 보냈죠. 전 가난한 근로 소녀였으니까요. 굶어 죽거나 과로사하지 않고 이렇게 살아남아서 린과 함께 있다니, 꿈만 같아요."

연비가 손가락으로 살며시 눈가를 가렸다. 과거의 아픔들이 떠오른 모양이라고 나예린은 생각했다. 측은한 마음이 들었는지 그녀는 연비의 손을 꼭 잡았다.

"그랬군요. …그럼 지금까지 죽 사천에?"
"여러 해가 지난 뒤에는 사천을 벗어나 이곳저곳을 다녔죠."
"그럼 나에 대한 것은 어떻게?"
그 부분 역시 무척이나 궁금했다.
"어느 날 우연찮게 린의 아버님을 봤거든요."
"아버님을요?"
연비의 말에 린이 깜짝 놀랐다.
"네. 그분은 절 못 알아보시더군요. 나도 그때와는 모습이 많이 바뀌었나 봐요."
연비가 하는 말은 모두 한 점 거짓 없는 사실이었다.
"그때까지 그분이 그 유명한 무림맹주님이셨는지 까맣게 모르고 있었지 뭐예요. 그 사실을 알고 얼마나 놀랐던지. 정말 심장이 뚝 멎는 줄 알았다구요."

연비는 한쪽 손을 가슴에 얹고 꼭 방금 전에 크게 놀랐던 사람처럼 숨을 골랐다. 나예린은 곤혹스러운 얼굴이 되었다.

"그렇군요. 그러고 보니 연비에겐 저희 아버님이나 집안에 대해서 한마디도 하지 않았네요. 미안해요."

"아니에요. 그때야 뭐 그런 이야기를 할 상황도 아니었잖아요. 그래도 덕분에 린이 누군지 알게 되었죠. 현 무림맹주님의 금지옥엽은 단 한 사람뿐이었으니까요. 정말이지 유명인이 되었더군요, 린은. 그때에야 비로소 린의 성(姓)도 본명(本名)도 제대로 알게 되었어요. 게다가 이렇게 절세미인이 되어 있을 줄이야… 남자였다면 나도 정말 반했겠는데요?"

"지, 짓궂은 것도 여전하네요, 연비는."

나예린은 얼굴을 붉히면서도 속으로 고개를 끄덕였다. 이제야 어떻게 연비가 이 넓은 강호에서 자신을 찾을 수 있었는지 이해가 됐다.

예린이 내친김에 연비의 사문까지 물어보려고 했을 때, 갑자기 배의 속도가 느려졌다. 두 사람 모두 바로 그것을 감지했다.

"강을 빠져나와 호수로 나온 것 같아요."

"그렇다면 이곳은……."

연비가 고개를 끄덕이며 답했다.

"아마도 동정호겠죠. 하지만 이렇게 어두워서야 어느 경로로 마천각까지 갔는지 전혀 알아낼 수 없겠어요. 꽤 용의주도하군요."

"일부러 이런 밤에?"

확실히 보안을 위해서라면 이보다 더 좋은 조건의 환경은 찾아보기 힘들었다.

"왜 아니겠어요? 어쩌면 날씨와 날짜까지 계산했는지도 모르죠."

연비가 어깨를 으쓱하며 대답했다.

"대단한 실력들이에요. 이런 칠흑 같은 밤에 이토록 거침없이 배를 몰다니……."

나예린이 감탄했다. 배짱 하나는 두둑하다고 칭찬할 만했다.
"암초에 부딪치지 않고 무사히 도착한 후엔 인정해 주죠."
연비의 말투엔 묘하게 불쾌해하는 기색이 있었다. 상당수의 일들은 마무리가 엉망이면 모든 게 수포로 돌아간다. 더구나 이 경우는 인명까지 함께 물거품이 될 가능성이 있었다. 타인이 부린 배짱 덕에 물거품이 되는 일만은 절대 사양하고 싶었다.
"이들은 어떻게 이런 어둠 속에서도 망설임없이 나아갈 수 있는 걸까요?"
연비의 말을 빌지 않아도, 달조차 뜨지 않는 이런 밤의 어둠은 사람의 감각을 혼란으로 몰고 가게 마련이다.
"아마 세 가지가 있기 때문이겠죠."
연비가 손가락을 세 개 들어올리며 말했다.
"세 가지?"
"바로 지도, 지남철, 그리고 목적지가 바로 그것이죠."
"지도, 지남철, 목적지……."
나예린은 그 말을 입 안에 넣고 두어 번 굴려보았다.
"그들에겐 가야 할 곳이 있고, 그곳까지의 길을 나타내는 지도가 있어요. 그리고 불변의 기준이 되어주는 지남철이 있죠. 그러니 그들은 이 어둠 속에서도 길을 잃지 않는 거겠죠."
"그렇군요."
"그리고 보니 사람도 그렇겠네요. 이루고 싶은 목표와 그 방법을 알려주는 지식, 그리고 냉정한 기준을 잡아주는 이성만 있다면 살면서 길을 잃을 이유는 없으니까요. 그렇죠?"
예린은 고개를 끄덕였다. 듣고 보니 말이 되는 것 같았다.
'목적지라……'

자신의 목적지는 어디일까? 아직 그녀의 지도는 목적지가 기재되어 있지 않은 미완성품이었다.

그때 누군가가 중얼거렸다.

"어, 마천각인가?"

조용하던 배 안이 술렁이기 시작했다. 정적이 깨지고 다시금 활기가 돌았다.

"마천각이라고?"

"어디어디?"

"나도 나도!"

역시 무인 집단이라 그런지 다들 귀 하나는 밝았다. 마천각이라는 말이 들리자마자 우르르 몰려나와 난간에 자리를 틀어서, 늦은 사람은 별 수없이 앞사람의 등을 보는 신세로 전락했다. 하마터면 떨어질 뻔한 사람도 있었다. 경신술이 뭔지 모르는 일반인이었다면 분명 물고기들의 아침밥상에 오르는 신세가 되었으리라.

"마천각이라며? 어디 있어?"

"왜 이렇게 어두운 거야? 이래서야 코빼기도 안 보이겠네."

여기저기서 웅성거리며 불평 소리가 점점 커져 가고 있었다.

"아무도 마천각이 잘 보일 거라고 말하진 않았는데 말이죠. 사람들이란 정말 편할 대로만 생각하는군요."

한심하다는 듯한 말투로 연비가 한마디 했을 때였다.

"앗, 저길 봐!"

사람들의 시선이 일제히 소리나는 곳을 향했다.

"불꽃이다!"

뱃머리 저편에서 어둠을 헤치고 불꽃이 솟아올랐다. 밝은 불꽃은 점점 더 세차게 하늘로 치솟았다.

화르륵! 화르륵!

신호에 화답이라도 하듯, 멀찍이 떨어진 수면 위에서 두 개의 불기둥이 동시에 일었다. 곧이어 일정한 간격을 두고 불기둥들이 차례로 짝을 이루며 솟아오르기 시작했다. 두 줄로 나란히 뱃길을 그려가는 모양새였다.

"수면 위인데 어떻게 이런 식으로 불을 일으킬 수 있었을까요?"

연비는 그 구조가 자못 신기한 모양이었다. 예린도 이런 걸 보는 것은 처음이었다. 불빛이 밝아지자 섬 하나가 어둠 속에서 천천히 떠오르듯 나타났다. 날카로운 자줏빛 죽창들을 엮어 만든 자죽책(紫竹柵)도 어느새 모습을 드러내며 흉흉한 위엄을 떨쳤다.

"알 수가 없군요. 환영 인사인 걸까요?"

"아니면 무력시위거나!"

연비가 웃으며 대답했다.

"꽤 기네요. 아니, 지금부터가 시작인가?"

연비의 말대로였다. 자죽책의 중앙을 가르며 타오르는 화염의 뱃길 옆으로 또 다른 불꽃의 행렬이 원형으로 펼쳐지고 있었다. 마치 불꽃이 맹렬히 내달리는 것 같았다. 눈 깜짝할 새에 섬을 빙 두른 불꽃의 고리가 완성되었다. 거대한 불꽃의 고리 안쪽으로 자그마한 새벽이 찾아온 듯했다. 실로 장관이었다.

"……."

그 강렬하고도 압도적인 광경에 아무도 입을 열지 않았다. 그저 배에 몸을 맡긴 채 불길을 따라 목적지로 들어갈 뿐이었다.

작렬하는 귀면(鬼面), 절규하는 이진설
—개문(開門)

"까아아앗!"

두 눈이 흉신악살처럼 핏빛으로 번뜩이는 거대한 귀문을 본 몇몇 여성들의 입에서 비명이 터져 나왔다.

불꽃이 작렬하는 귀문이라면 낮보다는 밤에 선보이는 것이 단연 박력을 극대화시키는 법. 더구나 칠흑 같은 심야라면 귀기가 서너 배는 증폭되게 마련이다.

피가 뚝뚝 떨어질 것 같은 귀면의 입이 당장이라도 불을 토해낼 것 같았다. 그렇게 생각한 순간,

화르르르륵!

뜨거운 열기와 함께 귀면의 아가리에서 뜨거운 열기를 머금은 불꽃이 토해졌다.

"휴우, 이것 참! 이것 참!"

모든 이가 한 발짝씩 물러날 때, 되레 한 발짝 앞으로 다가가는 사람이

있었다. 바로 연비였다.
"연 소저!"
"연비!"
다급한 목소리가 들려왔지만 연비는 개의치 않았다. 괜찮다고 손을 흔들어주며 귀문에서 눈을 떼지 않았다. 호기심으로 반짝이는 왼쪽 눈동자에는 불빛이 아롱지고 있었다.
"이것 참 흥미롭군요."
불길을 향해 몸을 기울이고도 전혀 뜨겁지 않은 모양이었다. 머리카락과 옷자락이 타지 않도록 적당히 거리만 둘 뿐, 데일 걱정보다는 무슨 장치인지가 훨씬 더 궁금한 모양이었다.
"괜찮으니까 린도 이리 와봐요."
연비가 나예린에게 손짓했다.
"불꽃을 퐁퐁 뿜어내고 있어요. 후훗. 귀엽죠?"
"귀여운 건가요?"
예린은 혹시나 해서 다시 한 번 거대한 귀신 형상의 문을 올려다보았다. 살벌한 두 눈을 흉흉히 번뜩이며 자신을 내려다보는 악귀의 얼굴. 역시 귀엽진 않다.
"저는 좀 기괴하게 느껴지는군요."
조심스런 반론이었다. 그러나 이미 연비는 이곳저곳을 살피느라 바쁜 참이었다.
"아! 저곳은 무쇠에다가 다른 금속을 섞은 걸까요? 흐흠, 이 불꽃은 유사시에는 공성병기로 바꿔 사용할 수 있는 건지……."
보면 볼수록 즐거운 모양이었다. 일행은 다들 연비의 그런 모습을 멍하니 바라보면서 묘한 위화감에 빠져들었다. 화려한 비녀라도 선물할까 해서 가녀린 미녀를 노점가로 데려왔더니, 그 여인이 난데없이 도끼 파는 아저씨와 도끼날에 대해 격론을 벌이다가 갑자기 도끼를 들고 장작 패기를 시험하는 모습을 보는 기분이랄까.

"재미… 있어요?"

나예린이 물었다.

"린은 재미없어요? 누가 만들었는지 모르지만 기발하잖아요. 이렇게 성의 넘치는 장난은 처음 봤어요."

"확실히 악의는 있는 것 같지만……."

"얼마나 겁을 주고 싶었으면 이토록 공을 들였을까요? 어떤 면에서는 정말이지 성실하네요."

감탄을 금치 못하는 연비의 말에 설마 하는 기색이 완연한 목소리로 나예린이 반문했다.

"이 문을 그런 의도로 만들었다는 건가요?"

"물론이죠. 아니면 왜 이리 쓸데없이 요란하겠어요? 아마 밤에 도착하게 한 것도 연출 효과를 높이려고 궁리한 결과겠죠. 자, 공연도 다 봤으니 이제 슬슬 들어갔으면 좋겠는데 말예요."

연비가 말을 마치자마자 귀문 양쪽으로 튀어나온 귀면 모양의 작은 장치를 향해 선장이 우렁차게 외쳤다.

"개문(開門)!"

끼이이이익!

그그그그그긍!

육중한 소리와 함께 귀면이 반으로 갈라지며 문이 열렸다. 그 앞으로 펼쳐져 있는 놀라운 광경에 사절단들은 눈이 휘둥그레지지 않을 수 없었다.

"이런이런! 이렇게 열렬히 환영받을 줄은 몰랐는데. 안 그런가, 궁상?"

현운이 씁쓸한 고소를 지으며 감상을 토로했다.

"여기 사람들은 잠도 없나?"

남궁상의 표정도 그리 좋진 않았다. 곁에 있던 진령이 그의 팔을 꼭 움켜잡았다.

"어머……."

연비는 속삭이듯 나직하게 감상을 피력했다.

"이건 또 대단한 장관이네요."

완전무장한 수백 명의 무인들이 군대의 병사들처럼 좌우로 도열한 채 시립해 있었다. 그 사이사이마다 일정한 간격을 두고 수십 개의 화톳불이 이글거렸다. 일행이 지나가야 할 중앙 통로를 중심으로 험상궂은 무인들이 나뉘어 선 형국이었다.

웃는 사람도 입을 여는 사람도 전혀 없었다. 무거운 침묵만이 그들을 내리 누를 뿐이었다. 엄격한 기강을 뽐내는 건지, 아니면 임전 태세로 적을 경계하는 건지 분간하기가 어려울 정도였다.

일행은 중앙 통로를 앞두고 저마다 마음을 다잡았다. 언제라도 갑자기 사방에서 쇠꼬챙이들이 날아들지 모를 흉흉한 길이었다.

"왜 저렇게 살기등등한 걸까요, 장 형?"

조심스레 중앙 통로를 걸어가며 윤준호가 작은 목소리로 장홍에게 물었다.

환영회는 분명했지만, 모두들 조금도 즐거운 표정이 아니었다. 그들을 쏘아보는 폼이 꼭 으르렁거리는 맹수들 같았다.

"글쎄, 수면 부족 때문이 아닐까? 분명 이 오밤중에 자고 있던 애들을 억지로 집합시켰을 테니."

꽤 흥미로운 분석이었다.

"과연 그렇군요."

납득해 버리고 마는 윤준호였다.

저벅저벅!

매섭게 노려보는 눈길 속에서 공허한 발걸음 소리만이 돌바닥에 울린다. 중앙 통로를 걸어가는 것만으로도 사방에서 밀려오는 투기에 심신이 짓눌릴 듯했다.

사절단 중 몇몇은 무기를 뽑고 싶어서 좀이 쑤시는 모양이었다. 충분히 이해는 갔다. 칼날 같은 살기가 뒤통수든 앞통수든 무차별로 쿡쿡 찔러오는데 신경이 날카로워지지 않을 리 없었다. 이런 상황에서 칼을 뽑지 않으려면 안간힘을 다해 무인으로서의 본능을 억눌러야 했다.

"진정하게, 궁상. 먼저 뽑으면 지는 거야."

적에게 빌미를 제공해 주지 말라는 뜻이었다.

"알고 있어, 나도 알고 있다고."

그는 지금 이를 악물고 참는 중이었다. 이대로 도발에 넘어가 버리면 저들에게 사절단을 공격하고 처분할 명분을 주게 된다. 그런 재앙은 어떻게든 피해야 했다.

'젠장. 이 길, 과연 끝이 있긴 한 건가?'

마치 괴이한 진법이라도 펼쳐 놓은 게 아닌가 싶을 정도였다.

그래도 초장부터 일을 저지를 수야 없는 법. 그들은 이를 악물고 절도 있게 중앙 통로를 걸어갔다. 이런 식의 주목은 전혀 달갑지 않다는 기분을 모두들 공감하면서.

다만 살기가 몰아치는 한복판에서도 봄철 나들이를 나온 듯 느긋한 사람이 있었으니, 그것은 바로 연비였다. 연비는 검은 우산을 단정하게 접어 들고 태연한 얼굴로 사뿐사뿐 발걸음을 옮겨갔다. 연비와 나예린이 함께 지나가는 곳에선 어쩐지 살기가 조금씀 엷어지는 것 같았다.

중앙 통로가 끝나는 곳에는 너른 공터, 즉 광장이 있었다. 거대한 돌을 반듯하게 잘라 만든 높다란 단상. 그 위에 서 있는 것은 오직 한 사람뿐이었다. 좌우에 불이 켜져 있긴 한데 그림자 때문에 얼굴은 보이지 않았다. 그러나 서 있는 것만으로도 엄청난 박력이 전해졌다.

'이만한 기운을 내뿜는 자가 대체 누굴까?'

모용휘는 그자의 그림자를 언뜻 보자마자 식은땀이 등줄기를 타고 흐르는 것을 느꼈다.

'뭘까… 이 기분은……'

숱한 고수들이 운집한 천무학관에서도 이런 기운은 느껴본 적이 없었다. 단순히 강한 정도를 넘어서 거대한 위험으로 다가오는 기운이었다.

"마천각에 온 걸 환영한다. 나는 마천각주다. 짧게 말하지. 강하지 않은 자는 필요없다. 귀문을 넘어 발을 들인 이상 그대들도 예외가 될 수 없음을 명심하라. 약육강식! 그것만이 이 흑도를 지배하는 법칙이다. 모두들 살아서 돌아가길 기원하겠다."

짧지만 강렬한 연설이 끝난 후 마천각주는 그대로 몸을 돌려 사라졌다. 단상이 너무 높은 데다 밤이라 얼굴을 확인하기는 불가능했다.

"저 사람이 바로 소문의 마천각주로군요."

진소령의 목소리에 긴장감이 묻어 있었다. 무인으로서의 본능이 그녀에게 요란스레 경고성을 울리고 있었다.

"과연 대단하군요."

점창제일검 유은성은 아직도 소름이 돋아 있는지 팔뚝을 문지르며 중얼거렸다.

"홍, 잘난 척하긴."

빈정거리는 목소리의 주인공은 염도였다. 그의 성격상 이런 대우가 못마땅하지 않을 리 없었다.

"방심해선 안 되겠군, 이곳은 이미 적진의 한가운덴니. 우리가 왜 이곳에 있는지 잊지 말게."

빙검이 신중하게 주위를 살피며 말했다. 천무학관의 제자들을 지켜야 할 막중한 책임이 그들 네 사람의 어깨 위에 올려져 있었다.

"걱정 마! 안 잊었으니까."

"그럼 머리라도 식혀. 흥분하다간 죽도 밥도 안 될걸."

"이렇게까지 해주니 정말 호랑이 입속에라도 들어온 것 같은걸."

장홍이 너스레를 떨며 한마디 했다.

"앞으로 괜찮을까요?"

윤준호는 불안한지 연신 눈을 굴리며 이리저리 주위를 살폈다.

"너무 위축되지 마. 겉으로라도 강한 척해야지, 무시당하는 순간 베인다. 여긴 밀림이야, 야생의 세계라고."

"……."

효룡은 말이 없었다. 그는 배에서 내린 이후 지금까지 단 한마디도 하지 않았다. 그의 얼굴에 고통의 빛이 스쳐 지나갔다.

우거지상만 있었던 건 아니다. 극히 예외적이지만 여전히 즐거워하는 얼굴도 있었다.

"앞으로는 우산 쓸 일이 많아지겠어요."

연비가 이미 어둠이 내려앉은 단상 위를 바라보며 한마디 했다. 수수께끼 같은 한마디였다.

마천각주가 사라진 뒤, 사절단 일행은 별다른 설명도 듣지 못하고 잠시 동안 광장에 버려지고 말았다. 급격한 환경 변화 때문일까. 이미 몇몇은 옆 사람에게 소곤소곤 소화불량과 편두통을 호소하고 있었다. 손톱을 물어뜯는 이도 있었다. 상황 자체가 엄청난 부담감으로 작용한 것이다.

사람들이 슬슬 혼돈의 국면으로 넘어가기 직전에, 두 사람이 사절단을 향해 걸어왔다. 남녀 한 쌍이었는데, 입고 있는 옷뿐 아니라 얼굴까지 묘하게 닮은 구석이 있었다. 특이한 점은 왼쪽 팔뚝에 검은 십자가가 새겨진 완장을 차고 있다는 것이었다. 물론 둘 모두.

"안녕하십니까, 흑십자회의 흑일입니다. 으음……."

어째 초췌한 인상의 남자는 인사를 하던 중에 갑자기 한쪽 손에 들고 온 책장을 팔락팔락 넘기더니 단조로운 목소리로 낭독하기 시작했다.

"우리 흑십자회는 나눔과 평화를 기쁨으로 삼는 마천각 공식 봉사 단체입니다. 평화적인 상호 교류와 배움의 묘를 나누고자 방문하신 여러분을 진심으로 환영하는바, 햇볕은 쨍쨍 대머리는 번쩍… 크, 크흠."

일행이 다들 소금 기둥처럼 굳어 있는 가운데, 흑일이라는 자는 옆에 서서 방글거리고 있는 여자를 돌아보며 말했다.

"…흑월, 또 네 짓이냐?"

"후후후후, 그러게 인사 같은 건 문자에 의존하지 말라니까 그러네. 자자, 여러분, 흑십자회 명물 쌍둥이의 상큼한 미녀 여동생 흑월입니다! 어젯밤 꿈에 산신령님이 나와서 말씀하시길, 먼 바다 저편에서 귀인들이 올 거라고 하더니만, 여러분이 딱 그거군요! 귀인 여러분, 잘 부탁해요!"

흑월이라고 소개한 여자는 발랄한 얼굴로 손까지 흔들어가며 인사를 했다.

"……."

사절단은 쌍둥이 남매의 인사를 들으며 이제 완전히 혼돈의 국면에 빠져들고 있었다. 흑일이 한숨을 내쉬고 흑월이 여전히 열성적으로 손을 흔드는 동안, 일행 사이로 수군수군 술렁임이 일었다.

"흑십자회?"

"나눔과 평화가 기쁨이래."

"저 남자 책을 읽으나 안 읽으나 말투가 똑같아. 화낼 때조차 최면 거는 말투다!"

"흑월이라는 아가씨, 확실히 상큼하긴 한데, 동정호에서 웬 산신령? 아니, 그보다 우리 바다 넘어온 거였어?"

어딜 봐도 수상한 단체, 수상한 남매였다.

"암튼 영광스럽게도 오늘부터 저희 두 사람이 여러분의 안내역이에요! 궁금한 게 있으면 언제든지, 언제든지 팍팍 물어주세요."

흑월이 대략 인사를 마무리해 버리자, 흑일은 다행스러워하는 건지 한심해하는 건지 모를 표정으로 다시 일행을 향해 말했다.

"우선은 기숙사로 안내해 드리겠습니다. 한 방에 네 분씩입니다. 남성분들은 이쪽으로 따라오십시오. 방 배정은……"

흑일은 뒤도 돌아보지 않고 또다시 책장을 펄럭거리며 앞으로 성큼성큼 걸어갔다. 따라올 테면 따라오고 말라면 말라는 듯이.

기숙사 인원 배정은 이미 끝나 있었다. 인솔자들이 독자적인 권한으로 마음껏 정한 결과였다. 물론 염도는 성격상, 빙검은 지위상 그런 자잘한 일을 할 만한 이가 아니었기에 결국 일 처리는 진소령과 유은성의 몫이 되었다. 유은성은 진소령과 함께라면 이 정도 잡무는 순식간에 해치울 수 있었다. 때문에 인원 배치와 방 배정은 마천각에 도착하기도 전에 이미 완료된 터였다.

그러나 그 결과는 한 사람의 입에서 절규가 터져 나오게 만들었다.

"끼아아아아악! 안 돼애애애애애애!"

주변에 있던 사람들 모두 귀를 틀어막아야만 할 정도로 커다란 절규였다.

"뭐, 뭐야! 습격인가!"

그렇게 당황한 자도 꽤 있었으나 다행히 습격은 아니었다.

"언니이이이이! 어째서어어어어!"

절규는 아직도 계속되고 있었다.

여러 사람이 귀를 틀어막게 만든 절규의 출처는 바로 이진설의 입이었다. 사슴 눈동자 같은 두 눈에 눈물이 그렁그렁했다. 이진설은 멀어져 가는 나예린의 환상을 향해 필사적으로 손을 뻗어보았지만 그 손은 끝내 닿지 않았다.

"아쉽게 되었구나."

절규하며 고통에 몸부림치는 이진설과 달리 나예린의 태도는 담담하기만 했다.

"안 돼요, 왜 내가 언니랑 같은 방이 아닌 거예요? 이건 말도 안 돼요. 누군가의 농간이에요. 음모예요. 언니와 저를 떼어놓으려는 간악한 음모. 이런 불합리, 전 절대로 인정할 수 없어욧! 그럼요, 그렇고말고요!"

진실로 분개하며 외쳤다.

"네가 아무리 그래도 노사님들이 바꿔주시리라곤 생각지 않는다. 네 방에도 좋은 사람들이 있잖느냐?"

나예린이 어린애처럼 떼쓰는 이진설을 달랬다. 하지만 여전히 이진설은 납득할 수 없었다. 아니, 하고 싶지 않았다.

친애하는 언니 나예린은 어디서 굴러먹다 왔는지 알 수 없는 연비라는 여자와 철옥잠 마하령, 그리고 유란이라는 풋내기와 한 방이 되었다. 자신이 끼어 있지 않은 방에 연비가 끼어 있다는 사실에 이진설은 분개했다.

이런 방 배치는, 신입생들을 되도록 같은 방에 배정하고 당시 담당 시험관을 인도자로 배치해서 신입생들을 돌봐준다는 의도였다. 다만 연비의 시험관은 남궁상, 즉 남자인지라 마하령이 그 책임을 대신 지게 된 것이다. 이진설은 자신이 마하령 대신 연비를 지도해 주겠다고 주장했지만, 그녀의 주장은 기각되었다.

"자신의 감정도 제대로 추스르지 못하는 자네에겐 신입생을 맡길 수 없네."

그것이 유은성의 말이었다. 변명의 여지가 그리 많지는 않았다.
"이런이런."
연비는 방 배정 결과에 쓴웃음을 짓지 않을 수 없었다.
"이건 아무리 나라도 조금 난감한데……."
"왜요? 연비. 무슨 고민이라도 있어요?"
옆에 있던 나예린은 의아함을 느끼며 물었다. 연비가 조금 당황하는 듯 보였기 때문이다.
"아뇨, 그냥 일이 너무 지나치게 잘 풀린달까……."
"예?"
나예린은 어리둥절해하며 반문했다.
"앞으론 평상심이 좀 더 필요할 거란 얘기죠. 색즉시공 공즉시색(色卽是空空卽是色)의 의미를 날마다 되새겨 봐야 하겠어요."
"……."
역시 나예린은 전혀 이해하지 못했다. 하지만 연비는 나름대로 즐거워 보이는 것 같았다. 나예린은 그걸로 만족했다.

농염한 호랑이, 고개 숙인 장홍
—업보의 무게

아무리 절세미인이라도 잠자리에서 일어나고 보면 약간의 흐트러짐은 피할 수 없는 운명이다. 나예린 역시 마찬가지였다. 하지만 이 경우는 그것이 더욱 강렬한 매력으로 작용했다.

자신이 절대로 완벽해질 수 없다는 것을 알기 때문일까. 사람들 대부분은 완벽함에 거부감을 느끼게 마련이다. 완벽한 인간이란 곧 인간 이외의 존재, 이를테면 '요물' 내지는 '정 떨어지는 것'이 되고 만다. 그러니만큼 완벽함 속의 작은 균열, 즉 적당한 흐트러짐은 도리어 사랑스러움을 더하는 것이다.

"잘 잤어요, 연비?"

거울 속에서 잠자리에서 일어난 나예린이 머리 모양을 다듬으며 물었다. 흑단 같은 머릿결이 부드럽게 출렁인다.

"런은 머릿결이 너무 예쁘네요. 비단결도 이겼어요."

연비가 너울지는 검은 머리카락에서 눈을 떼지 못한 채 감탄했다.

"그런가요? 난 잘 모르겠는데."

연비의 칭찬에 나예린은 살짝 얼굴을 붉혔다.

"그 정도면 국보(國寶)로 지정해도 문제없겠는데요. 분명 뭔가 특별한 관리 비법 같은 게 있겠죠?"

연비가 장담했다.

"비법이라니, 딱히 그런 건……."

"홍, 꼭 각종 무공대회에서 우승한 애들이 '전 하루 일곱 시간씩 꼬박꼬박 자면서 사부님 말씀대로 비급만 가지고 수련했어요. 맹세컨대 영약이나 숨겨둔 사부 같은 건 없었답니다'라고 말하는 것과 똑같군요. 자자, 나의 이 빛나는 눈동자가 안 보여요? 어서 털어놔 봐요. 밤마다 몰래 먹는 미모 증강 영약이라도 있나요?"

연비가 장난스레 타박을 하자 예린은 그만 웃음을 터뜨렸다. 옥구슬을 은 쟁반에 굴린 것처럼 맑은 웃음소리였다.

"어, 그렇게 재밌어요? 린이 그렇게 웃는 건 처음 보네요."

연비가 물었다.

"풋, 제게 연비처럼 재밌는 농담을 하는 사람은 한 번도 없었어요."

그렇게 친했던 독고 사자도 이런 농담을 주고받은 적은 없었다. 농담 실력은 둘째 치고라도, 독고령은 자신을 꾸미고 가꾸는 일 자체에 그다지 관심이 없었다.

"어머, 여자의 미모는 중요한 문제라고요. 아름다운 미모는 여성의 무기! 어릴 땐 몰랐는데, 살다 보니 화장이나 몸단장이 근육보다 쓸 만한 때도 많더군요. 보기도 좋고 싸움도 줄이고. 우락부락한 근육에 무식하고 땀내나는 사내들은 하고 싶어도 못하는 일이죠."

알 수 없는 승리감에 도취된 연비의 말을 들으며, 나예린은 뭔가 마음에 걸리는 게 있는 듯 고개를 갸웃했다.

"그래도 몇몇 예외는 있지 않을까요? 이를테면……."
"이를테면?"
"모용 공자 같은… 아, 아니, 방금 건 잊어주세요."
당황한 나예린이 손사래를 치며 말했다.
'내가 지금 무슨 소릴…….'
왜 그런 말이 나왔는지 잘 이해할 수 없었다. 평소의 그녀라면 절대로 하지 않았을 말이었다.
'연비에게 옮았나?'
"어머, 나름대로 꽤 흥미로운 제안이로군요. 후후후, 그거 재밌겠는데요?"
연비가 웃으며 맞장구쳤다.
"그러고 보니 어느새 설명회에 갈 시간이 다가오는군요."
"그러네요. 담당이 누구라고 했더라? 옥 뭐라고 했는데……."
들었는데 까먹은 모양이었다. 대신 대답해 준 것은 나예린이었다.
"혈옥선자 옥유경. 사부님이 무림에서 인정하는 몇 안 되는 여고수 중 한 명이죠."
그 말에 연비는 약간 놀란 표정을 지었다.
"린의 사부님이라면, 검후님이?"
검후라면 고수를 인정하는 기준도 엄격하고 까다로울 게 분명했다. 또한 같은 여자라면 더욱더 신중하고 까다롭기 짝이 없었을 테니 그 기준을 어떻게든 통과했다면 평범한 실력은 아닐 것이다.
"이곳에선 혈나찰(血羅刹)이라고도 불린다더군요."
무시무시한 별호다. 그러나 흑도에서 여인의 몸으로 명성을 날리려면 그 별호처럼 처신해야 하는지도 몰랐다. 어설프면 무시당하거나 잡아먹혀 버릴 테니 말이다.

"저런, 오늘은 지각하면 안 되겠네요. 그런 아줌마한테 잘못 찍히면 내내 고생하겠어요!"

연비의 말투가 우스웠는지 나예린이 살포시 웃었다.

준비를 하는 데는 얼마 걸리지 않았다. 나예린이 자신의 애검 '빙루(氷淚)'를 잡는 것을 보며 연비는 가볍게 검은 우산을 들어올렸다. 드디어 마천각에서의 새로운 아침이 시작되고 있었다.

마천각의 무교관이며 제칠기숙사 혈봉대의 대장인 혈옥선자 옥유경이 단상에 오르자, 주위의 시선이 그녀에게 집중되었다. 옥유경을 바라보는 몇몇 천무학관 사내들의 시선이 범치 않았다. 비록 풍기는 분위기는 싸늘해도, 그녀는 상당히 풍만한 몸매에 농염한 완숙미의 소유자였다.

진면목을 알고 있는 마천각 사람들은 그녀를 멀리서만 봐도 몸을 흠칫 굳히거나 자리를 피하지만, 어제 막 도착한 천무학관 관도들은 아직 그녀의 진면목을 모르고 있었다.

"나찰이라기에 우락부락한 호랑이 아줌만 줄 알았는데 상당한 미인인 걸요?"

연비가 귓속말로 나예린에게 말했다.

"정말 그렇군요. 차갑지만 당당한 기도가 압도적이네요. 마치 잘 벼려진 한 자루 검 같아요."

나예린이 그 기도에 감탄하며 말했다. 겉모습만 봐도 그녀가 상당한 수준의 고수라는 것을 바로 알 수 있었다.

"과연, 다가가면 단박에 베이겠어요. 위험하면서도 무인의 시선을 빨아들이는 게, 일종의 마검(魔劍)이로군요."

연비의 통찰력도 상당한 수준이었다.

"보아하니 숱한 남자들이 이래저래 다가갔다가 당했을 거예요."

백도에서도 간간이 벌어지는 일이 흑도에서는 안 일어날 리 없었다. 아니, 빈도수만 따지면 더 심하리라. 그런데도 저렇듯 당당한 기백을 뿜어낼 수 있다는 것은 그 모든 위협들을 실력 하나로 제거해 왔다는 이야기였다.

"상당한 여걸이네요. 사부님께 인정받을 만해요."

서 있는 위치만으로도 진가를 증명하는 사람이었다.

"확실히 그렇군요. 진 소사(少師)와 비교하면 어느 쪽이 더 강할까요?"

"진 소사요? 아, 아미신녀 진 여협 말이군요?"

진소령은 점창제일검 유은성과 함께 인솔자로서 그들과 동행한 처지였다. 천무학관의 일행들은 구분을 위해 편의상 빙검과 염도는 노사(老師), 진소령과 유은성은 소사(少師)라 부르고 있었다.

"진 소사와 옥교관이 만났을 때 불꽃이 튀는 것 같았잖아요?"

고압적인 환영회 후 배정된 기숙사에 도착했을 때, 그곳에서 기다리고 있었던 것이 바로 혈옥선자 옥유경이었다. 다음날 일정을 통고하려고 온 것이었다.

"난 두 사람이 참지 못하고 그 자리에서 몇 수 정도 교환할 거라고 생각했는데, 둘 다 인내심이 대단하더라고요."

"어젠 첫날이었잖아요? 두 분 모두 지위도 있는데 함부로 검을 섞을 수는 없었겠죠."

나예린도 그 광경을 확실히 기억하고 있었다. 서로 이름을 교환하는 순간 주위를 팽팽히 긴장시켰던 맹렬한 투기를. 한 명은 백도에서 이름난 신녀(神女), 다른 한 명은 흑도에서 유명한 선자(仙子)! 두 사람 모두 중년배 여류무인 중에서 가장 강한 축에 속하는 검도의 고수들이다. 호승심이 용솟음치지 않을 리 없었다.

"단언컨대 그 두 사람, 근 시일 내에 분명 무슨 이유를 붙여서라도 한판 벌일 거예요."

그때가 무척 기다려지는지 연비의 얼굴은 싱글벙글했다.

"연비, 즐거워 보이네요?"

"재밌잖아요. 린은 궁금하지 않아요, 둘이 싸우면 누가 이길지?"

그렇게 솔직하게 물으면 질문받는 사람도 곤란해진다.

"그, 그야 궁금하긴 하지만……."

나예린 자신도 검각의 제자로 검법이라면 일가견이 있었다. 싸움을 바라는 것 같아 찜찜하긴 해도, 검의 길을 걷는 여류무인이 두 사람의 승패에 관심이 없다고 한다면 그건 거짓말일 것이다.

"세상에서 제일 재밌는 게 불구경하고 싸움 구경이라는데, 좀 재밌어하면 어때요. 우리가 싸움 붙이는 것도 아니니 괜찮아요."

"거기, 조용!"

그때 옥유경이 두 사람이 소곤거리는 것을 발견하곤 주의를 주었다. 흐트러진 태도는 용납하지 않는 모양이었다. 두 사람으로부터 한자리 건너뛴 곳에 앉아서 연비에게 이글거리는 눈총을 쏘아 보내던 이진설은 만면에 화사한 미소를 머금었다.

"이크, 들켰네요."

연비가 혀를 삐죽 내밀곤 이내 시선을 옥유경에게로 돌렸다.

"내가 누군지 모두들 알고 있으리라 믿고 소개는 생략하겠다. 이름을 부르면 손을 들고 대답하도록."

옥유경이 단상 위에서 출석 명부를 들어올리며 말했다. 그녀는 명부 맨 위에 적힌 이름부터 호명하기 시작했다. 옥유경은 사람들이 손을 들며 답할 때마다 주의 깊은 눈길로 한 명씩 훑어보았다. 예리한 시선, 이

따금 덧붙이는 첨언(添言)은 그녀의 출석 호명이 단순한 형식에 그치지 않음을 보여주고 있었다.

호명에 답하고 혈나찰의 눈길이 스쳐 가는 그 짧은 순간에 일행은 모두들 자신이 무형의 심판대에 오르는 듯한 느낌을 받았다. 마천각에서 처음으로 각자의 점수가 매겨지는 순간이었다. 옥유경의 안광에 어깨를 움츠리는 이들도 있는가 하면 격려를 받고 용기백배하는 자들도 있었다. 이를테면 마하령처럼.

"흐흠, 자네는 마 관주님의 외동딸인 철옥잠 마하령인가?"

옥유경의 흥미롭다는 시선에 마하령은 당당한 모습으로 공수하며 답했다.

"그렇습니다."

그 모습을 본 옥유경의 입가에 엷은 미소가 맺혔다.

"난 강한 여성을 좋아하지! 마음에 들었다. 활약, 기대하마!"

마하령이 그 말에 약간의 감격을 금치 못한 것은 당연한 일이었다. 그러나 옥유경의 격려에 그다지 기뻐하지 않는 사람도 있었다.

"호오? 네가 바로 천하제일미라고 명성이 자자한 빙백봉 나예린이로구나."

나예린에 대한 소문은 산을 넘고 강을 지나 넓은 호수를 건너 이곳까지 전해졌던 것이다. 기회를 놓치지 않고 그녀의 자태를 훔쳐보는 사내 관도들의 눈에 황홀감이 가득했다.

"당치도 않은 소문입니다. 달가운 평도 아니니 무시해 주십시오."

그녀에게 천하제일미란 호칭은 재앙의 씨앗 그 자체였다. 아무리 치켜세워 줘도 기쁠 리 만무했다.

"글쎄, 이렇게 보니 과연 명불허전인걸? 잘못하면 여자인 나조차도 반하겠구나. 그래, 검후님께선 안녕하시고?"

끝에 가선 경의 어린 말투가 되고 있었다. 사실 검후 이옥상은 옥유경이 현 무림에서 가장 존경하는 사람이었다. 어떤 사내에게도 무릎 꿇지 않고, 때때로 검성과 도성조차 식은땀을 흘리게 만들 수 있는 유일무이한 존재. 검후는 옥유경이 다다르고픈 궁극의 이상이자 목표이기도 했다.

"예, 언제나 그렇듯 정정하십니다."

지금쯤 어떻게 하면 남해의 새들을 수월하게 때려잡을 수 있을까 연구하고 있을지도 모른다, 아니면 맛집을 찾아 식도락 기행을 하고 있거나.

"그래? 그분은 여전하신 모양이구나."

아무래도 옥유경은 검후와 만난 적이 있는 모양이었다.

"그러고 보면 이번에 우리 마천각에 들어온 아이도 자네와 비슷한 또래에 자질도 출중하다네. 자네와 붙어도 지지 않을 것 같은데?"

옥유경의 얼굴을 보아하니 두 사람을 붙여보고 싶어서 근질근질한 모양이었다. 그러나 나예린은 본래 승부욕으로 불타오르는 성격이 아닌지라 묵묵부답이었다.

"혹시 몽환산장의 영령이라고 들어봤나?"

나예린은 고개를 가로저었다.

"외람되지만 처음 듣는 이름입니다."

"역시 백도에도 알려지지 않은 이름이군. 그럼 나중에 한 번 소개시켜주지. 그건 그렇고……."

그녀의 말이 꼭 나중에 한판 붙게 해준다는 이야기처럼 들렸다.

"자네에겐 독고 뭐라는 사자가 있지 않았나? 명단엔 안 보이는군."

그 순간 나예린은 심장에 비수라도 꽂힌 표정이 되었다. 한순간에 창백해진 얼굴을 보자 옥유경은 의아함을 감출 수 없었다.

'꼭 얼음 인형 같던 아이가 저런 얼굴이 되다니… 무슨 사연이라도 있나?'

나예린은 힘겹게 입을 열었다.

"사자는… 독고 사자는… 함께 올 수 없었습니다."

무겁게 내뱉는 한마디 한마디마다 듣는 사람까지도 가슴이 미어질 것 같은 괴로움이 서려 있었다.

"어째서?"

나예린은 그 질문에 대답하지 않았다. 결코 인정하고 싶지 않은 현실을 스스로 밝히는 것은 괴롭기 짝이 없는 일이었다. 대신 질문에 대답한 사람은 용천명이었다.

"독안봉 독고령 소저는 지난번 화산지회의 화겁 이후 행방불명되었습니다."

"그런가? 그 아이의 실력도 한 번 보고 싶었는데 참으로 아쉽군."

진심으로 안타까워하는 탄식이었다. 정말 호전적인 여인이었다. 그녀의 검에 대한 열정은 결단코 진소령의 아래가 아님이 분명했다.

그 후에도 계속해서 이름을 부르던 옥유경의 눈길이 출석부의 한 지점에서 우뚝 멎었다. 그녀의 눈동자는 한동안 그곳을 뚫어져라 노려봤다. 그리곤 그 이름을 부르는 대신 출석부에서 고개를 들어 사절단을 차근차근 쓸어보았다. 시선이 멈춘 곳은 바로 산발머리에 안대를 걸친 효룡과 소심하게 앉은 윤준호의 가운데 자리였다.

시선을 떼지 않은 채 그녀가 이름을 불렀다.

"장… 홍……!"

당사자는 화급히 시선을 피했다.

"예에……."

장홍이 손을 반쯤 들어올리며 모기만 한 목소리로 대답했다. 혹여 눈이 마주칠까 두려운지 시선을 자꾸만 이리저리 돌리고 있었다.

'어라? 장 형이 오늘따라 왜 이러지?'

양쪽에 앉아 있던 효룡과 윤준호의 마음속에 동시에 의문이 피어올랐다. 장홍이 겁먹은 강아지처럼 보이는 일은 두 사람 다 처음이었다. 언제나 맏형 같던 장홍이 오늘따라 왜소해 보였다.

"호오, 이 풋풋한 자리에 그다지 어울려 보이지 않는 사람이 한 명 있군요. 자리를 잘못 찾은 게 아니신지?"

날카로운 시선으로 쏘아보며 옥유경이 냉랭하게 말했다. 그 독설의 화살이 누굴 향하는지는 명백했다.

"……."

장홍은 여전히 고개를 수그린 채 침묵으로 일관했다.

"꿀 먹은 벙어리인가, 왜 대답이 없죠? 장홍 학생!"

선명한 적의가 넘실거리는 말투다.

"그, 그게……."

"잘도 그런 낯짝으로 태연히 앉아 있을 수 있군요. 그 배짱에 본인은 참으로 감탄했어요!"

옥유경에게는 비틀린 칼날을 목소리로 재현하는 능력이 있는 것 같았다.

'저게 어디가 태연한 얼굴이지?'

쩔쩔매는 장홍을 지켜보면서 효룡의 머릿속에 자연스레 의문이 떠올랐다. 이마엔 식은땀이 송골송골하고, 힘이 넘치던 눈동자는 불안으로 이리저리 흔들렸다. 안색은 병자처럼 파리하고, 손발은 수전증 환자처럼 부르르 떨린다. 어딜 봐도 절대로 태연한 얼굴이라고 할 수는 없었다. 효룡이 알던 장홍은 이미 어디에도 없었다.

"어째 옥교관 말투가 갑자기 존댓말로 바뀐 것 같지 않아요?"

연비가 소곤거렸다. 장홍에게 말할 때부터 미묘하게 바뀌어 있었지만, 존댓말이라도 정중함 같은 것은 전혀 느껴지지 않았다. 오히려 심히 꼬여 있는 말투였다.

"그러게요. 역시 연비는 예리하군요."

나예린 역시 소곤거리며 고개를 끄덕였다. 이진설은 다시금 두 사람이 즐겁게 소곤거리는 것을 발견하고는 비 맞은 강아지처럼 처량한 표정이 되었다. 이유는 달랐지만 처량한 처지가 된 것은 이진설뿐이 아니었다.

"제가… 이 자리에 있는 게 마음에 안 드신다면 나가겠습니다."

장홍이 조용히 자리에서 일어났다. 그의 말투에 분노나 억울함은 서려 있지는 않았다. 옥유경의 입가엔 싸늘한 조소가 맺혔다.

"아뇨. 그대로 있으세요. 지금 나갔다가 칠 년 사 개월 십사 일가량 소식이 묘연해지면 곤란하니까 말이죠. 알겠어요?"

온몸이 난도질당한 사람처럼 장홍의 얼굴이 괴로움과 고통으로 일그러졌다. 무척 미묘한 숫자였다.

"알겠습니… 다."

쥐어짜 내는 듯한 대답을 하고 장홍은 다시 자리에 앉았다.

싸늘한 적막이 건물 안을 가득 메웠다. 모두들 본능적으로 느끼고 있었다, 이 상황에서 함부로 나서서는 안 된다는 것을.

"자, 잠시 불쾌한 일로 지체되었으나 다들 양해해 주리라 믿는다."

아무도 그녀에게 불만을 제기하지 않았다. 건드렸다가는 당장이라도 폭발할 것 같았기 때문이다. 얼마 남지 않은 호명 절차를 쾌속하게 마친 후, 옥유경은 출석부를 접었다.

"이제부터 본론으로 들어가겠다. 우리 마천각의 기숙사는 각각이 모두 독립된 무력 부대로서, 독자적인 임무 수행이 가능하도록 구축했다.

언제, 어떤 상황이 닥쳐도 제각기 즉각적이고 효율적으로 대처하도록 한 것이 바로 지금의 독립 부대 체재라 할 수 있다."

한마디로 말해 전시체제였다. 더 나아가 기숙사들의 문제는 알아서 해결하라는 뜻도 됐다.

"'마천십삼대'라는 호칭 때문에 기숙사가 총 열세 개인 것 같지만, 실은 그렇지 않다. 자죽도를 둘러싸고 동, 서, 남, 북, 네 개의 섬이 있는 것은 다들 알고 있나?"

모두들 고개를 끄덕였다. 흉험한 무인들이 타고 있는 쾌속선의 호위를 받으며 마천각에 들어설 때 그들은 보았다. 살벌한 자죽책 주위로 일제히 불길이 솟구쳐 오르고, 마침내 섬 위로 떠오른 거대한 불꽃의 고리 속에 비친 네 개의 섬을.

환영을 빙자한 열렬한 무력시위는 꽤 성공적이었다. 몇몇은 초장부터 그 압도적인 모습에 위축되고 말았다. 마천각은 아무리 봐도 단순히 학교가 아니었다. 그들은 이미 깨닫고 있었다, 자신들이 너무도 안락한 곳에서 안락한 생활을 영위하고 있었다는 것을.

"동서남북, 섬 하나에 세 개씩, 기숙사는 도합 열두 개다."

"열세 번째 부대는 없습니까?"

누군가가 질문했다. 마천십삼대라면 숫자가 하나 부족했다.

"있다곤 하지만 아무도 모른다."

옥유경의 대답에 다들 황당한 표정이 되었다.

"지난 백 년간 그 부대를 확인한 자는 아무도 없다. 우리 역시 '환상의 십삼대'라 부르는 실정이다. 그러므로 오늘부터 그 열세 번째 자리를 자네들에게 빌려주겠다. 자네들은 앞으로 임시 십삼대가 되어서 철저히 교육받게 될 것이다. 놀러 온 게 아닌 이상, 자네들도 이제부터 다른 기숙사생들과 똑같이 처우하겠다."

파도가 이는 것처럼 웅성거림이 번져 갔다.
'그런 얘긴 전혀 듣지 못했는데!'
여기저기서 들려오는 속삭임을 요약하면 이 정도쯤 되리라.
"자네들이 지금부터 가장 먼저 해야 할 일은 바로……."
주위를 한 번 둘러본 혈옥선자 옥유경이 힘주어 말했다.
"반장을 뽑는 것이다. 기한은 내일! 방법은……."
잠시 뜸을 들인 후 한마디가 튀어나왔다.
"자유다!"

막간의 여유, 윤준호의 증언
—의혹, 아직 흐림

"왠지 미움받고 있는 것 같은데요? 장 형, 옥 교관님께 무슨 잘못이라도 저질렀습니까?"

효룡은 설명회가 끝나자마자 의기소침해 있는 장홍에게 물었다.

"그건 왜 묻나?"

"왜 저리 찬바람이 쌩쌩 부나 해서요. 평소 때도 무뚝뚝하고 차갑긴 했지만 저 정도는 아니었거든요."

형의 죽음 이후 효룡이 마천각 출신이라는 건 이미 몇몇 지인들에게 잘 알려진 사실이었다. 다들 알면서도 눈감아주는 것이었다.

"잘못이라… 확실히 그렇군."

풀 죽은 목소리로 장홍이 답했다. 보기 안쓰러울 정도였다.

"도대체 어떤 잘못을 저질렀기에? 제가 혹시 도울 수 있을지도 모르잖아요?"

한번 발동된 호기심의 불은 좀처럼 꺼질 줄 몰랐다.

"알 것 없네. 다 업보(業報)일세."

장홍이 깊은 한숨을 내쉬며 고개를 숙였다. 그 모습에서 효룡은 사십 대의 애수를 느꼈으나 굳이 그 감상을 피력하지는 않았다.

'도대체 뭘 숨기는 거지?'

저 철저한 감정 조절의 달인이 저토록 당황하다니 별난 일인 건 확실했다. 그러나 더 이상 캐물어봤자 장홍은 절대 답해주지 않을 모양이었다.

'뭔가가 있긴 있어. 더구나 그 구체적인 숫자는 대체 뭐야? 아! 혹시 준호 저 친구는 뭔가 알고 있나?'

장홍이 힐문을 받을 때 윤준호 역시 덩달아 안절부절못했던 모습이 떠올랐다. 평소에도 거짓말이나 은폐에 서투른 저 순진 무쌍한 친구라면 보다 쉽게 내막을 밝혀줄 것 같았다. 효룡은 혹여 윤준호가 도망이라도 갈까 두려운 듯, 고도의 운신법까지 사용해 가며 바람처럼 접근했다.

"이보게, 준호. 자넨 혹시 짐작 가는 바 없나?"

순식간에 다가간 효룡이 조용한 목소리로 소곤거렸다.

"글쎄요, 없는 건 아니지만……."

대답하던 윤준호가 말끝을 흐린다.

'있구나!'

짐작은 들어맞았다. 윤준호와 대화할 때는 얼굴만 살펴봐도 진실 여부를 알 수 있었다. 숨기고 싶은 게 있어도 전부 얼굴에 드러나 버리는 순진무구한 친구다. 평소엔 이 험한 세상을 어찌 헤쳐 나갈까 걱정스럽지만, 이럴 땐 이만큼 만만한 성격도 없었다.

'역시 세상은 험난하다네, 친구! 날 용서하게!'

그는 가차없이 윤준호를 심문해 보기로 했다.

"자네, 짐작 가는 게 있군."

효룡은 단정적인 어투를 써서 단숨에 접근했다.

"확실한 건 아니지만… 어제 일 때문인 것 같아요. 어제 복도에서… 장 형이 저분과 부딪쳤거든요."

듣고 있던 효룡의 눈이 불신으로 휘둥그레졌다.

"부딪치다니? 아니, 그게 말이나 될 법한 소린가? 설혹 모퉁이 때문에 장 형이 안 보였다 쳐도, 저 공포의 나찰교관이 다른 사람의 기척을 알아채지 못할 리가 없잖나?"

일반인이나 하수면 몰라도, 혈나찰처럼 이삼십 장 밖의 기척도 놓치지 않는 고수들에겐 있을 수 없는 이야기였다.

"하지만 사실인걸요……."

효룡의 성토에 주눅이 든 윤준호가 모기만 한 목소리로 항변했다.

"이 친구, 답답하긴. 자세히 좀 얘기해 보게."

효룡이 가슴을 치며 얘기를 재촉했다. 아무래도 상황 전체를 듣는 게 더 빠를 것 같았다.

"그, 그러니깐 그게 말이죠……."

그것은 어제저녁 무렵의 일이었다고 한다.

당시 현장에 있었던 윤준호의 증언에 따르면, 피고 장홍은 잔뜩 겁먹은 얼굴로 기척을 최대한 감춘 채 움직이고 있었다. 벽에 스며들지 못하는 게 한이라는 듯 필사적이었다고 한다.

그의 은신술은 실로 대단했다. 멀쩡한 두 눈으로 장홍을 보고 있던 윤준호조차 그가 진짜 이 자리에 있는 게 맞는지, 혹여 자신이 장홍의 환영을 보고 있는 건 아닌지 의심할 정도였다. 마천각이 아무리 적진이나 다름없다곤 해도, 장홍의 강박적인 작태는 소심한 윤준호의 눈에도 조금

지나친 감이 있었다.

"장 형, 저기… 말하기 좀 그렇지만, 꼭 그렇게 살금살금 움직여야 하나요?"

당사자가 아닌데도 부끄러운지 윤준호가 얼굴을 붉히며 나직한 목소리로 물었다.

"그럼, 물론이고말고."

최대한 작은 목소리로 장홍이 답했다. 본인은 이게 전혀 지나치다고 생각지 않는 모양이었다.

"목소리 낮추게. 여기가 어딘지 자넨 벌써 잊었나? 이곳은 적진이란 말일세, 적진! 적들이 똥통 구더기처럼 득시글거리는 곳이란 말이지. 이렇게 무시무시한 복도를 어찌 안심하며 걸을 수 있겠나?"

하지만 정도가 좀 심해 보였다. 저건 단순한 주의 정도가 아니라 마치 비밀 임무를 수행코자 적의 요새에 잠입한 특수 요원 같았다.

"만약 그렇게 기척없이 가다가 누군가랑 부딪치기라도 하면……."

윤준호는 여전히 걱정이 가시지 않는 모양이었다.

"하하하, 이 친구 농담도 참! 내가 그런 실수할 리 없잖……."

쿵! 물컹!

'응? 물컹? 언젠가 느껴본 것 같은 감촉인데…….'

알 수 없는 기시감에 장홍이 고민하고 있을 때, 윤준호는 냉엄한 현실에 몸을 떨고 있었다.

"자, 장 형……."

사색이 된 윤준호가 덜덜덜 떨리는 손가락으로 장홍의 머리 위를 가리켰다. 윤준호는 이리저리 몸을 꼬며 당황해하기만 할 뿐 더 이상 말을 잇지 못했다. 머릿속이 새하얀 백지장처럼 변한 상태였다.

"응?"

한없이 부드럽고 탱글탱글한 무언가로부터 시선을 살짝 들어올린 장홍의 얼굴이 삽시간에 거무죽죽해졌다.

차가운 분노로 싸늘하게 빛나는 한 쌍의 살기 어린 눈동자가 자신을 잡아먹을 듯 쏘아보고 있었다. 눈에 익은 얼굴. 바로 학생들 사이에서 혈나찰이라 불리는 혈옥선자 옥유경 본인이었다.

"히에에에에엑! 아니, 저… 이건 그러니깐……!"

장홍은 화살이 날아오는 걸 본 듯 화들짝 놀라며 재빨리 뒤쪽으로 펄쩍 뛰어 후다닥 물러났다. 그러나 이미 늦은 때였다.

쾅!

요란한 소리와 함께 장홍은 복부에 장력을 맞고 바닥을 뒹굴었다.

"쿠헉!"

챙 하고 소리가 나며 바로 검이 뽑혔다.

"무례한 놈!"

옥유경의 뒤를 수행하던 충실한 추종자 중 두 명이 분노해서 검을 뽑아 들었다. 그중 한 명은 바로 진홍의 검희 석류하였다.

"히엑!"

장홍은 비명을 지르며 두 팔로 얼굴을 감쌌다. 윤준호도 이제 끝이란 생각에 눈을 질끈 감았다. 그러나 끝내 검은 떨어지지 않았다. 궁금증을 참지 못한 장홍이 교차한 팔을 치우며 앞을 살펴보았다.

두 소녀의 검을 막은 것은 옥유경이었다. 달려들던 석류하와 또 다른 한 명은 바라던 칼부림도 제대로 못한 채 속으로 분을 삭여야만 했다.

'언제든 분부만 내리십시오!'

그녀들의 이글이글 불타는 눈동자는 그렇게 말하고 있었다.

꼴사나운 장홍의 얼굴에 못 박힌 듯 고정된 옥유경의 두 눈에는 의혹과 불신이 가득했다.

"…홍식?"

그녀의 입에서 무의식 중에 흘러나온 이름을 듣고 장홍은 우뚝 움직임을 멈추었다. 얼어붙은 모습이었다. 그러다 갑자기 장홍은 헤픈 웃음을 터뜨렸다.

"아하하하하! 무, 무슨 그런 말씀을. 호, 홍식이라니요? 멋진 이름이긴 하지만 사람 잘못 보셨습니다. 암! 잘못 보셨고말고요. 전 홍식이 아니라 홍이라는 사람입니다."

그러나 장홍의 답변은 경악에 빠진 옥유경의 의혹을 거두기엔 미흡했다.

"성(姓)이 뭐죠?"

반드시 확인해 봐야겠다는 의지가 물씬 풍기는 말투였다. 그 의지가 강하면 강할수록 장홍은 더욱더 곤혹스러워지는 것 같았다.

"이런 필부의 성은 알아서 뭘 하실려구요. 헤헤헤."

장홍은 바보 같은 웃음을 흘렸다.

"장 형, 괜찮아요?"

역시 바닥을 구를 때 심하게 머리를 다친 게 틀림없다고 확신한 윤준호가 근심 어린 목소리로 물었다.

'쉿, 쉿!'

장홍은 기겁을 하며 윤준호에게 조용하라고 눈을 부라렸으나, 일은 이미 저질러진 다음이었다.

"흐흠, 이자의 성이 장씨인가?"

무척 흥미진진하다는 표정으로 옥유경이 물었다.

"그, 그렇습니다."

순진한 윤준호는 정직하게 대답했다.

"아는 사이겠군?"

"예, 동기입니다."

그 말에 여인의 눈이 다시금 휘둥그레졌다.

"동기라니? 자넨 아직 한참 어린 것 같은데. 학년이 어떻게 되나?"

여전히 경악한 목소리로 옥유경이 물었다.

"천무학관 삼 년차입니다."

"그럼 자넨 스무 살은 넘었나?"

"그, 그렇습니다."

사실 윤준호는 훨씬 더 어려 보이는 동안이었다. 성격이 소심하다 보니 더욱 어리게 보여서 십대라 해도 이상하지 않을 정도였다.

"호오, 이십대 초반의 애들이랑 동기라… 나름대로 대단한 출세로군요."

장홍을 바라보던 여인이 입매를 비틀었다. 비웃음이 역력했다.

"아니, 그건 그러니까……."

다리가 풀렸는지, 아니면 여전히 제정신이 아닌지 바닥에서 일어날 생각도 못한 채 장홍이 손사래를 쳤다. 옥유경은 그런 모습을 그저 싸늘한 시선으로 노려볼 뿐이었다.

그 시선에 장홍의 몸은 점점 더 위축되어 갔다. 반면 혈옥선자 옥유경의 안색은 들끓는 분노로 점점 더 붉게 변했다. 어마어마한 살기가 그녀의 전신에서 쏟아져 나왔다.

"잘도, 잘도……."

무한한 분노 때문에 말도 제대로 나오지 않는 모양이었다. 장홍의 안색은 점점 더 파리해져 갔다. 그 얼굴에 떠오른 그것은 분명 공포였다.

"잘도 그 낯짝을 내게 들이밀었군요."

챙!

옥유경의 발검술(拔劍術)은 섬광처럼 빨랐다.

"히에에엑!"

장홍은 기겁하면서도 검을 들어 그 쾌속한 일검을 막아냈다.

"감히 막아?"

장홍의 목젖을 향한 새하얀 검에서 검고 짙은 살기가 무럭무럭 피어올랐다.

"참(斬)!"

옥유경은 이성을 상실한 듯 무차별로 검을 휘둘렀다. 폭풍이 몰아치듯 무시무시한 일격에 장홍은 화급히 몸을 날렸다.

"히에에엑!"

저 검에 실린 것은 의심할 여지 없이 명백한 살의였다.

"위, 위험해요, 장 형!"

지켜보던 윤준호가 크게 놀라 외쳤다. 과연 마천각의 무교관. 그녀의 검은 사납기 짝이 없었다. 이대로는 장홍의 목숨도 태풍 앞의 촛불처럼 위태로웠다.

"그러니깐 내 얘기를……"

장홍이 필사적으로 검초를 피하며 필사적으로 대화를 시도했다. 그러나 옥유경은 대화할 마음이 전혀 없는 모양이었다.

쇄애애애애액!

무시무시한 살초가 쉴 새 없이 쏟아지며 장홍의 전신에 쇄도했다.

"아니, 잠깐! 여기엔 자초지종(自初至終)이……"

생명이 다급해진 장홍이 경황없이 손사래를 치며 뭔가 변명을 하려 했다.

"문답무용(問答無用)!"

옥유경은 전혀 들을 준비가 되어 있지 않았다. 검광이 번뜩였다.

"죽어욧! 지금 당장!"

그녀의 검끝이 일곱 가닥의 붉은 궤적을 그리며 장홍을 향해 날아갔다.

"비장살초 혈풍란(血風蘭)!"

그 검초를 본 석류하가 의문이 뒤섞인 탄성을 터뜨렸다. 혈풍란씩이나 되는 초식을 써야 할 만큼 저 사내가 대단했나? 아무래도 도저히 그래 보이진 않았다. 그러나 석류하는 곧 경악 속에 그 사실을 인정하지 않을 수 없었다. 무슨 수를 썼는지 몰라도 저 얼뜨기 같은 아저씨가 혈풍란의 붉은 난 일곱 촉을 모두 피해낸 것이다.

"이럴 수가… 혈풍란이 상처 하나 입히지 못했다니……!"

직접 목격했어도 믿기 힘드니, 만일 말로만 들었다면 단박에 거짓부렁 취급 했으리라. 그러나 현실은 현실. 그자가 혈풍란을 피해낸 것은 바꿀 수 없는 사실이었다.

'저 남자 도대체 정체가 뭐지?'

"헥헥헥!"

겨우 목숨을 건진 장홍이 가쁘게 숨을 몰아쉬었다.

"헉헉헉!"

미꾸라지 뺨치는 회피 능력에 옥유경도 지친 것 같았다.

"잠시만요!"

그때 두 사람 사이로 윤준호가 끼어들었다.

"비키게. 이건 자네와 관계없는 일일세."

"아닙니다. 관계있습니다. 저는 그의 친구입니다."

"친구? 저 사람에게 친구라고?"

무척이나 뜻밖이라는 얼굴이었다. 옥유경은 윤준호와 장홍의 얼굴을 몇 번이나 번갈아 보았다. 여전히 불신이 한가득이다.

"정말 자넨 저자의 친구인가?"

"그렇습니다. 때문에 저는 교관님께서 살초를 펴시는 이유를 알아야만 합니다."

평소의 소심한 모습으로는 절대로 상상할 수 없는 태도였다.

"그렇게 이유가 궁금한가? 그렇다면 가르쳐 주지!"

옥유경은 손가락으로 장홍의 미간을 가리키며 외쳤다.

"저자는 배신자다!"

윤준호의 눈이 경악으로 부릅떠졌다.

"배신자라니, 그럴 리가… 그럴 리가 없습니다."

"믿고 싶지 않는 것은 이해한다. 그러나 저자가 배신자라는 사실에 변함은 없다."

옥유경의 말은 단호했다.

"장 형, 아니죠? 배신자라니……."

그런 건 장홍이 아니었다. 윤준호는 장홍이 자신의 입으로 부정해 주길 바랐다. 그러나 그러지 못했다.

"……."

장홍의 얼굴에서 갑자기 모든 표정이 사라졌다. 이제까지의 곤혹스러움도 겁먹은 기색도 모두 없어진 얼굴이었다. 가면이라도 뒤집어쓴 듯한 무표정이었지만, 어찌 보면 '표정'이라는 가면이 떨어져 나가고 드러난 맨얼굴 같기도 했다.

장홍의 무표정은 그저 무심한 얼굴이 아니라, 그야말로 모든 것을 무(無)로 돌리는 표정이었다. 그 얼굴을 보고 있던 윤준호는 왠지 허무한 마음이 되어 할 말을 잃었다.

촤랑!

옥유경도 마찬가지였을까. 그녀는 자세를 가다듬으며 검을 검집에 집어넣었다.

"오늘은 흥이 깨졌다. 이야기의 계속은 다음으로 미루지."

차가운 목소리, 차가운 눈동자. 절대로 용서를 허락하지 않는 눈이었다.

"일단 두고 보지요. 하지만 앞으론 조심하는 게 좋을 거예요, 장홍 학생!"

적의가 물씬 배인 말을 마지막으로 옥유경은 그 자리를 떠났다. 남겨진 장홍과 윤준호는 한동안 아무 말도 하지 않았다.

"무슨 저런 여자가……."

윤준호는 그 뒷모습을 보며 중얼거렸다.

"그만."

장홍이 입을 열었다.

"……?"

영원히 침묵을 지킬 것 같던 장홍의 입에서 느닷없이 나온 말에 윤준호는 소스라치듯 놀랐다.

"그녀를 나쁘게 말하지 말게."

피로에 지친 얼굴이었지만 좀 전보다는 훨씬 더 살아 있는 사람 같았다.

"장 형."

"다 내 잘못일세."

이번 일은 어딜 봐도 저쪽의 잘못이었다. 길 가다가 부딪쳤다는 이유만으로 죽어라 검을 휘두르는 건 분명 잘못된 일이었다. 하지만 두 사람이 주고받았던 대화도 그렇고 당사자인 장홍이 저렇게 말하는 것을 보면 뭔가 내막이 있는 것 같았다.

"더 이상 묻지 말아주게."

윤준호는 아무런 질문도 할 수 없었다. 장홍은 다시 깊은 침묵에 빠져

들었다. 그의 눈동자 속에서 고뇌가 일렁거렸다.

"그리곤 헤어졌다고?"
윤준호의 목격담을 멍하니 듣고 있던 효룡이 되물었다.
"예, 그랬죠."
"용케 살아 있었네, 장 형."
여고수의 손목 한 번 잘못 만졌다가 팔째 잘려 나간 이들도 있었다. 그렇게 보면 고의든 아니든 가슴을 건드리고 말았으니 그 정도로 모욕적인 민폐를 끼치고 살아남을 수 있었던 건 운이 좋은 편이었다.
"그러게 말이에요. 전 진짜 죽는 줄 알았다니까요."
그 일만 생각하면 윤준호는 간이 콩알만큼 오그라드는 듯했다.
"거참, 그런 황당한 일이 있었을 줄이야……."
그렇다면 옥유경의 태도도 전혀 이해 못할 바는 아니었다. 그러나 그것만으로는 석연치 않은 뭔가가 앙금처럼 남아 있었다. 윤준호의 증언뿐 아니라 설명회에서 제시된 기묘한 숫자도 그랬다.
"그 싸늘한 태도는 이해가 되는데, 뭔가 평소의 옥 교관님답지 않은 걸? 꼭 원래부터 둘이 아는 사이 같단 말이야."
그는 오히려 저 혈나찰에게 그런 짓을 저지르고도 장홍이 아직 살아 있다는 게 놀라웠다.
'수상하다, 수상해.'
효룡의 본능이 그렇게 속삭이고 있었다. 아직 의혹이 말끔하게 개인 것은 아니었다.
의혹은 아직 흐림 상태였다.

자죽도의 실체
— 피를 부르는 전통

옥유경의 설명회가 끝나고 흑십자회의 쌍둥이들이 마천각의 주요 장소를 안내하는 시간이 있었다. 흑일은 일행들에게 사절단 통행 구역이라고 표기된 비단 지도를 나누어 주었다. 색실로 일일이 수를 놓은 정교한 그림과 또렷한 글씨가 일품이었다. 품 안에 구겨 넣거나 물에 빠져도 염려없도록 종이와 먹물을 쓰지 않고 만든 것으로, 치밀하고 세심한 배려가 느껴지는 지도였다.

사절단이 갈 수 있는 곳은 푸른 실로 수놓은 '자유 통행 구역'과 붉은 실로 수놓은 '안내자 동반 구역'으로 나뉘어 있었다. 잿빛 실로 테두리만 수놓은 부분은 모두 비공개 구역이었다. 안내자 동반 구역까지 합해봤자 사절단이 발을 들일 수 있는 곳은 마천각 전체의 절반이 채 되지 않았다.

사절단 일행은 곧이어 흑월에게 사(使)라고 수놓은 은색 띠를 하나씩 받았다. 통행증과 신분증을 겸용한 띠였는데, 새겨진 문양들이 부적처럼 보이는 게 조금 찜찜했다.

"마천각에서 지내는 동안은 모두들 이 띠를 눈에 잘 보이는 곳에 착용해 주세요. 후후훗, 부끄럽지만 귀인 여러분을 위해 제가 특별히 강녕(康寧)의 염원을 담아 '그것' 을 넣어 제작한 거랍니다!"

'그것' 이 대체 뭘까 고민하며 사람들이 수상쩍은 배려의 산물을 쿡쿡 찔러보고 있을 때, 누군가 용기를 내어 물었다.

"저어… '그것' 이란 건 무엇인지요? 그리고 띠를 잃어버리거나 착용하지 않으면 어떻게 됩니까?"

"…자아! 그럼 견학을 시작해 볼까요? 우선 다 함께 띠를 착용해 봅시다! 즉.시!"

초여름 산딸기처럼 상큼한 목소리, 나뭇잎 사이로 비치는 햇살처럼 발랄한 미소였다.

일체의 미동도 없이 두 눈을 반짝이며 '착용' 을 기다리는 흑월의 그 풋풋한 모습에 사절단 일행은 왠지 덧없는 허무함을 느끼며 무념의 상태에 빠져들었다. 잠시 후 정신을 차렸을 때는 제각기 몸 어딘가에 띠를 착용한 뒤였다. 지나친 친절은 때때로 독보다 무섭다는 사실을 경험하고만 사절단 일행이었다.

일행은 편의상 두 갈래로 나뉘어 각각 흑일과 흑월을 따라 견학을 시작했다. 잠시 후, 흑일 또는 흑월을 따라 주요 구역들을 방문하면서 그들은 하나같이 혀를 내둘렀다. 기껏해야 호수 속에 있는 작은 섬일 뿐이라고 치부할 게 아니었던 것이다.

사람 한 명이 편히 눕는 자리를 약 한 평이라 치면, 동정호에는 약 십오억 천만 명 이상이 편히 누워 잘 수 있다. 그 엄청난 면적이 사방으로 이리저리 펼쳐진 곳이 바로 팔백 리 동정호. 말이 호수지 바다나 다름없는 곳이다. 그러니 그 안에 여기저기 흩어져 있는 섬 하나라 해도 결코 우습게볼 크기는 아니었다.

특히 자죽도는 백만 평 정도의 넓이로, 탑이나 복층 건물, 지하 공간 등을 통해 활용 공간을 극대화하고 있었다. 있는 듯 없는 듯 숨겨진 공간이나 동서남북의 섬 네 개를 합하면 웬만한 도성 한두 개의 역할은 충분히 할 수 있을 듯했다. 때문에 우선적인 주요 구역만을 견학하는 데만도 두 시진에 가까운 시간이 소모되었다. 점심때가 다 지나기 직전에야 사절단은 겨우 식당으로 향할 수 있었다.

식당에 도착한 나예린은 식사를 함께하자고 연비에게 말을 건네려는 순간, 덥석 달라붙는 이진설에게 한쪽 팔을 붙들렸다. 이진설은 더 이상 참을 수 없다는 표정으로 다짜고짜 나예린의 팔을 잡아당겼다.

"언니! 우리랑 같이 식사해요!"

그리고는 나예린의 얼굴이 굳어지려는 찰나에 아주 조그만 소리로 한마디를 덧붙였다.

"뭐, 연 소저도 같이."

마지못한 말이었다. 연비의 존재가 영 내키지 않는 모양이었다. 자신의 경애(敬愛)하는 언니를 송두리째 빼앗긴 느낌 때문이었다. 물론 이진설에게는 연인이 있었지만, 그건 그거고 이건 이거였다. 머리에 머리띠를 둘렀다고 해서 허리에 허리띠를 두르지 말라는 법이 어디 있겠는가.

"연비는 불편하지 않겠어요?"

나예린은 우선 연비에게 양해를 구했다. 연비는 이진설이나 효룡 등과는 아직 제대로 인사를 나눈 적이 없었다.

"난 상관없어요, 린."

연비가 대답했다.

나예린이 연비에게 양해를 구하는 모습을 보며 이진설은 몰래 입을 삐죽거렸다.

이진설이 데려간 자리에 있는 사람은 효룡과 장홍, 윤준호, 이 세 사람이었다. 나예린은 비류연이나 이진설 덕분에 이 세 사람과 몇 번 대화를 나눠본 적이 있었다. 남은 건 연비였다.

이진설이 일행에게 연비를 소개해 주었다. 그녀는 나예린의 소개로 오는 도중에 이미 연비와 통성명을 나눈 뒤였다.

"연비라고 합니다."

고개를 살짝 숙이며 연비가 먼저 인사했다. 차분하면서도 상쾌한 목소리였다.

"유, 윤준호라고 합니다."

"장홍이라 하오."

"제 이름은 효룡입니다."

윤준호의 볼에는 붉은 기운이, 장홍의 눈에는 의혹의 기운이, 효룡의 입에는 미소가 가득 담겨 있었다.

인사가 끝나자마자 장홍은 정보 수집에 들어갔다.

"특이한 우산이로군요? 질감도 굉장히 특이하고……."

그는 연비가 항상 들고 다니는 매화 문양의 검은 우산에 호기심을 나타냈다. 지금은 실내여서 우산을 접고 있지만 실외에서는 화창한 날에도 거의 항상 우산을 쓰고 다녀서 검은 우산은 벌써부터 연비의 상징이 되어 있었다.

몇몇 남자 관도들은 '우' 라는 말만 들어도 열을 올리며 연비에 대한 얘기를 나눌 정도였다. 특히 백도 최고의 미녀라고 공인된 빙백봉 나예린의 옆에서 연비가 우산을 쓰고 함께 걸으면, 흑백이 강렬한 대비를 이루며 아름다움이 두세 배로 증폭했다. 그럴 때면 주변에 있던 남자들의 시선이 자석에 끌려가듯 두 사람에게 고정되곤 했다.

"아, 특제품이랍니다. 현천은린(玄天銀悶)이라고 하는데, 평소엔 줄여서 은린이라고 부르지요."

현천은린(玄天銀鏻), 검고 그윽한 하늘에 은빛의 불꽃이라는 뜻이다. 그 묵빛 배경 위로 산화하듯 흩뿌려진 은빛의 매화라면 가히 은빛의 불꽃이라 칭할 만했다.

"멋진 이름입니다. 그런데 이 우산은 재질이 종이가 아니군요. 물론 천도 아니고. 뭔가 다른… 이를테면 뭔가의 가죽이나……."

장홍의 눈썰미는 상당히 날카로운 데가 있었다.

"글쎄 뭘까요? 가르쳐 드리고 싶지만……."

연비가 말끝을 흐렸다.

"싶지만?"

"사정상 비.밀.이에요."

연비가 검지를 세우며 말했다.

"어쨌든 이 재질 덕에 매우 튼튼하긴 하죠. 물이 새지 않아서 비 올 때도 유용하답니다."

연비의 말투에서 장홍은 몇 가지를 추론해 냈다. 우선 저것은 확실히 무기였다. 비 올 때도 유용하다니, 그렇다면 본래는 다른 용도가 있다는 뜻이 아닌가? 그렇다면 늘 우산을 몸에 달고 다니는 이유도 납득할 수 있었다. 그런데…

'저런 우산을 무기로 쓰는 문파가 있기는 했는데…….'

그러나 저렇게 특수한 재질, 강렬한 우산을 무기로 쓰는 문파는 기억에 없었다. 물론 저런 물건을 만들 수 있는 장인(匠人)은 그리 많지 않으니 특출한 명장들을 쫓다보면 저 물건의 내력을 알 수 있을 것 같기도 했다. 그들이 입을 열지는 미지수였지만.

'뭔가 확실히 숨기는 게 있어, 이 아가씨!'

장홍은 그쯤에서 생각을 마무리하기로 했다. 무의식 속에 존재하는 가장 두려운 가정에 대해서는 일단 회피하는 장홍이었다.

식사는 바삭바삭하고 맵싸하면서도 달콤한 닭 요리 동안자계(東安子鷄)와 생선 살을 빚어서 향긋하게 만든 어환(魚丸) 신선로, 담백한 도삭면(刀削麵) 등이었다. 천무학관과 마천각 간의 사전 협의 및 비용 협상 때문에 음식은 주는 대로 먹어야 했지만, 나무랄 데 없이 훌륭한 요리들이었다. 호남의 요리들은 짙고 매우며 독특하다는 세간의 평에 비하면 맛의 조화가 잘 맞았다. 그릇이나 수저에 지역과 상호명, '많이 찾아주십시오' 등이 여기저기 적혀 있는 것은 다소 찜찜했지만.

식사 뒤에는 동정호의 작은 섬 군산(君山)에서만 난다는 명물, 군산은침(君山銀針)을 맛볼 시간이었다. 은침처럼 가느다란 찻잎들이 청량한 향기를 뿜으며 달콤한 등황빛으로 우러났다. 일행은 차를 즐기며 옥유경이 남기고 간 숙제에 대해 논했다.

"반장을 뽑으라니, 무슨 뜻으로 한 말일까요?"

먼저 말을 꺼낸 사람은 이진설이었다. 옥유경의 어투는 단순한 반장 선거라기엔 뭔가 비장한 감이 있었다. 어차피 이곳은 흑도의 양대 축 중 하나인 마천각이다. 그 이면에 다른 뜻이 내포되어 있다 해도 하등 이상할 것이 없는 것이다.

"저기 효룡이란 분은 뭔가 알고 계시는 것 같은데요?"

찻잔을 내려놓으며 연비가 싱긋 웃었다.

"어째서 그런 생각을?"

연비는 그의 반문이 이상하다는 듯 고개를 살짝 기울이며 말했다.

"으음, 얼굴이 그래 보였는데… 아니었나 봐요?"

"아, 아니, 맞았소."

효룡은 연비의 여유에 당황하며 대답했다.

'좀 전에 막 소개받았을 뿐인데……'

마치 수년 동안 알고 지낸 것처럼 친숙감과 익숙함이 느껴졌다.

번쩍!

순간 이진설의 눈에서 경계의 빛이 번개처럼 스쳐 지나갔다. 효룡은 차를 한 모금 들고 나서 설명을 시작했다.

"아까도 들으셨겠지만 마천각의 기숙사는 모두 독립적인 부대입니다. 기숙사당 인원은 평균 백 명 정도인데, 열 명가량은 상황에 따라 오차가 있지요. 그리고 각각 상위 오십 명까지는 엄격한 서열이 매겨져 있습니다."

"서열 외(外), 그러니까 오십 명 이외는 어떻게 되죠?"

"그들은… 소위 잔챙이라 불리게 되지요."

"오십보백보란 거군요. 그런데 서열의 기준은 뭔가요?"

"물론 성적순, 아니, 실력순이지요. 서열은 삼 개월에 한 번씩 있는 시험이나 대결에서 조정됩니다. 다만 그사이의 사적인 비무 결과도 즉각 서열에 반영하는 것이 마천각의 전통입니다."

상당히 무지막지하고 흉흉한 전통이 아닐 수 없었다.

"피를 부르는 전통이로군요."

"연 소저 말이 맞습니다. 칼은 피 속에서 강해진다는 것이 흑도의 믿음이니까요. 사실 그 편이 제일… 그런데 저쪽 분은 이쪽에 뭔가 용무가 있으신 게 아닐까요?"

효룡이 잠시 이야기를 멈추고 연비의 좌측 어깨 뒤를 가리켰다. 그제야 연비는 고개를 돌려 뒤쪽에 선 남자를 바라보았다. 그는 연비와 시선이 마주치자 얼굴을 붉히며 안절부절못했다.

"어머, 일전에 뵈었던 분이로군요."

마치 그제야 눈치 챘다는 듯한 말투.

"아, 예… 옙! 그렇습니다."

무슨 말을 어떻게 시작해야 할지 몰라 우물쭈물 멀뚱멀뚱 서 있던 남자가 즉시 부동자세를 취하며 답했다.

"그러니까 성함이 공손……."
기억이 잘 안 나는지 연비가 말끝을 흐렸다.
"아, 옙! 고, 공손절휘라고 합니다."
공손절휘는 또다시 직립 부동자세를 취하며 긴장했다. 얼굴도 근육도 온통 경직된 것이, 아무래도 여자를 대하는 일에는 숙맥인 모양이었다.
"아, 공손 소협도 효 공자의 말씀을 듣고 싶으셨나 봐요."
공손절휘는 연비의 화사한 미소를 감당하지 못하고 즉시 고개를 푹 수그렸다.
"아니… 저는……."
공손절휘가 열심히 용기를 짜내고 있을 때 연비가 대뜸 말했다.
"음, 저쪽 효 공자 옆 자리가 하나 비었네. 앉으시지요. 한 분쯤 더 계셔도 효 공자는 개의치 않을 터. 그렇지요?"
효룡을 보며 연비가 초롱초롱 눈을 빛냈다.
"무, 물론이오."
보석처럼 빛이 아롱지는 연비의 눈동자와 마주치자 효룡은 무의식 중에 당황하며 얼굴을 붉혔다. 이진설은 드디어 폭발하고 말았다.
'대체 왜 얼굴을 붉히는 거얏!'
분노의 일격이 효룡의 옆구리를 가격했다.
"크흡……!"
간신히 비명은 되삼킬 수 있었지만, 허파와 심장을 뒤흔드는 충격에 효룡은 속으로 피눈물을 흘렸다.
'회, 회전까지 먹여서…….'
지나치게 훌륭한 일격이 그의 오장육부를 뒤흔들었다. 나날이 날카로워지는 기술에 이제는 생명의 위협마저 느껴졌다. 다음 일격엔 과연 살아남을 수 있을까? 슬프지만 보장할 수 없었다.

'크르르르르!'

이진설은 속으로 사나운 맹견처럼 으르렁거리며 연비를 쏘아보았다. 연비는 아는지 모르는지 공손절휘에게 계속 자리를 권했다.

"그럼 앉으시지요."

효룡이 이를 악문 채 옆구리를 부여잡고 땀을 뻘뻘 흘리는 동안 공손절휘는 선택의 기로에 놓였다.

"아니, 그러니깐 전……."

용기의 농축액이 여전히 목구멍을 빠져나오지 못하고 미적거리자, 연비는 의아한 얼굴로 반문했다.

"무슨 문제라도? 아, 혹시 제가 선불리 괜한 권유를 했나요?"

공손절휘는 재빨리 손사래를 치며 자신의 우유부단함을 책망했다.

'헉! 이런 못난 놈! 연 소저가 자신이 실수했다고 생각하게 하다니. 이런 한심한!'

이렇게 된 이상 별다른 선택의 여지는 없었다.

"아, 아닙니다. 아무 문제 없습니다. 앉겠습니다. 앉고말고요! 제가 바라던 게 바로 그겁니다!"

그리고는 냉큼 자리에 앉았다. 연비한테서는 가장 멀리 떨어진 자리였다.

'좌천이다!'

순간 모두의 머릿속을 너나할 것 없이 동시에 스쳐 지나간 생각이었다.

'너무 멀어! 목표 지점은 좀 더 근거리였을 텐데?!'

'설마 떨려난 것도 눈치 못 챈 건가?'

하지만 그 정도로 둔치인 것 같지는 않았다. 구석에 자리를 잡은 공손절휘의 눈에는 아련한 절망과 애절한 한이 배어 있었다.

'헉, 운명을 수용했다! 모든 걸 받아들이고 있어!'

'불쌍하게 됐군, 쯧쯧. 다음 기회를 노리게, 좌절공자.'

하지만 공손절휘의 앞날은 그다지 밝지 않았으니……. 이날부터 시작된 여러 가지 비화로 인해 공손절휘는 훗날 천무학관의 관도들 사이에서 공손좌천, 좌절공자, 혹은 공손좌절이라는 칭호를 얻게 된다.

"자, 그럼 계속할까요?"

"아, 그러지요."

잠시 측은한 시선으로 공손절휘를 바라보고 있던 효룡은 연비의 재촉에 얼른 이야기를 재개했다.

"아무튼 정점에 선 서열 일위의 실력자가 바로 반장, 통칭 대장이죠. 이들은 기숙사 내의 행정, 경제, 징벌 등에 관한 모든 결정권을 가집니다. 참고로 대장을 보좌하는 부대장과 참모, 수행관과 정보관도 한 명씩 있습니다."

"합해서 모두 다섯이군요. 서열 오위까지가 수뇌부인가요?"

나예린의 말에 효룡은 고개를 저었다.

"대장 밑은 부대장, 부대장 밑은 수행관이지만, 참모와 정보관은 성격상 그 밖의 요소로 정해집니다. 천재적인 두뇌만 있다면 '서열 외(外)'의 약자도 참모를 할 수 있지요. 그런 일은 거의 없지만 말이죠. 어쨌든 참모는 수뇌부 가운데 무공이 가장 떨어질 수 있기 때문에 보호를 위해 서열 삼위인 수행관이 항상 동행합니다."

"흐으음……!"

천무학관에서는 상상도 못할 치밀한 안배에 사람들은 침음성을 흘렸다.

"정보관은 그럼 누가 맡나요?"

어느새 윤준호의 뒤에 나타난 진령이 물었다. 남궁상과 모용휘까지도 그녀의 옆에 서서 귀를 기울이고 있었다. 효룡은 머리를 긁적이며 답했다.

"은신술과 정보 수집, 뛰어난 첩보 능력의 달인이라던가, 거미줄처럼 촘촘한 인맥을 자랑하는 자가 맡습니다. 참모와 대장이 서열권의 오십 명 가운데서 선발하는데, 필요에 따라선 수뇌부 이외의 대원들에게는 누가 정보관인지 공개하지 않습니다. 대원들 내부의 좋지 않은 움직임은 시작하기도 전에 진압을 할 요량이죠."

효룡은 찻잔을 들어 목을 축이고 나서 말을 계속했다.

"그런 고로 실질적인 수뇌부는 대장, 부대장, 참모, 수행관, 총 네 명이지요. 수뇌부가 바뀌는 일은 흔치 않습니다. 여기에 장차 수뇌부의 후보가 될 수 있는 서열 사위와 오위를 덧붙인 총 여섯 명이 제일조입니다. 그 밑으로는 오 인 일 조로 스무 개 이내의 조가 구성되지요. 이를테면 서열 육위부터 서열 십위까지가 이조이고, 서열 육위는 이조의 조장이 되는 식입니다."

"이거야 원, 완전 군대 조직이네요."

질렸다는 듯 윤준호가 한마디 했다.

"언제 어디서든 일사불란하게 전투에 임할 수 있도록 하는 게 마천각의 방침이니까요. 조장이 움직이면 조원들도 움직이고, 조장을 움직이는 건 수뇌부밖에 없으니 혼선도 없지요."

당연하다는 어투로 효룡이 말했다. 연비가 물었다.

"그런데 교관님은 왜 그런 중요한 얘길 다 안 했을까요?"

"필요한 정보는 스스로 알아내는 게 마천각 교육 방침이거든요."

"정보 수집도 능력, 그런 건가?"

뒤에 서 있던 모용휘가 침울한 목소리로 말했다.

"그런 셈이지. 그건 그렇고……."

효룡이 주위를 휙 둘러보며 말했다.

어느새 남궁상, 진령, 모용휘뿐 아니라 장홍 주위로도 많은 사람들이 모여 그들에게 그림자를 드리우고 있었다. 개중에는 용천명, 마하령도 있었다.

'그게 사실이라면 실로 두렵구나⋯⋯.'

효룡의 말을 들은 남궁상의 손엔 식은땀이 흥건히 고여 있었다. 이곳은 천무학관과는 완전히 달랐다. 별세계라 해도 좋았다. 이곳은 생활부터 군대나 다름없었다. 자신들이 천무학관에서 서로 무용하게 티격태격할 때도 이들은 꾸준히 전쟁 준비를 해온 것이다.

주위를 살짝 둘러보니 용천명과 마하령의 안색도 썩 좋지 않았다. 아마도 자신과 비슷한 생각을 하는 중이리라.

심각함은 빠르게 전염된다. 어느새인가 장내는 무거운 침묵으로 가득 차 있었다. 아무도 입을 여는 이는 없었다.

"어라? 어라?"

효룡은 주위를 빙 둘러본 후 급격하게 변한 공기에 당황하며 동료들을 바라보았다.

"이건 혹시 나 때문?"

나예린과 연비를 포함한 동료들이 동시에 고개를 끄덕였다.

"대장 선출이라⋯ 대충 어떻게 진행될지 뻔하군요."

남궁상이 한숨을 내쉬며 말했다. 지금까지의 전적으로 보면 십중팔구 대장엔 용천명, 부대장엔 마하령이 뽑힐 가능성이 컸다. 물론 마하령이 순순히 그 의견을 받아들인다는 전제하에서 말이다.

대장에 마하령, 부대장에 용천명이 되는 구도도 생각할 수 있었다. 용천명에 비하면 마하령의 실력은 약간 부족한 감이 있었지만, 소문에 의

하면 도성으로부터 지난 겨우내 뼈를 깎는 수행을 거쳤다지 않는가. 그러니 이번만큼은 순순히 물러나지 않을 가능성도 있었다.

"뻔하다라… 과연 그럴까요?"

연비가 웃으며 말했다.

"그럼 다른 가능성이 있단 말입니까? 변수는 거의 없다고 생각합니다만."

의아한 남궁상이 반문했다.

"그거야 두고 봐야 알 일이죠."

끝내주는 해결책
—패배도 패배 나름

"그럼 입후보는 어떤 방식으로 하면 좋겠습니까?"
 사절단이 회의 장소로 사용하게 된 넓은 회류전(會流殿). 임시 진행을 맡게 된 백무영이 야트막한 단상에서 좌중을 둘러보며 물었다. 긴장된 목소리였다.
 이렇게 물었을 때 초반에 나오는 의견은 대부분 그저 그렇게 마련이지만, 지금은 누군가가 첫 포문을 열어주는 것으로도 감지덕지할 지경이었다. 효룡의 말도 있었으니 사람들이 조개처럼 입을 꾹 다물어 버리는 난감한 사태가 벌어질 공산도 컸다.
 "비무대회를 열어서 전원 참가하는 건 어떨까요?"
 노학이 손을 들며 의견을 제시했다. 관도들 사이에 술렁거림이 일며 몇몇이 고개를 주억거리는 모습이 보였다. 백무영은 안도의 한숨을 내쉬었다. 다행히 포문이 열린 것이다. 의미는 충분했다. 마천각에 대응하려면 실력자를 대장으로 뽑아야 한다는 데에 동의하는 좌중의 대세를 보여준 것이다. 그러나 역시 생산성은 없는 의견이었다.

"무립니다. 전원 참가는 일이 너무 커지고, 시간과 체력 소모도 만만치 않습니다. 기한이 내일까지라는 걸 고려해 주시기 바랍니다."

백무영의 말은 일리가 있었다.

"다른 의견 없습니까?"

연비가 살짝 손을 들고 말했다.

"그럼 일단 각 조에서 한 명씩 참가하는 건 어떨까요? 조장이 직접 나서도 좋고, 더 적합하다고 판단되는 사람을 뽑아서 내보내도 되겠지요."

이번 여정에 참가한 인원은 여섯 명씩 열 개조, 총 육십 명이었다. 통솔과 관리를 원활하게 하고자 조장은 인솔자들이 미리 뽑아둔 상태였다. 조가 나눠지니 이럴 때는 쓸모가 있었다. 괜히 심심해서 나눠놓은 것은 아닌 모양이었다.

"그것 좋은 생각이군요. 이의없습니까?"

태반은 참가할 의사도 없다 보니 이의가 있을 리 없었다.

"그럼 그렇게 하도록 하겠습니다. 각 조는 자신의 조에서 출전할 후보를 반 시진 후까지 저에게 제출해 주시기 바랍니다. 순번은 제비뽑기로 정하고, 비무는 한 시진 후부터 시작하도록 하겠습니다."

그리고 백무영은 회의를 마쳤다.

갑자기 사방이 분주해지기 시작했다.

"그럼 내가 출전하는 데 이의가 없다는 건가요, 나예린?"

마하령이 나예린의 이름을 또박또박 힘주어 부르며 다시 한 번 확인했다.

"난 이의없어요, 그런 관리직에 어울리지도 않고."

어쩌다 보니 같은 조에 속해 있었던 나예린의 대답은 변하지 않았다. 마하령은 나예린 옆에 다소곳이 앉아 있던 연비에게 시선을 돌렸다. 이

끝내주는 해결책 165

런 얘기를 할 때 다른 조의 조원이 붙어 있는 게 마뜩찮다는 눈빛이었다.

"너는 안 나가니?"

"어머, 후배라고 대뜸 반말이네요? 아무튼 우리 조는 나갈 분이 따로 계시니 이 몸은 열외랍니다. 워낙 이런 골치 아픈 일은 체질상 안 맞기도 하고."

표정은 여전히 부드럽지만 미묘하게 반말 섞인 말투였다. 마하령은 팔짱을 끼며 눈썹을 꿈틀거렸다.

"입후보 방식까지 건의한 사람치곤 의외로 소극적인데?"

"흐흠, 하지만 그건……."

연비는 마하령을 흘끔 보더니 우수에 찬 표정으로 귀밑머리를 만지작거리며 뜸을 들였다. 남자 관도들이 봤다면 입을 헤벌릴 자태였지만, 마하령은 이마에 핏대가 솟아오르기 직전이었다.

"그건?"

"그대로 지지부진 시간이 부족해지면 결국 투표하는 분위기가 됐을 테니까요. 그러면 다들 용회주가 대장이 될 거라던데요. 실력도 가리기 전에 무조건 구대문파의 남제자로 결정이라니, 마 소저는 그래도 상관없나요? 뭐랄까, 좀 분하지 않아요?"

"그, 그건……."

물론 마하령의 성격상 분하지 않을 리 만무했다.

"이건 여자의 근성을 보여줄 좋은 기회예요. 뭇 사내들의 간담을 서늘하게 만들어주고 싶지 않아요?"

그 말은 즉시 효력을 발휘했다.

"물론이지! 나만 믿어!"

단박에 얼굴을 활짝 편 마하령이 주먹을 움켜쥐며 힘차게 답했다.

'저런, 다루기 쉬운 성격이네.'

막무가내긴 해도 그런 면은 왠지 귀여운 구석이 있는 아가씨였다.

한 시진 후, 사절단 일동은 기숙사 옆에 있는 연무장으로 이동했다. 비무대회의 구도는 단순하면서도 엄정했다. 자의든 타의든 긴급 비무대회에 참가하게 된 열 명의 후보는 일단 전반전 여섯 명과 후반전 네 명으로 나뉘었다.

용천명, 마하령, 천야진, 청혼이 후반전, 전반전에는 남궁상, 진령, 남궁산산, 현운, 그리고 어째서인지 윤준호와 공손절휘가 끼어 있었다.

"자넨 왜 나왔나?"

남궁상이 약간은 어이없어하면서 물었다. 아무리 검존의 손자이자 공손세가의 후계자라 해도 아직은 미완성의 검. 지금부터 펼쳐질 강자들의 대결에 끼기엔 여러모로 손색이 많았다. 분명 본인도 자각하고 있을 터였다. 지난 사건을 벌써 잊어버릴 만큼 기억 장애에 시달리는 것 같지는 않았으니까.

신입생은 각자 시험 담당관과 같은 조에 배정되었다. 그러니 모용휘와 공손절휘가 한 조, 나예린과 유란이 한 조, 윤준호와 유운비가 한 조, 마지막으로 자신과 연비가 한 조였다. 조별 후보를 뽑을 때 출전 의사를 물어보자 연비는 눈을 동그랗게 뜨고 반문했었다.

"어머, 저한테 왜 그런 걸 물어보고 그러세요? 꼭 건승하시길 기원하겠어요!"

바로 이것. 이것이 상식적인 신입생의 반응이다. 참고로 남궁상은 그중 유일하게 신입생에게 패한 사람이었다. 물론 그도 결코 명예로운 간판이 아니라는 점은 자각하고 있었다. 그때 주변에 사람이 없었던 것에 대해 천지신명께 감사를 드릴 정도로.

하지만 그런 연비조차 기특하게도 저렇게 상식적인 답변을 들려주었다. 그렇다면 최소한 공손절휘의 조에서는 칠절신검 모용휘 정도는 나왔어야 정상이지 않는가.

'그런데 어째서?'

곤혹스러워하는 기색을 보면 공명심 때문은 아니고, 그렇다고 심각한 중증 기억 장애나 개념 탈출증도 아닌 듯했다. 그럼 도대체 어째서?

"그게… 다른 분들이 나가기 귀찮다고 해서……."

공손절휘 이외의 조원들이 누구누구인지를 슬쩍 살펴보는 순간 남궁상은 그만 납득해 버리고 말았다. 일종의 체념이었는지도 모른다. 그가 본 것은 장홍과 효룡과 모용휘가 한데 모여 쑥덕거리는 모습이었다. 그 세 사람 옆에는 나머지 두 명의 조원도 있었지만, 왠지 인상이 희미한 평범한 관도들이라 남궁상의 눈에는 투명인간이나 다름없었다. 원래, 나머지 조원들이 차지한 저 자리에는 또 한 명이 끼어 있었어야 정상이다. 검은 옷에 앞머리가 눈 밑까지 내려오는…….

'장홍과 효룡이야 그 사람이랑 오랜 단짝이니 그렇다 치고, 설마 천하의 모범생이던 칠절신검 모용휘까지 물들었을 줄이야……!'

역시 대사형! 두렵기 짝이 없는 공포의 존재가 아닐 수 없다. 혹 유령처럼 투명한 잔영으로나마 저 속에 끼어들어 친구들의 귓가에 나쁜 생각을 불어넣고 있는 게 아닌가 하는 의심까지 든다. 굿이라도 하는 게 좋을지도.

'여기 함께 오지 않은 게 천만다행이지.'

그랬다가는 언제 어디서 무슨 재앙을 불러올지 그 누가 알 수 있겠는가. 본인의 주장처럼 그는 천재가 분명했다. 인력으론 어찌할 도리가 없기 때문에 비로소 천재(天災)라 불릴 수 있는 것이다.

'그리고 이쪽은…….'
　남궁상의 시선이 윤준호를 향했다. 그도 우물쭈물하는 모습이 공손절 휘보다 그다지 나은 상태는 아니었다.
　'골탕 먹이기인가?'
　약해 보이니 놀려주자는 심보로 떠밀어 보낸 것이리라.
　'하지만 저래 봬도 대사형의 친구. 겉보기랑 다른 뭔가가 있을지도 모르지. 이번에 뭔가 보여줄지도.'

　대전표는 공정을 기하기 위해 제비뽑기로 결정되었다. 남궁상은 전반전 중에서도 맨처음이었다. 그리고 그의 대전 상대는…….
　'나, 이길 수 있을까?'
　눈앞에 서 있는 사람을 보며 남궁상은 그만 절망하고 말았다.
　'아니, 져! 확실히 진다!'
　이리 뜯어보고 저리 뜯어봐도 도저히 이길 가능성이 보이지 않았다. 그래도 예쁘긴 했다.
　"이렇게 되다니! 참 유감이에요, 상."
　진령이 안타까운 어조로 말했다.
　"그, 그렇구려……."
　진정 안타까운 것은 진령의 손에 들린 서슬 퍼런 검 한 자루였다. 그건 그만 좀 집어넣었으면 하는 바람이었다.
　'망할!'
　하고많은 상대 중에 하필 연인인 진령이라니. 이 불운에 대해 남궁상은 하늘을 원망하는 수밖에 없었다. 다른 사람과는 모두 싸워볼 만해도 진령만은 그렇지 않았다. 껄끄러운 정도가 아니라 심적인 차원에서 도저히 이길 수 없는 상대였다. 그녀는 차분한 목소리로 말했다.

"나중을 대비해 이 자리에서 승부를 가리는 것도 좋겠지만……."

나중이라는 건 도대체 어떤 나중일까? 알 수 없는 오한에 남궁상은 몸을 부르르 떨었다.

"그건 나중으로 미루죠. 해서 전 이 싸움, 기권하겠어요."

스르릉!

진령은 뽑았던 검을 다시 집어넣었다. 다행히 그녀의 검은 뽑히면 꼭 피를 봐야 하는 독특한 취향의 검이 아니었고, 그녀 자신도 그런 악취미는 갖고 있지 않았다.

'살았다!'

남궁상은 안도의 한숨을 내쉬었다. 역시 질 것 같은 싸움은 안 하는 게 좋았다. 특히 이렇게 백전백패의 싸움은. 주위의 맥 빠진다는 반응 따윈 어찌 됐든 상관없었다. 이런 진퇴양난의 곤란함은 겪어보지 않은 자들은 모르는 법이었다.

이렇게 해서 첫 번째 시합은 시시하게 끝났다. 진령과 남궁상은 나란히 어깨를 마주하고 걸어와 나란히 앉았다.

그때 나지막한 속삭임이 귓가를 스쳤다.

"제가 이렇게 양보한 이상, 지면 …알고 있겠죠?"

남궁상은 깜짝 놀라 진령을 쳐다봤다. 그녀는 시합장을 주시할 뿐 아무런 반응도 보이지 않았다. 그러나 남궁상은 알고 있었다, 자신이 들은 게 환청이 아니라는 것을!

'살아남으려면 이겨야 돼!'

생명의 위협을 느끼며 남궁상이 굳게 결심했다.

"져, 졌습니다."

놓쳐 버린 검을 멍하니 바라보며 공손절휘가 말했다. 어째 요즘 들어 계속 세상이 만만찮다고 느껴지는 것은 기분 탓이 아닌 모양이었다.

"아, 미안해요. 이겨 버려서……."

두 번째 대전의 승자인 윤준호가 정말 곤란한 듯 뒤통수를 긁적이며 사과했다.

"크……."

왜 사과하는 거냐! 놀리는 거냐!

공손절휘는 그렇게 외치고픈 본심을 꾹 눌러야만 했다. 저런 사과는 듣는 이를 오히려 분노케 하는 말이다. 그러나 어쩌겠는가. 자신은 엄연한 패배자. 패배자가 이리저리 화내봤자 추하고 볼썽사나울 뿐이다.

"괜찮아요? 어디 다친 덴 없어요?"

걱정스런 어조로 윤준호가 묻는다.

"괜찮습니다. 멀쩡합니다."

공손절휘가 다시 한 번 화를 참으며 딱딱한 목소리로 대답했다.

'모용휘도 아니고, 어째서 이런 약해 빠져 보이는 순둥이 놈한테도 져 버린 걸까?'

윤준호가 대전 상대라는 것을 알고 피식 웃음을 터뜨렸던 자신이 너무 한심해서 견딜 수 없었다.

'연 소저께 격려까지 받았는데…….'

겨우 이런 꼴사나운 모습밖에 보여주지 못했다니, 짐 싸서 쥐구멍에라도 들어가고 싶었다.

'뭔가 잘못되고 있어!'

그것만은 틀림없었다.

"우린 이제 어쩌죠, 현운?"

"글쎄… 어쩌면 좋겠소, 산산?"

"답을 물었건만 외려 질문이라니, 정말 도움이 안 되네요."
"그것참 미안하게 됐구려."
안타깝게도 세 번째 대전에 참가한 현운의 대전 상대는 같은 주작단이자 남궁상의 쌍둥이 누나인 남궁산산이었다. 그녀와 현운은 둘 다 구룡칠봉의 일원, 한마디로 동급이었으니 결코 경시할 만한 상대가 아니었다.
그러나 다행히도 그들에겐 때마침 참고할 만한 예시가 있었다.
"좀 전에 보니 진 소저가 기권했더구려."
진령과 남궁상 역시 같은 주작단원이자 그들의 맹우였다.
"그 말은 나도 기권하라는 이야긴가요? 령이처럼?"
남궁산산이 정색하며 반문했다.
"물론 그럴 필요야 없소. 그냥… 참고하자는 얘기였소."
괜스레 헛기침을 하며 현운이 대답했다.
"걔들이랑 우리들은 상황이 달라요."
"뭐가 다르오?"
"걔들은 연인 사이잖아요."
그것도 모르냐는 투로 남궁산산이 핀잔을 주었다.
"그럼 어쩌면 좋겠소? 그냥 싸우겠소?"
"남자들은 왜 싸우는 것밖에 몰라요? 좀 더 다른 해결책을 모색해 봐야죠."
그러나 이건 어디까지나 비무대회다. 원래 치고 받고 싸우는 게 본론인 것이다.
"그러면 달리 해결책이 있소?"
"딱 한 가지. 좋은 해결책이 있어요."
"그게 뭐요?"

"우리도 걔들처럼 되는 거지요. 어때요?"

환하게 웃으며 남궁산산이 말했다.

"그거 진심이오?"

"현운, 여자들이 그런 걸 가지고 농담할 것 같나요?"

"할 것도 같소만."

현운이 서슴없이 고개를 끄덕였다.

"예리하군요. 하지만 이번엔 걱정하지 말아요. 진심이니깐."

그건 그것 나름대로 걱정이었다. 아니, 오히려 농담인 쪽이 걱정할 일은 더 적을 것 같았다.

"지금 저 두 사람 뭐라는 거요?"

두 눈이 휘둥그레진 남궁상이 진령에게 물었다.

"보면 몰라요? 고백하는 거잖아요?"

당연하지 않느냐는 투로 진령이 답했다. 새삼 놀랄 것도 없다는 반응이었다. 그 모습이 남궁상에겐 더 더욱 충격이었다.

"아, 알고 있었소?"

"물론이죠. 여자끼린걸요."

남궁상은 파도처럼 밀려오는 소외감과 박탈감에 어깨를 축 늘어뜨렸다. 이런 중대사를 혈육, 그것도 쌍둥이인 자신만 모르고 있었다니. 정말 이럴 수는 없었다.

"이건 이것대로 더 흥미진진하군요, 장 형."

남궁상과는 좌측으로 떨어진 곳에 자리 잡고 있던 효룡이 감탄성을 터뜨리며 말했다.

"그러게 말일세. 저 현운이란 친구, 의외의 기습으로 절체절명의 위기 상황에 몰렸는걸. 심히 불쌍하면서도 어째 부럽기 짝이 없는 희한한 처지일세. 과연 어떻게 답할 것인지 손에 땀을 쥐게 하는군."

사태의 행방에 촉각을 곤두세우는 것은 비단 효룡과 장홍뿐이 아니었다. 장내의 모든 시선이 현운의 입을 주목하고 있었다.

"자, 어떡하겠어요?"

남궁산산이 다시 한 번 물었다. 현운은 이제 도저히 대답을 미룰 수 없었다. 사방에서 빗발치는 재촉의 시선, 뜸 들이지 말고 당장 본심을 밝히라는 무형의 압박 역시 무시할 만한 수준이 아니었다. 마침내 수십 쌍의 시선이 집중되는 가운데 현운의 입이 열렸다.

"그것참 안타깝지만……."

꿀꺽!

주위 여기저기에서 마른침 삼키는 소리가 들렸다.

"정말 끝내주는 해결책이구려!"

"그럼……."

남궁산산의 얼굴이 환해졌다.

"그렇소. 기권해 주시오."

아무래도 연인이 되어달라는 말 대신인 모양이었다.

"기꺼이!"

햇살처럼 화사한 웃음꽃을 피우며 남궁산산이 대답했다. 그리하여 이 기이한 대결은 현운의 승리로 돌아갔다. 물론 실질적인 승리자는 어디까지나 남궁산산이었다.

이렇게 해서 전반전의 일차 대결은 의외로 쾌속하게 결판이 났다. 전반전 이차 대결의 후보자는 남궁상, 윤준호, 현운이었다.

얄궂게도 후반전의 첫 대전은 용천명과 청흔이, 두 번째 대전은 마하령과 천야진이 하는 것으로 결정되었다. 아까부터 이렇게 어이없는 대전표라니, 주최 측이 제비에 농간이라도 부린 게 아니냐는 의혹이 번진 것도 무리는 아니었다.

삼절검 청혼은 구정회 회주인 용천명의 사람, 섬룡 천야진은 군웅팔가회 회주 마하령의 사람이었다. 절대로 싸울 수 없는 사람들이 만난 것이다. 이 경우 둘, 혹은 넷의 생각은 같았다. 용천명과 마하령의 힘을 온존시키자는 것이었다. 결국 청혼과 천야진의 기권으로 후반전의 일차 대결이 끝나 버린 것이다.

용천명과 마하령을 포함한 다섯 명의 이차 대결 후보자 가운데 실질적으로 전투를 치른 것은 윤준호밖에 없었다. 때문에 이차 대결은 윤준호를 제외한 남궁상과 현운, 그리고 용천명과 마하령이 각각 치르기로 했다.

현운을 마주하고 선 남궁상. 그는 맹우의 지극 가상한 용기에 탄성을 터뜨려야 할지, 혹은 그 무지몽매한 어리석음의 극치에 탄식을 터뜨려야 할지 갈피를 잡지 못했다.

"자네 제정신인가?"

"뭐가?"

"산산이랑 사귀려 하다니, 정녕 자네가 제정신인가 묻는 것일세. 혹시 이상한 약이라도 먹었다면 내 꼭 해독약을 구해줌세."

진심 어린 호의였다.

"이상한 약 먹은 적도 없고, 먹었어도 상관없네. 뭐가 그렇게 이상한가?"

"정말 몰라서 묻는 건가? 이보게, 친구. 혈육인 내가 이런 말을 하긴 가슴이 아프지만, 세속에서는 산산 같은 처자를 전문 용어로 '왈가닥'이라 한다네!"

현운이 경악하는 기색도 없이 자신을 멀뚱멀뚱 쳐다보고만 있자, 남궁상은 안타까움과 동정을 금치 못하며 혀를 찼다.

"난 자네가 좀 더 정상적이고 상식적인 인간이라 생각했었는데……."

"글쎄? 내가 보기엔 왈가닥도로 따지면 남궁 소저나 진 소저나 거기서 거기일세."

현운의 날카로운 반격이었다. 남궁상은 그런 몹쓸 누명은 난생처음이라는 듯 분노하며 외쳤다.

"마, 말도 안 되는 소리!"

"말 되는 소리일세. 다만 자네 눈에 뭐가 씌었을 뿐이지. 도(道)를 추구하는 자들은 그런 것을 전문 용어로 '계탁'이라 한다네."

현운의 태연한 반박에 남궁상은 어깨를 흠칫했다.

"내, 내 눈에 뭐가 씌었다고?"

현운은 한 점 망설임 없이 단호하게 고개를 끄덕였다.

"설마 그럴 리가……."

그는 설마 하는 마음으로 자신의 눈을 두어 번 비벼보았다. 역시 아무것도 묻어 나오지 않는다. 역시 모함이다.

"아무것도 없잖나?"

"원래 본인은 대체로 자각하지 못하는 법이지."

"믿을 수 없네."

"사람은 원래 자기 믿고 싶은 것만 믿는 법이네. 사람이란 게 보통 다 그렇지. 그런 자네를 난 이해하네."

한없는 도량으로 감싸주겠다는 분위기였지만, 그래 봤자 남궁상은 전혀 기쁘지 않았다.

"왠지 더 불쾌하군."

"뭐, 지금은 내 정신 상태의 이상 유무나 걱정할 때가 아닌 듯싶네. 자네 신변에 닥친 위기나 잘 극복하도록 하게."

"무슨 위기 말인가?"

이건 생사를 걸고 다투는 무시무시한 생사결도 아니고, 지면 그냥 반장이 안 되는 것뿐 아니던가.

"내 모르긴 해도, 만일 자네가 지면 진 소저가 가만있을 것 같나?"

남궁상은 현운의 조언에 그 으스스한 속삭임을 떠올렸다. 그러고 보면 한 번 내뱉은 말은 꼭 지키는 것이 진령이다. 이런 일은 그냥 넘어가도 되는데, 예외가 없다는 것도 때로는 무척 슬픈 일이었다.

"뭐, 자네와 한번 겨뤄보고 싶은 마음도 없지는 않으나, 이렇게 된 이상 누가 이기든 산산과 진 소저 모두 달가워하지 않겠지. 이대로 두 번이나 시합을 하고 나서 또다시 저 용 회주나 마 소저와 전투를 벌인다는 건 무리기도 하고. 그런고로 난 이만 물러날 테니 잘해보게나. 이런 말 하긴 쑥스럽지만, 자넨 꽤 괜찮은 친구이니 부디 승자가 되어서 목숨을 보전하게나. 이런 일로 자네가 사라진다면 무척 쓸쓸할 걸세."

현운은 진령이 있는 쪽을 슬쩍 곁눈질하면서 자못 애석하다는 표정을 지었다. 남궁상은 가슴이 철렁하면서도 퉁명스런 목소리로 중얼거렸다.

"남이사."

전혀 눈곱만치도 고맙지 않은 마음 씀씀이였다. 그러나 현운의 마음 씀씀이는 윤준호에게도 효과를 발휘했다. 어쩐지 현운이 쓸데없이 조목조목 장황한 설명을 늘어놓는다 싶더니, 난데없이 윤준호가 손을 들고는 초롱초롱한 눈망울로 이렇게 말했던 것이다.

"그렇다면 저 때문에 남궁 선배님이 기력을 소모하면 나중에 불리해지시겠군요. 저, 저는……."

윤준호는 진령을 흘끗 보더니 주먹을 불끈 쥐었다. 결의에 찬 목소리였다.

"역시 남궁 선배님이 사라지는 게 싫습니다. 저도 여러분들의 뜻을 이어받아 선배님을 지지하는 사람으로서 기권하겠어요!"

소심한 윤준호치고는 소신있는 의견 표명이었다. 좀 잘못 생각한 것 같긴 했지만 아무도 그 점을 지적하지는 않았다. 그의 기권은 쉽게 받아들여졌고, 남궁상은 자동적으로 결승에 진출하게 되었다.

그렇다. 용천명과 마하령이 '준' 결승전을 하는 동안 그는 벌써 결승전에 올라가 승자를 기다리고 있었다.

그것도 남들은 열심히 싸울 동안에 단 한 번도 싸우지 않고서.

이건 좀 곤란하지 않습니까?
—격돌의 여파

'드디어 때가 왔다!'

마하령은 잠시 시선을 돌려 저편에서 구대문파 출신의 추종자들에 둘러싸여 비무를 준비하는 용천명을 바라보았다. 물론 자신의 주위에도 팔대세가를 위시한 추종자들이 모여 있었다.

그러나 지금 이 순간 출신 따윈 아무래도 좋았다. 구대문파니 팔대세가니 하는 건 그녀에게 아무런 의미도 없었다.

그저 순수하게 자신의 실력을 시험해 보고 싶을 뿐이었다.

'저 남자에게 나 마하령이 누군지를 확실히 각인시켜 주겠어!'

기필코 이기고 싶었다. 소녀의 마음을 무참히 짓밟고도 무사하리라 생각했던 게 얼마나 안이한 생각인지 보여주리라!

언제까지나 과거에 연연하겠다는 것은 아니지만, 예전의 무례에 대해선 한 번쯤 복수해 주는 것이 정신 건강에도 좋을 것 같았다.

준비는 끝났다. 두 사람은 무기를 들고 마주 섰다. 먼저 입을 연 쪽은 마하령이었다.
"드디어 실력을 겨뤄볼 기회가 생겼군요, 간신히!"
"그렇소."
두 사람이 직접 검을 맞댄 적은 한 번도 없었다. 천무학관에서는 이래저래 미묘한 세력 문제 때문에 비무가 불가능했다. 누가 이기든 세력 다툼으로 비화되어 천무학관 전체가 시끄러웠으리라. 그래도 이곳, 마천각에서라면… 수습이 가능한 정도의 뒷일은 나중에 생각하면 그만이다. 마하령은 이 기회를 결단코 놓치고 싶지 않았다.
"전력을 다해주세요. 여자라는 이유로 봐주거나 하면 평생 경멸할 거예요."
시작 전에 분명히 못 박아두었다.
"물론이오. 봐주면서 이길 만큼 만만한 상대가 아니라는 것쯤은 잘 알고 있소."
진심이 담긴 답이었다.
"그렇다면 다행이군요, 이쪽도 전력을 다할 테니."
"그거 기대되는구려."
용천명은 검을 뽑았다. 사문의 비보(秘寶) 녹옥여래검(綠玉如來劍)이었다.
스르릉!
마하령의 허리춤에서 날렵한 도(刀)가 하얀빛을 발하며 뽑혀 나왔다.
"처음 보는 칼이구려."
길고 날씬하지만 왠지 무게감이 느껴지는 외날 도였다. 마하령을 안 지는 오래되었지만 저런 칼은 처음 보는 것이었다. 마천각으로 오는 길에서도 그녀는 저 칼을 차고 있지 않았었다.
"외조부님께 받은 칼이에요. 저를 위해 준비하신 거죠."

"도성께서……."

지난겨울 내내 도성으로부터 직접 도법을 전수받는 광경은 그도 직접 목격한 바였다. 그 역시 그때 보았던 그녀의 눈을, 의지에 불타는 그 눈동자를 잊을 수 없었다.

"호오, 도성께 직접 전수받은 도법을 볼 수 있다니 영광이오."

한 치도 비틀림 없는 진심이었다.

"걱정 마세요. 용 공자야말로 그간 얼마나 많은 진보가 있었는지 궁금하군요. 침체는 잘 극복하셨나요? 절 실망시키진 않겠죠?"

그가 화산지회 이후 깊은 침체에 빠져 있었다는 소문이 파다했던 것이다.

"다행히 인연이 있어 실마리를 찾았소. 결과는 지금 곧 확인할 수 있을 거요."

자신도 그동안 멋으로 벽을 바라보고 있었던 건 아니었다.

"호오, 그것참 흥미롭군요."

마하령의 눈이 반짝였다. 당장이라도 시험하고 싶어 좀이 쑤시는 모양이었다.

"오시지요!"

용천명이 검을 들며 청했다.

"그럼 사양 않고!"

검과 도가 부딪쳤다.

영혼과 영혼의 격렬한 충돌 속에 화려한 불꽃이 피어올랐다.

용호상박(龍虎相搏)!

불꽃이 튈 만큼 첨예한 대결. 용천명과 마하령은 실력이 막상막하인 만큼 좀처럼 승패가 가려지지 않았다.

"역시 두 사람 다 양대 조직의 수장답게 실력이 대단하군요!"

나예린이 용천명과 마하령의 비무를 지켜보며 감탄성을 터뜨렸다. 용천명의 검은 부드럽고 웅혼한 힘이 깃들어 있었고, 마하령의 도는 빠르고 날카로웠다.

"확실히 상당하네요. 그런데 간신히 실력을 겨룰 기회가 생겼다고 하더니만, 실은 여러 차례 겨뤄본 사람들 같은데요?"

마치 상대방이 무슨 초식을 쓸지 이미 다 알고서 약속 대련을 하는 것 같은 모습이었다. 서로의 수, 상대의 초식과 장기, 버릇 등을 잘 알고 있어야만 저렇듯 물 흐르는 듯한 공방이 가능한 것이다.

연비는 문득, 오랜만에 재회한 거친 사내들이 반가움을 표현한답시고 근육질을 불끈불끈하면서 서로의 얼굴에 한 대씩 날리는 모습을 떠올렸다.

"저 정도면 비무가 아니라 대화라고 해도 되겠어요. 소위 사내들이 나누는 주먹의 대화 같은… 뭐, 어지간히 말이 서툰 자들의 얘기지만요."

나예린도 유사한 광경을 연상했는지 진지하게 고개를 끄덕였다.

"알 것 같아요. 아마도 부끄러운 마음을 감추고픈 행동이겠죠."

마하령이 들으면 까무러칠 대화가 오가는 중에도 대결은 여전히 평행선을 그리고 있었다.

"흐흥. 이제 슬슬 새로운 뭔가가 나오면 지금처럼 매끄러운 공방은 불가능해지겠죠? 아직까지는 틈이 없었지만, 저 사람 너무 답답할 정도로 정석적이네요."

"용 공자다운 검이지요."

당연하다는 듯한 나예린의 평가에 연비가 혀를 찼다.

"그래도 본인은 틀을 깨고 싶나 본데… 몸은 안 따라주니 머잖아 빈틈이 생기겠군요."

연비의 안목은 정확했다. 용천명에게는 한동안 자신을 괴롭히던 침체기의 그림자가 남아 있었다. 침체기에서는 벗어났으나, 의문에 대한 해답을 체득하지 못했던 것인지도 몰랐다. 그는 아직 벽을 넘지 못하고 있었다.

그도 자신의 문제점은 어느 정도 자각하고 있었다. 다음 단계로 넘어가는 길목을 가로막는 벽, 그것은 곧 과도하리만치 정적적인 공격이었다. 유구한 소림의 전통을 잇고 훌륭한 후계자가 되겠다는 마음의 그림자가 뭉쳐진 약점이었다. 전통을 계승하려는 의지가 지나친 나머지 옛것을 변화시키는 일에 저항감이 컸던 것이다.

전수받은 비법을 정확히 익힌 덕에 지금의 위치에 오르긴 했지만, 더 이상 나아가는 건 불가능했다. 기존의 것을 뛰어넘어야 한다고 머리로는 알고 있었어도, 이십 년 가까이 길들여진 몸은 마음에 잘 따라주지 않았다. 본능적인 거부감이라 해도 좋았다.

전통의 탈을 쓴 습관적인 움직임, 변화를 거부하며 속박된 감각. 부처를 만나면 부처를 베고 달마를 만나면 달마를 베어야 했건만, 칼을 휘두르기는커녕 경외감에 빠져 고개도 못 드는 처지였다.

달마십삼검의 열세 초식이 쳇바퀴처럼 굴러가 세 번째 반복되자 드디어 빈틈이 나타나고 말았다. 변화없는 속도, 변화없는 힘, 변화없는 변초는 치명적인 허점을 만들어냈다.

'기회다!'

마하령은 때를 놓치지 않고 빈틈을 향해 도를 찔러 들어갔다.

"하압!"

표류무상도법의 표류무상기를 사용하자면 막대한 내공이 필요하기에 그 기술은 쓸 수 없었다. 대신 그녀는 자신의 현재 몸에 맞는 기술을 배웠다.

"아무래도 이 할아비 생각엔 말이다, 네겐 이 초식이 적합할 것 같구나."

"이게요?"

"그래. 누구도 생각지 못할 의외의 일격이 될 게다. 이 할아비가 장담할 테니 두고 보거라. 네가 단점이라 생각하던 것이 단박에 장점으로 변하는 것을!"

표류무상도법(漂流無常刀法).

붕결(崩訣).

일도굉(一刀轟) 태산붕(太山崩).

마하령은 양손으로 도를 높이 치켜 올렸다. 그녀의 외날 도 손잡이는 일반적인 도보다 훨씬 길었다. 양손으로 쓰기에 적합하게 만들어진 것이다. 그녀는 머리 위로 들어올린 도에 온 힘을 담아 힘껏 내려쳤다.

부웅!

바람을 찢는 무시무시한 파공성이 용천명의 귓가를 파고들었다. 태산이라도 쪼갤 기세였다.

'이건 위험하다!'

하나 피하기엔 칼이 너무 빨랐다. 막아내기도 급급한 상황이었다.

카캉!

"흐억!"

용천명은 손목이 부러질 것 같은 압력에 기겁했다. 천하의 보검 녹옥여래검이 두 동강이 나도 이상하지 않을 힘이었다. 마하령의 도를 겨우 지탱해 낸 그의 발이 땅속으로 푹 꺼져 들어갔다.

그녀의 일도는 지극히 무거웠다.

격돌의 여파는 분진으로 화하여 한참 동안 주변을 뿌옇게 채색했다. 연무장 전체가 무너져 내릴 것 같은 강맹한 일격이었다. 여인의 몸에서 뿜어져 나왔다고는 믿기 어려운 파괴력. 그녀의 일도에 실린 것은 어떤 속임수도 없는 순수한 힘의 응축체였다.

마하령의 몸은 천축유가신공으로 근육을 최대한 압축한 덕에 날씬하긴 했지만 그 질량까지 어디로 간 것은 아니었다. 제아무리 희대의 신공이라도 있는 것을 없는 것으로 만들 수는 없다.

압축된 공간의 틈새에서 잠자던 막대한 질량은 속도를 만나자 강력한 파괴력이 되어 일도에 고스란히 실리고 말았다. 몇 배나 증폭된 힘이 용천명을 향해 내리꽂힌 것이다. 아무리 기재라도 어찌 버겁지 않겠는가. 재깍 손목이 부러지지 않은 것만으로도 그의 비범함은 증명된 것이다.

승부는 이미 정해져 있었다.

"휴우……"

얼얼한 손목을 추스르며 용천명이 한숨을 내쉬었다. 어떻게든 마하령의 일도에 실린 만근거력을 해소시켜 보려 했으니 망정이지, 하마터면 검이 부러질 뻔했다. 사문의 비보를 두 동강 낸 천고의 죄인이 되지 않은 게 천만다행이었다.

하기야, 그나마도 천하의 보검 녹옥여래검이었으니 만근거력을 막아낼 수 있었던 것이다. 다른 보통의 검이었다면 이 정도로 끝나지는 않았으리라.

"졌소……"

용천명이 순순히 인정했다. 장내가 술렁거렸다. 반은 경악이고 나머지 반은 환호였다.

"어때요, 자기가 비웃었던 사람한테 당한 기분이?"

마하령이 의기양양한 얼굴로 물었다.

"…이게 업보라는 걸까요?"

이내 한쪽 무릎을 꿇고 만 용천명을 바라보는 마하령의 눈빛이 차갑게 가라앉았다.

"그게 무슨 말이오?"

용천명은 어리둥절함이 가득한 얼굴로 고개를 치켜들었다.

"기억도 못한단 말이에요, 전에 당신이 내게 무슨 말을 했는지?"

분개한 목소리였다.

"금시초문이오만……."

용천명이 당황하며 대답했다.

"쯧쯧, 남자들이란. 용 공자는 다를 줄 알았는데 실망이군요. 소녀의 가슴에 대못을 박아놓고도 까맣게 잊다니! 어릴 때 나보고 뚱땡이라고 놀린 걸 정말 기억 못한단 말이에요?"

마하령은 화가 끓어올랐다. 대수롭지 않게 내뱉은 한마디라도 크나큰 상처가 될 수 있다는 걸 왜 모르는가. 악의가 없다는 것으로는 용납될 수 없었다, 특히 피해자의 입장에서는.

"그 말, 아직도 마음에 담아두고 있었던 거요?"

그제야 자초지종을 알게 된 용천명의 눈이 휘둥그레졌다.

"당연하죠. 그런 상처는 평생이 지나도 지워지지 않아요!"

더욱더 분노한 외침이었다. 당최 사내들의 생각이란 왜 이리도 짧단 말인가!

"실로 미안하게 되었소. 생각없이 한 말이 당신의 마음에 상처를 입혔다니, 내 진심으로 사과하리다."

"그 무자비한 발언도 철회해야죠!"

여전히 화가 풀리지 않은 얼굴이었다.

"물론이오. 당시의 치기 어린 발언도 모조리 철회하겠소. 하령, 당신은 그 누구보다도 아름답소."

화끈!

마지막 말은 느닷없는 기습이었다. 패배자가 발출한 의외의 공격에 마하령의 얼굴이 삽시간에 붉게 물들었다.

"지, 지금 절 놀리는 건가요, 용 공자?"

마하령은 발끈해서 외쳤다. 그동안의 관계를 미루어보았을 때 그에게서 그런 말을 들을 줄은 꿈에도 몰랐던 것이다. 정말 뜻밖의 사태였다.

"그럴 리가 있겠소? 난 진심이오."

그는 소림의 제자답게 단호한 어조로 대답했다. 마하령은 어쩌야 좋을지 알 수 없는 상태가 되었다.

"왜 그러시오?"

의아한 얼굴이 된 용천명이 되물었다. 어려서부터 소림사에서 생활한 탓인지, 머리만 안 깎았다 뿐이지 속은 거의 중이나 다름없었다. 여심에 대해서는 초보 검사도 안 되는 수준이었다.

"몰라요!"

부끄러움이 극에 달한 마하령은 저도 모르게 빽 소리를 지르며 용천명의 가슴을 향해 장저를 내질렀다.

빽!

"쿠헉!"

표류무상도법의 영향력 때문일까. 무의식 중에 전력으로 내지른 일격은 엄청난 위력을 발휘하며 용천명을 단번에 삼 장 밖으로 날려 보냈다.

쾅!

무시무시한 굉음이 터져 나왔다. 몇몇 사람들은 이 끔찍한 참사를 외면하고 싶은지 그만 눈을 질끈 감은 채 고개를 돌리고 말았다.

"죽었을까요?"

참사의 현장에 눈을 떼지 못한 채 나예린이 물었다.

푸쉬쉬쉬쉬!

아직도 용천명이 부딪친 벽으로부터 자욱하게 치솟는 흙먼지를 바라보며 연비가 대답했다.

"아마도."

"이제 나만 남은 건가?"

용천명이나 마하령이 대전 상대라면 대부분은 좌절에 빠질 것이다. 그러나 남궁상은 달랐다. 그는 이미 괴물 같은 이들과 지옥의 대련을 수없이 겪어왔다. 사전 합의로 유리한 조건을 두기는 했지만, 천하오검수의 일인 아미신녀 진소령에게 승리를 거머쥐기도 했다. 아미신녀에 비하면 마하령은 아직 풋내기에 불과했다.

염도와 만나고, 빙검과 만나고, 진소령과 만나고, 그리고… 대사형 비류연을 만났다. 이제 그는 하늘 밖에 하늘이 있다는 것을 안다. 천무학관이 전부가 아니라는 것도 안다. 그가 앞으로 발을 내딛을 사회는 지금의 세계보다 훨씬 더 넓고 엄격하고 가차없고 험난한 것이다. 자신은 그간 비 모 씨 덕에 하늘 밖의 하늘을 어느 정도 맛볼 수 있었다. 그 맛은 정말 지독하리만치 쓰고 매웠다.

그런 그가 볼 때 용천명과 마하령은 비록 뛰어나긴 해도 경외할 정도는 아니었다. 그가 아는 범위에서도 그들을 능가하는 괴물들은 열 손가락으로 헤아리기 힘들 정도로 득실득실했다. 이제는 확실히 알고 있었다, 학관 내에서의 순위 다툼 따윈 무의미하다는 것을. 그런 쓸데기없는 경쟁에 심신을 소모할 바엔 좀 더 생산적인 자기 수련에 투자하는 것이 훨씬 이득이라는 것을.

그런 연유에 남궁상은 생각했다.

'어라, 그럼 해볼 만하잖아?'

못할 것도 없었다. 저들이 대단했던 것도 몇 년 전의 일. 그때, 아미산으로 악몽의 합숙 훈련을 가기 전이라면 몰라도 지금의 자신은 그때와 달랐다. 용천명과는 전에 대사형 덕분에 맞붙어볼 기회도 있었다. 현재 자신의 실력은 그때보다도 훨씬 향상되어 있었다.

그때는 비록 무승부였지만, 이제야말로 진정한 승부를 가릴 때였다. 망설일 이유 따윈 어디에도 없었다.

'까짓것, 한번 해보지 뭐!'

의외성을 하나 더 만드는 것도, 그에 경악하는 중인들을 보는 것도 나름대로 즐거운 경험이었다. 기왕지사 무대에 올라서게 된 것, 꼬리 만 개가 될 수야 없었다. 동료들의 기대에 보답해 주리라.

'나도 많이 바뀌었는걸……'

이제야 겨우 그걸 자각하는 굼뜬 청년 남궁상이었다.

"기권하겠어요."

의지로 불타오르는 남궁상에게 마하령이 말했다.

"네?"

바보 같은 목소리로 남궁상이 반문했다. 결전 태세로 임했더니만 느닷없이 김빠지게 기권이라니. 있을 수 없는 일이었다.

"기권하겠어요."

남궁상이 딴생각을 하느라 말을 놓쳤다고 여겼는지 마하령이 다시금 똑같이 말했다. 실제로 그녀는 같은 날에 또 한 번 대전을 치를 수 있을 만큼 온전한 상태가 아니었다. 용천명과의 대결에 모든 것을 쏟아 부은 결과였다.

 마지막 일도는 그녀의 몸에도 상당히 무리를 가져왔다. 특히 손목에 가해진 부담은 상상 이상이었다. 게다가 왠지 기분이 홀가분해져서, 이제 대장 직위 따윈 누가 가져가도 별로 상관없었다. 뭔가 매듭을 지은 느낌이었다.

 "그럼 전……."

 여전히 남궁상은 당황하고 있었다. 마하령은 좀처럼 보기 드문 구김없는 미소를 지으며 말했다.

 "축하해요. 우승하셨네요, 남궁 대장님!"

 남궁상은 얼떨결에 대장이라 불리고 말았다.

 "자, 잠깐만요. 갑자기 대장이라니, 이건 좀 곤란하지 않습니까?"

 자신이 이겼다는데도 눈곱만큼도 기쁘지 않았다. 그보다는 뭔가 굉장히 기분이 나빴다. 이런 일에 어부지리라니, 앞날을 생각하면 마냥 좋아할 수는 없는 것이다.

 "난 상관없어요."

 이미 마음이 홀가분해진 마하령에게 대장의 지위가 가진 매력은 빛이 바래 있었다.

 "용 형은?"

 급히 용천명에게 묻는다. 과연 썩어도 준치랄까, 다행히 그는 그 장저한 방을 가슴에 맞고도 아직 살아 있었다.

 "마, 마 소저가 좋다면 난 상관없네."

 파리한 안색으로 그렇게 대답한다.

 '언제부터 두 사람의 의견이 이렇게 찰떡처럼 맞았지?'

 점점 더 기분이 나빠졌다. 무엇보다 불길한 느낌이 드는 건,

 '이래서야 마치…….'

전에도 이와 비슷한 일이 있었다. 그 대상이 자신은 아니었지만, 그 현장에는 자신도 함께 있었다. 그렇다. 이건 바로…….

'대사형 같잖아!'

그 점이 제일 꺼림칙했다.

"그럼 남궁 공자가 대장 위에 오르는 걸로……."

백무영이 떨떠름한 표정으로 그렇게 선언하려는 찰나, 남궁상이 급히 저지했다.

"잠깐만!"

"무슨 하실 말씀이라도 있습니까, 남궁 대장?"

"있소! 마천각은 물론이거니와 천무학관 동도들도 이런 결과를 인정하지 않을 거요. 그렇게 되면 굳이 비무를 벌인 의미도 없어지는 것 아니겠소?"

"그럼 다른 좋은 방법이 있습니까? 이미 남궁 공자와 싸울 사람은 없습니다. 우리는 내일까지 대장을 뽑아야 합니다."

백무영의 말도 일리는 있었다.

"아니, 방법이 있소."

남궁상이 단호하게 대답했다.

"그게 뭡니까?"

"이런 중요한 일을 하루 만에 끝내려던 게 더 문제였소. 좀 더 시간을 가질 필요가 있소. 굳이 마천각의 법에 따라 대장을 뽑겠다면 마천각 사람에게 묻는 게 더 타당하다고 생각하오."

"그 말씀은?"

백무영은 대충 남궁상이 무엇을 말하려는지 감이 왔다.

"마천각에서 가장 신뢰가 가는 인물에게, 누가 진정 대장으로 적합한지 의견을 구해보자고 말하고 있는 것이오. 그럼 마천각 사람들도 괜한 불만을 터뜨릴 수 없을 테지요."

남궁상의 파격적인 발상에 여기저기가 술렁거렸다.

"그럼 그동안 비어 있는 대장 자리는 어떡합니까?"

"내가 임시 대장 직을 맡겠소. 그럼 불만없겠지요?"

"지금 임시라고 하셨습니까?"

"그렇소. 임시요!"

남궁상이 단호한 어조로 대답했다.

"그럼 이 의견에 반대하는 분, 계십니까?"

반대하는 사람은 아무도 없었다. 이날 남궁상은 천무학관 사절단의 임시 대장이 되었다. 더불어 용천명과 마하령은 임시 부대장이 되었다.

'흠, 예상과는 좀 어긋났지만, 뭐 그럭저럭이라고나 할까……'

멀리서 그 모습을 지켜보며 연비가 회심의 미소를 지었다.

"무슨 생각을 하고 있어요, 연비?"

곁에 있던 나예린이 연비의 미소를 보고 묻는다.

"아니, 아무것도 아니에요. 반장이 정해져서 다행이네요."

연비가 웃으며 대답했다.

불효란 무엇인가
―일탈의 시작

　다음날 오전. 눈처럼 하얀 매 한 마리가 바람을 가르며 마천각 상공을 활공했다. 하늘을 지배하는 자만의 고고하고 당당한 위엄을 뽐내려는 것일까. 하얀 매는 다시 한 번 원을 그리며 선회하더니 날개를 접으며 지상으로 낙하해 들어왔다. 매가 날아드는 지점에는 그에 못지않게 고결한 사람, 나예린이 손을 뻗고 있었다.
　나예린은 흰 매의 다리에 묶여 있는 전서통에서 조그만 서찰을 꺼내어 펼쳐 보았다. 순간 그녀의 얼굴에 엷은 그림자가 드리워졌다.
　"안 좋은 소식이에요?"
　연비의 걱정스런 물음에 나예린은 고개를 가로저었다.
　"아니요. 그냥 좀 실망한 것뿐이에요. 언제나처럼 똑같은 소식이군요. 아직도 독고 사자의 행방을 찾지 못했다는……."
　연비는 고개를 끄덕이며 나예린의 어깨를 토닥였다.
　"걱정 말아요, 린! 그 사람이라면 분명 무사할 테니!"

"고마워요. 그런데 연비, 혹시 독고 사자를 본 적이 있어요?"

의아한 표정으로 나예린이 물었다.

"어머, 제가요? 그 독고 사자라는 분도 예전엔 사천에 있었나요?"

연비는 티끌만 한 동요도 보이지 않고 반문했다. 태연한 반응에 머뭇거린 것은 오히려 나예린이었다.

"아니요, 그런 건 아니지만……."

"흐흥, 그런데 왜 갑자기 그런 질문을?"

"조금 전 꼭 독고 사자를 알고 있는 것처럼 이야기해서요."

"풋, 그랬어요? 으음, 린의 사자라면 저도 어서 만나고 싶군요. 분명 무사할 거라고 믿어요."

딱히 봤다는 답도, 못 봤다는 답도 아닌 미묘한 말이었다. 하지만 자연스런 대화의 흐름 덕에 나예린은 전혀 알아차리지 못했다.

"고마워요. 연비가 그렇게 말하니 위로가 되네요. 그래요. 분명 독고 사자는 괜찮을 거예요. 누가 뭐래도 언니는 검후 그분이 실력을 인정한 사람이니까요."

독고령에 대한 나예린의 신뢰는 깊고 두터웠다.

"그 정도까지 린에게 신뢰받다니, 정말 부러운데요."

"전 연비도 깊이 신뢰하고 있어요."

그러자 연비가 허리를 살짝 숙이며 정중히 대답했다.

"영광입니다, 아가씨! 이 몸도 평생 충성을 다하겠사와요!"

나예린은 살며시 웃음을 터뜨리자, 어느덧 어깨에 자리를 잡은 흰 매가 그녀의 얼굴에 머리를 비볐다. 나름대로 재롱이었다.

"연비! 이 아이, 기억하고 있어요?"

잡티 하나 없이 눈처럼 하얀 깃털을 가진 우아하게 생긴 매였다.

"물론이죠. 어떻게 이 녀석을 잊겠어요? 요 녀석, 이렇게나 자라다니!

정말 오랜만이구나."

연비가 매를 향해 웃으며 인사했다. 백응은 흰 날개를 활짝 펴며 반갑게 화답했다. 연비가 웃음을 터뜨리며 말했다.

"이 녀석, 정말 몰라보게 늠름해졌는걸요? 그때만 해도 너무 약해서 곧 죽을지 모른다고 생각했는데……."

"그렇죠? 그땐 정말 죽는 줄 알았어요. 이 아이도… 그리고 연비도……."

흰 매를 바라보는 두 사람의 눈동자 가득히 아련한 감회가 서서히 차오르기 시작했다.

*　　　*　　　*

"분, 입술연지, 고난이도 머리 땋기, 장신구 일체, 의복 장착, 모두 완료! 화장 끝! 좋아, 좋아. 그럼 슬슬 일하러 가볼까나!"

거울 앞에서 이리저리 점검을 마친 연비가 자리에서 벌떡 일어나며 말했다.

"어째 요즘 즐거워 보이는구나?"

연비의 고개가 홱 돌아갔다.

"사부……."

어느새 열린 문간에 기대 노사부가 서 있었다.

"숙녀 방에 들어올 땐 '기별' 해야 한다는 예의도 몰라요? 이 주정뱅이 사부!"

연비가 소리를 빽 질렀다.

"숙녀는 누가 숙녀냐! 결정적으로 네 녀석 남자잖아!"

별 같잖은 이야길 다 들어본다는 투로 노사부가 지적했다.

"그런 말씀 하시면 곤란하지요. 알맹이까지 여자가 되라고 하실 때는 언제고, 이제 와서 말씀을 바꾸시다니요. 그래서야 어찌 스승으로서 타의 모범이 될 수 있겠사옵니까?"

연비의 말은 다소곳하면서도 논리 정연했다.

"허참! 그 가식적이긴 말투가 왠지 주먹을 들끓게 하긴 한다만, 조리 있게 말하는 힘은 제법 틀이 잡혔구나!"

사부는 탄식하며 말했다.

"좋다. 다음부턴 기별을 하지. 그런데 말이다, 화장이 끝났는데도 아직 남자로 남아 있었던 이유는 무엇이냐? 좀 전의 그 머슴아 같은 혼잣말은 실로 볼썽사납더구나."

"윽!"

그 부분에 대해선 변명의 여지가 없었다.

"한동안 그냥 뒀더니 네 녀석이 쓰고 있던 유리면구에 금이 간 모양인 게지. 제자야, 우리 다시 한 번 특훈할까? 보수도 할 겸?"

넌지시 이야기한다. 특훈을 빙자한 고문의 역사가 주마등처럼 연비의 뇌리를 스치고 지나갔다.

"아닙니다. 사양하겠사옵니다."

여성스런 목소리로 연비가 답했다.

"그래? 그것참 유감이구나. 그런데 진짜 무슨 좋은 일이라도 있는 게냐? 언젠 가기 싫다고 투덜거리더니만, 요즘은 가무를 팔러 가는 데 의외로 적극적이더구나?"

'윽, 눈치도 빠르긴.'

역시 방심할 수 없는 존재였다. 연비는 최대한의 그림자를 눈 밑으로 불러들이며 짐짓 한숨을 내쉬었다.

"좋은 일이라… 뭐, 기왕 하는 거 즐겁게 하면 짜증도 덜 나고 좋죠.

언제까지 악덕 사부에게 팔린 불쌍한 어린양인 채로 울고 있을 수는 없지 않겠어요?"

"누가 악덕 사부냐? 은석아, 다 널 위해서다."

"숙녀에게 은석이라니요! 그런 무신경한 말씀을 하시다니, 너무해욧! 아흑!"

연비가 몸을 비틀며 손수건으로 눈가를 훔쳤다. 어딜 봐도 가련한 소녀였으나, 노사부는 못 볼 걸 봤다는 눈으로 파리를 쫓듯 손을 내저었다.

"객쩍은 소리 말고 얼른 가라, 가. 오늘도 열심히 벌어오도록."

"아아, 오늘도 이 불쌍한 소녀는 사부의 밥벌이를 위해 주루에…… 흑흑흑."

다시금 소매로 눈물을 훔친다.

"그 모습으로 그러니 참으로 가증스럽구나, 제자야! 냉큼 다녀오는 게 어떻겠느냐? 이 사부의 자상함이 떨리는 주먹을 달래고 있는 이참에."

"알았어요. 가면 되잖아요, 가면!"

자기 몸보다 커다란 금을 훌떡 메어들고 연비는 초옥을 나섰다.

"이리하여 소녀는 오늘도 무능한 주정뱅이 노인의 수발을 들기 위해 천근처럼 무거운 금을 메어들고 물집 잡힌 발로 타박타박 산길을 걸어 내려갔던 것이었습니다."

감정 잡은 목소리로 변설을 읊는다.

퍽!

"아얏!"

사부는 백 보나 떨어져 있는데 이 꿀밤은 대체 어디서 날아왔을까.

"언제 어디서 뭐가 날아들지 모르니 산길은 조용조용 입 다물고 가려무나, 제자야!"

듣자 하니 범인이 틀림없는 사부가 저만치 뒤에서 걱정해 주는 척 한마디 한다.

'백보꿀밤이라니… 과연 사부!'
역시 방심할 수 없는 존재였다.

차랑, 차라랑.
샘물보다도 청량한 미성(美聲)을 들으며, 어린 소녀 린은 창틀에 턱을 괴고 창밖의 후원을 내려다보고 있었다. 한쪽 손에는 좀 전까지 창문의 틈새에 끼워놓았던 붉은 수건을 꼭 쥐고서, 린은 한숨처럼 탄성을 흘려 냈다.
바람에 하얗게 꽃잎을 흩날리는 배꽃나무에서 보일 듯 말 듯 가지 사이를 노니는 장난스런 제비. 오늘의 연비는 딱 그런 느낌의 춤을 추고 있었다. 경쾌하긴 하지만 경박하진 않고, 화려하긴 하지만 어지럽지도 않았다. 바람이 일면 꽃잎이 일고, 바람이 잦아들면 제비가 꽃가지를 짓친다.
그러다 일순간, 거센 바람이 일면서 꽃잎의 물결이 별처럼 빛을 발하더니 제비가 꽃잎을 타고 하늘로 날아올랐다.
"하아… 음, 아?"
다시금 한숨을 내쉬던 린은 갑자기 당황을 금치 못했다. 춤이 절정에 달했는가 싶었더니, 날아오른 제비, 아니, 연비가 그대로 창문으로 몸을 날리는 것이 아닌가. 연비는 몸이 떠 있는 상태에서 다시 한 번 은빛의 주단으로 매섭게 땅을 팅기고는 각 층의 돌출물을 가볍게 박차며 제비처럼 신형을 날렸다.
"조, 조심……!"
떨어질까 두려운지 더듬거리기까지 하는 외침. 연이어 도약해 오르던 연비는 린을 올려다보며 환한 미소를 지었다. 따사로운 햇살이 연비의 눈동자에 아롱지며 신비로운 빛을 발했다.

어두운 곳에서는 깊고 짙은 고동색으로 보이지만, 햇살이 비치면 서늘하고 투명한 금빛을 발하는 호안석 같은 눈. 첫 만남은 그늘 밑에서였기에 몰랐었으나, 그 뒤 서너 번을 더 만나면서 그녀는 연비의 눈동자가 특이하다는 것을 알게 되었다.

"호안석(虎眼石) 같아……!"

라고 처음으로 경탄을 터뜨렸을 때, 연비는 린에게 떨떠름한 얼굴로 이렇게 말했었다.

"아, 이거요? 으음… 부작용이에요, 부작용. 지금은 이렇지만 언젠간 원래대로 돌아가겠죠."

"하지만… 예쁜걸요?"

"아, 아하하, 하. 위로해 줘서 고마워요, 린. 흐흑."

그렇게 우는 시늉까지 하는 연비를 보았기에, 린은 그 후부터 눈에 대한 얘기를 웬만하면 피했다. 아무래도 연비 본인은 그 호안석 같은 눈을 떨떠름하게 여기는 것 같았다.

린은 몰랐지만 연비의 눈은 뇌령심법을 익히는 단계에서 과도기적인 부작용으로 빛이 흔들리는 상태였다. 물론 그처럼 일찍 과도기에 들어서는 것도 쉬운 일은 아니었다. 인형설삼의 복용, 자칭 천재적인 자질, 혹독하다 못해 지옥 같은 수련으로 채찍질해 주는 노사부의 존재 덕에 그토록 빠른 성취가 가능했던 것이다.

그러나 사부의 '덜된 녀석'이라는 입버릇처럼, 그는 이미 호안석의 눈을 뛰어넘어야 할 장애물로 인식하고 있었다. 모르는 이들은 아름답다고 할지언정 비뢰문도인 그로서는 그 눈이야말로 자신이 '미완(未完)의 존재'임을 드러내는 낙인이었다. 아무튼 그런 내막을 알 리 없는 린은 호안석의 눈동자와 마주칠 때마다 빨려 들어갈 듯한 느낌을 받았다.

타닥.

연비는 경쾌한 발소리를 내며 삽시간에 창틀에 올라앉았다. 햇살을 등지고 앉자 눈동자는 다시 심연처럼 깊은 고동빛으로 돌아갔다. 사뿐히 방 안에 내려선 연비는 유쾌한 목소리로 인사를 건넸다.

"이얍! 오늘 연습은 이대로 끝! 흐흠, 그나저나 며칠 새에 더 예뻐졌네요? 어디어디, 볼 좀 봐요."

연비는 린의 두 뺨을 손으로 가볍게 감쌌다. 린은 손에서 전해져 오는 부드러운 온기를 느끼며 가만히 있었다. 이상하게도 연비의 접촉은 그다지 거부감이 들지 않았다. 연비의 말도 다른 사람들의 것과는 느낌이 전혀 달랐다. 이를테면 방긋 웃으며 '예뻐졌네요?' 라고 하는 말과 스멀스멀한 웃음을 지으며 '예, 예쁘구나, 크흐흐흐……' 하는 것의 차이랄까.

"호오. 상처들도 다 아문 것 같고, 이렇게 보니까 린도 제법 예쁜데요? 후후후."

린의 본래 모습을 아는 자들이 코웃음 칠 얘기를 하며 대단한 발견이라도 한 듯 즐거워하던 연비는 갑자기 정색을 했다.

"하지만! 아직 갈 길이 멀군요."

그리고는 짐짓 날카로운 눈으로 린의 모습을 이리저리 뜯어본다.

"갈 길이요?"

"네. 역시, 그 눈빛과 머릿결, 그리고 혈색이 문제예요."

뿌옇게 변한 눈과 윤기를 잃은 머리칼, 파리한 안색은 아직 그대로였다. 특히 눈동자의 변화는 용안을 잃어버린 이후로 전혀 나아질 기미가 없었다.

"아마 린이 매일 방구석에만 있어서 그럴 거예요. 그러고 보니 린은 답답하지 않아요? 나보고 방에 있으라면 사흘도 못 참을 텐데."

"글쎄요, 별로."

무심할 정도로 태연한 답이었다. 연비는 고개를 갸웃거렸다. 보아하니 꽤 오래전부터 방에 틀어박힌 모양인데, 이제는 그에 익숙해져서 아무런 답답함도 못 느끼는 것일까. 아니, 그럴 리는 없었다. 자신이 방문하고 돌아가면 길어야 사흘, 빠르면 이틀 후엔 붉은 수건이 창에 걸렸으니까.

그렇다면 그녀는 왜 이런 방구석에서 처량하게 붉은 수건만을 바라보고 있는 것일까. 물끄러미 린의 창백한 얼굴을 보던 연비에게 문득 짚이는 것이 있었다.

"혹시, 무서워요, 밖에 나가기가?"

"……."

입을 꾹 다무는 걸 보니 정곡을 찌른 것 같았다.

"저런, 아까워라. 밖에는 재밌고 좋은 것들도 많은데."

"하지만 사람이… 밖에는 사람들이 많아요."

그러고 보니 린에게는 사람들의 마음이 흘러들어 와서 괴로움을 겪었다지.

"그럼 사람이 없는 곳은 어때요?"

"그런 곳이… 있나요?"

상당히 회의적인 반문이다.

"린이 신경 쓰지 않을 정도로 사람이 거의 없는 곳은 몇 군데 있어요. 가까운 곳으로 안내해 드릴까요? 일단은 뒷산부터. 어때요?"

천향루 뒤쪽으로 가장 가까운 산이라면 분명히 아미산. 뒷산치고는 상당히 높고 험한 산이다.

"하지만 아빠가……."

린이 말꼬리를 흐렸다.

"아, 그 어르신 말이군요."

여러 정황을 통해 연비는 린의 아버지가 일전에 봤던 그 노인임을 알고 있었다. 그의 신분이나 나이는 다들 쉬쉬하는 분위기여서 제대로 묻지는 못했지만, 아무튼 수상쩍은 부녀지간이었다.

저렇게 어린 소녀가 최소한 백 살은 넘은 영감을 아버지로 두고 있다니, 이래서야 왠지 금단의 냄새가 풀풀 나지 않는가. 게다가 린에게는 왠지 가정폭력이나 아동학대의 분위기가 풀풀 풍긴다. 이래서야 말 한마디 잘못 물었다가는 또 괜히 아픈 상처를 들쑤실까 봐서라도 호기심을 그저 묻어두는 수밖에 없다.

그래도 연비가 만났던 그 '어르신'은 절대로 악인 같지는 않았다. 딸아이를 걱정하는 팔불출 아버지에 가까운 인상이었다.

"하긴, 린의 아빠가 걱정하실 것 같긴 하네요."

린은 말없이 고개를 끄덕였다.

"하지만 내 생각엔 린이 방구석에만 갇혀 있어도 걱정하실 것 같은데요? 부모님들은 원래 이래도 걱정, 저래도 걱정이잖아요."

"그런가요?"

린이 힘없는 목소리로 반문했다.

"물론이죠. 그러니 린은 어느 쪽이 자신에게 더 좋을까를 신중하게 선택하면 돼요. 단지 '부모님이 걱정하시니까'라면서 아무것도 하지 못하면, 그야말로 불효라구요. 결국 자식이 잘되는 거야말로 부모님이 진짜 바라는 거니까요."

생각해 본 적은 없었지만 듣다 보니 연비의 말이 맞는 것 같았다.

"내게 좋은 것……."

"네에, 여기서는 뒷산에 가느냐 방구석에 있느냐가 되겠습니다."

"거긴 사람들이 없다고요?"

어지간히 불안한지 다시 확인해 본다. 용안의 능력이 돌아오지 않은 고로 예전처럼 무방비 상태는 아니었지만, 여전히 사람들을 만나는 것은 두렵고 싫었다.

"글쎄요. 도착할 곳은 우리 집 근방이긴 해도 거기서 누굴 만난 적은 거의 없어요. 산에 들어가기 전엔 행인들이 많을 테고 산길에도 사람은 있겠지만, 린이 신경 쓰이지 않도록 할 묘안이 있으니 안심해도 될 거예요."

린이 궁금하다는 듯 물었다.

"연비의 집이요? 그럼, 부모님이나 다른 가족들도 있겠네요?"

"가족이라……."

순간 연비의 눈동자가 한층 더 짙어져 보였다.

"부모님이라면 예전에 다들 돌아가셨어요. 집에 있는 건 게으름뱅이 사부뿐이죠, 에휴."

장난삼아 짓는 가벼운 한숨이었다. 하지만 그 한숨에 평소와는 다른 무거움이 실려 있다는 것은 린도 짐작할 수 있었다. 린은 당황했다. 그녀에게 있어 부모라는 존재는 그야말로 험난한 세상의 마지막 은신처, 최후의 보루였다. 특히 아버지인 나백천이 없었다면 그녀는 이미 세인들의 탐욕에 난도질당했으리라.

그런데 연비는 부모님이 모두 안 계시다니, 그런 처참한 처지는 그녀로선 상상도 할 수 없었다.

"가, 가요, 산!"

할 수 있는 말이 그것밖에 없었기 때문일까, 아니면 그렇게라도 위로해 주고 싶었던 것일까. 어느 쪽이었든 간에 연비의 눈은 생기로 반짝였다.

"오오, 정말이죠?"

환한 미소, 밝아진 눈. 그런 모습이 연비에겐 훨씬 더 잘 어울린다고 린은 생각했다.

"좋아요! 그럼 내일 아침까지 체력 보전해 둬요, 후훗."

하늘을 지배하는 자, 흙을 지배하는 자
―날개가 가져온 바람

"헉헉헉!"

가녀린 소녀가 가쁜 숨을 몰아쉬었다. 청량하면서도 알싸한 산 내음이 목을 훑고 폐부로 스며들었다.

맑은 하늘, 뜨거운 햇살, 가파른 산길. 원래 산이 높고 험하기로 유명한 사천, 그 사천에서도 유명한 아미산이다. 산 초입까지는 마차를 탔고 산 중턱에 목적지가 있다곤 했지만, 린의 가느다란 다리는 거친 산길이 벌써부터 버거웠다. 그나마 편안한 남자 옷차림인 게 다행이었다.

두 사람은 천향루를 나서던 아침녘에 남궁진과 실랑이를 벌여야 했다. 린에게 얘기를 들었던 나백천이 출타 전에 남궁진과 세 명의 호위를 남겨뒀던 것이다. 당연히 린은 호위들이 따라오는 걸 질색했고, 연비와 남궁진은 신경전 끝에 겨우 타협을 보았다.

'린은 남장, 호위는 한 명. 연락용 피리 지참'이 타협안이었다. 다만 린이 우락부락한 호위는 무섭다는 바람에 근래 연비와 면식을 나눈 후원의 보초가 멀찍이서 있는 듯 없는 듯 따라가게 되었다.

남궁진은 세 명의 호위를 데리고 은밀히 뒤를 따랐다. 그의 어깨에는 깃털을 붉게 물들인 비둘기가 한 마리 앉아 있었다. 날짐승 전용의 특수한 피리 소리를 따라 정확한 위치로 날아가는 수색구(搜索鳩)였다. 보초가 반 시진에 한 번씩 피리를 불면, 수색구로 추적해서 남궁진 일행이 한 박자 늦게 따라가는 식이었다. 그러면 비상시라도 최대한 속도를 내서 반 식경 내에 따라잡을 수 있었다.

'그 보초가 유사시에 반 식경이나 제대로 버텨줄지 모르겠군.'

남궁진은 불안했다. 보초란 본디 떨거지들을 막는 데에나 쓰지, 막상 일이 터졌을 땐 쓰러지기 전에 비명이라도 질러주면 다행이었다. 그나마 연비라는 소녀는 다소 실력이 있는 것 같았으니, 유사시엔 둘이서 어떻게든 버텨주길 빌 뿐이었다.

그 순간에도 소모품으로 낙인찍힌 보초는 아무것도 모른 채 연비와 십 장 정도의 간격을 두고 노심초사 산길을 오르고 있었다. 두 사람을 놓칠까 봐 전전긍긍이었다. 수풀과 굴곡에 따라선 한 치 앞에서도 일행을 놓치게 되는 것이 산행인지라, 십 장이란 실로 엄청난 간격이었다. 은근슬쩍 거리를 좁히고 싶어도, 맨 앞의 저 산고양이 같은 소녀가 유유한 발걸음으로 자꾸만 거리를 벌려놓는다.

연비는 그야말로 평지를 걷듯 가뿐하게 길을 이끌었다. 바위 사이를 사슴처럼 통통 튀어 오르는 게, 도저히 린과 같은 또래의 여자 아이라고 생각하기 어려운 모습이었다.

"연비……"

숨이 턱까지 차 오른 린이 연비를 불렀다. 더 이상은 한계였다.

"아, 미안해요. 익숙한 길이다 보니 어느새 걸음이 빨라졌네요. 조금 쉬었다 갈까요?"

연비는 허리에 차고 있던 호리병을 린에게 건네주며 바위에 걸터앉았다. 마침 한쪽으로는 수려한 바위와 늘어진 노송들이, 반대쪽으로는 맑은 냇물이 보이는 아름다운 곳이다.

"너무 마시면 못 움직이니까 두세 모금만 마셔요."

목을 축인 린은 여전히 숨을 헐떡이며 호리병을 돌려주었다.

"연비는 이런, 곳에서, 후우… 어떻게……."

숨을 고르느라 말을 제대로 잇지 못한다.

행인들이 있는 산 초입까지는 마차를 타다가 감춰진 오솔길 앞에서야 비로소 산행을 시작했기 때문에 아직까지 낯선 사람과 부딪칠 일은 전혀 없었다. 혹 멀리서 사람의 기척이 느껴지기라도 하면, 연비는 린을 데리고 잠시 옆길이나 수풀 뒤로 길을 돌아갔다. 그만큼 불편을 감수하고 사람의 흔적이 거의 없는 오솔길로만 지나왔으니, 린이 보기에 이곳은 험악한 야생 세계 그 자체였으리라.

"이렇게 험한 곳에서 어떻게 사냐는 거죠?"

뒷말을 짐작한 연비는 손수건을 물에 적셔 린에게 건넸다.

"글쎄요, 사부가 여기 있으니까요. 그래도 살다 보면 괜찮은 곳이에요. 물을 길으려고 계곡 상류까지 수차례 왕복하거나, 장을 보려고 십여 리를 오가는 게 귀찮긴 하지만요. 가끔씩 만나는 독사, 지네, 맹수, 독충, 산사태, 눈사태만 넘기면 그럭저럭 살 만해요. 경치 좋고 조용한 데다 땅값이 없잖아요?"

태연히 열거하는 연비의 말에 린은 넋을 잃고 있었다. 그녀는 난데없이 머뭇거리며 다가와 연비의 옆구리를 두어 번 쿡쿡 찔렀다.

"앗, 왜 그래요?"

"역시, 살아 있군요."

안도하는 린의 반응에 연비는 어이없는 얼굴로 물었다.

"그럼 설마 유령이라도 되는 줄 알았어요?"
"…약간."
애매모호한 답이다. 린은 사실 연비를 처음 만날 때부터 일말의 의심을 지우지 못하고 있었다. 눈동자나 춤뿐 아니라 행동도 워낙 신출귀몰한 데다, 높은 곳에도 새처럼 날아오르지 않는가.
물론 웬만한 고수라면 연비처럼 높이 도약하는 것쯤은 그다지 일도 아니었다. 아버지인 나백천만 해도 산 위는 물론이요, 짧은 거리는 물 위도 뛰어다닐 고수였으나, 방 안에만 틀어박혀 있던 그녀는 그런 광경을 목격할 일이 없었던 것이다.
"풉, 저처럼 대낮에 열심히 돌아다니는 유령이 어디 있어요? 린처럼 방에만 있는 사람한테 유령 같다고 하는 거죠. 봐요, 지금도 거의 녹아내릴 것 같은데요?"
녹아내린다는 말은 과장이 아니었다. 린의 이마는 방금 전 손수건으로 닦아냈는데도 또다시 송골송골 땀방울이 맺히고 있었다.
"쯧쯧, 완전 운동 부족이군요."
연비는 딱하다는 듯 고개를 절레절레 저으며 손수건을 다시 시원하게 적셔주었다.
"운동 부족?"
"매일 방에만 처박혀 있었으니 당연하죠. 그래도 하다 보면 상쾌해지는 게 운동의 재미! 여긴 다른 데 비하면 별로 험한 길은 아니에요. 자, 그럼 다시 부족한 운동을 채워볼까요?"
"으우……."
벌떡 일어나는 연비를 보며 린은 자기도 모르게 신음했다. 연비는 그 소리에 빙긋 웃으면서도 가차없이 다시 산행을 시작했다.
정말이지 아무도 없었다. 그녀에게 폐인이라느니 운동 부족이라느니,

이렇게 막말과 충고를 버무리면서 운동을 시키는 사람은. 편히 대해주는 것도, 엄하게 대해주는 것도 연비가 처음이었다. 다른 이는 모두 그녀를 깨지기 쉬운 유리 조각처럼 취급했던 것이다.
　잠시 말없이 길을 걷던 연비는 문득 뒤를 돌아보며 물었다.
　"어때요? 걷다 보니 좀 익숙해지지 않아요?"
　"아뇨, 전혀."
　어쩐지 린답지 않게 단호하고 재빠른 대답이었다. 표정에도 단호한 확신이 배어 있었다. 연비는 애석해하는 건지 웃음을 참는 건지 알 수 없는 표정으로 물었다.
　"저런. 아직 힘들어요?"
　끄덕끄덕!
　린이 열심히 고개를 주억거렸다.
　"휴우, 산에 들어온 지 이제 겨우 한 시진 넘었는데. 앞으로 정말 운동 많이 해야겠어요. 우리 다음부턴 만날 때마다 산에 갈까요?"
　"으, 으우우……!"
　"푸후후훗, 농담이에요, 농담."
　울상을 짓는 린의 얼굴을 보고 웃다가 연비는 문득 가슴이 철렁해졌다.
　'헉, 그러고 보니 사부가 날 굴리던 건 이런 재미 때문이었나!'
　악의 고리는 순환한다는 말의 의미를 진정으로 깨닫게 되는 순간이었다.
　'이거… 버릇될지도…….'
　"흠흠, 아무튼 저처럼 매일 다니다 보면 린도 이만한 길은 식은 죽 먹기일 테니 힘내요. 전 이제 여긴 눈 감고도 다닐 수 있는걸요?"
　깨닫는 것과 반성하는 것은 별개임을 증명하는 호언장담이었다.

"정말요?"

"그럼요. 자, 봐요."

"그, 그만둬요."

린은 다급히 말렸지만 연비는 이미 눈을 감은 후였다.

"자, 그럼 출발!"

린은 조마조마한 눈으로 연비의 뒤를 따랐다.

그렇게 정확히 열한 걸음째. 우당탕 소리를 내며 연비는 작은 바위 밑으로 굴러 떨어졌다.

"연비!"

"아야야……. 괘, 괜찮아요. 으으, 요 못된 바위 녀석이 갑자기 고개를 불쑥 내밀지 뭐예요? 요 녀석, 넌 갑자기 어디서 온 게냐!"

연비는 얼굴을 붉히며 애꿎은 바위를 괜히 발끝으로 콩콩 찼다.

"푸훗!"

린도 살풋 웃음을 터뜨렸다. 자연의 속삭임 덕인지 연비의 능청 때문인지는 몰라도, 린의 웃음은 조금씩 환해지고 있었다.

산에 오른 지 두 시진. 경사는 더욱 가팔라졌다. 연비는 여유만만이면서도 말없이 걸음을 늦추어주었다. 린의 속도에 맞춰주기 위해서였다. 잠시 숨을 고르며 하늘을 올려다보던 린은 자기도 모르게 탄성을 내질렀다.

"와아! 아름다워요!"

하얀 날개가 푸른 하늘을 비스듬히 가른다. 눈처럼 하얀 매였다. 자유로이 창공을 가로지르는 흰 매는 기품이 넘쳤다. 바람을 날개 밑에 쌓고 높이 높이 비상하는 매. 방 안에만 틀어박혀 있는 자신과는 전혀 다른 존재였다.

"백응(白鷹) 말이죠? 이 산에선 한자리 하는 녀석이에요. 이쪽 산맥 부근 하늘은 모두 저 녀석 영역이랍니다."

'자유로운 바람, 나도 저렇게…….'

린은 하얀 바람, 하얀 매에게서 시선을 떼지 못했다. 무한한 동경이 뿌연 눈동자를 가득 채웠다. 백응은 금세 흰 점처럼 작아지더니 더 이상 보이지 않았다. 역시 바람은 붙잡아 맬 수 없는 것일까.

"아아, 가버렸네요. 그치만 금방 또 만날 수 있을 거예요. 우리가 가려는 곳 부근에 저 녀석들의 왕좌가 있거든요. 린도 보고 싶죠?"

연비는 린의 마음을 읽은 듯 물었다. 린은 묵묵히 고개를 끄덕이며 땀을 닦았다. 체력 부족이 분명한데도 시간이 갈수록 오히려 상쾌해지는 기분이었다. 하얀 날개가 좋은 바람을 가져온 모양이었다.

"자, 잠시 후면 험난한 모험도 끝! 곧 기가 막힌 곳을 보여줄 테니 기대해도 좋아요!"

그리고 그것은 연비의 말대로 되었다. 그러나 그런 식으로 끝이 나게 될 줄은 미처 예상치 못한 린이었다.

얼마 후, 거침없이 산길을 오르던 연비의 발걸음이 우뚝 멎었다. 린도 걸음을 멈추고 고개를 들어 연비를 바라보았다. 연비의 얼굴이 약간 굳어 있었다.

"흐흠, 이상하지요?"

린은 고개를 갸웃거렸다. 뭐가 이상한지 모르겠다는 얼굴이었다.

"뭔가 조용한데요?"

연비는 산 전체를 잠식해 가는 미묘한 정적에 신경을 곤두세웠다. 인적없는 산길이라도 그 안에는 많은 소리들이 어우러져 있다. 바람이 나뭇잎을 스치는 소리, 물이 바위를 스치는 소리, 이따금 동물들이 풀숲을 스치는 소리……. 그런데 지금 그중 뭔가가 완전히 빠져 있었다.

"아, 새소리가 안 들려요!"

푸드득!

연비의 말이 끝나기가 무섭게 앞쪽에서 새 한 마리가 나무 위로 날아올랐다. 깜짝 놀란 린이 어깨를 움찔했다.

"새, 있는데요?"

"그, 그렇긴 하네요."

연비는 그래도 왠지 찜찜한 마음을 떨치지 못했다. 어쩐지 산이 조용히 술렁이는 것 같았다.

"린, 아쉽지만 우리 오늘은 여기까지만 보고 돌아갈까요?"

"돌아가요?"

린은 충격으로 눈이 동그래졌다. 힘든 와중에도 이제야 바위를 밟는 요령이 조금씩 생기는 것 같았고, 산길에도 조금씩 재미를 붙이던 참이었다. 게다가 잠시 후면 목적지라니 내심 기대했던 것이다.

"백웅의 둥지는 아직 먼가요?"

"그곳이요? 으음, 저쪽 수풀만 넘어가면 되지만… 왠지 오늘은 찜찜해서요."

설명하기는 어려웠지만, 잔잔히 불어오는 바람에 무언가 불길한 냄새가 묻어 있었다. 혼자라면 몰라도 린을 데려가기는 찜찜했다.

하지만 웬일일까. 어느새 다가와 연비의 소매를 붙잡은 린의 눈빛이 심상치 않았다. 불안해하는 기색이라곤 전혀 없이, 아쉬움과 의지가 가득 담긴 눈. 척 보기에도 돌아가기 싫어한다는 것을 알 수 있었다. 마치 창문에서 뛰어내렸던 그날, 돌아가기 전에 연비의 소매를 붙잡았던 때 같았다.

"잠깐 백웅만 보는 건……."

작은 목소리, 얼버무리는 말이지만 강력한 염원이 담겨 있다. 백웅이 그토록 인상적이었던 것일까. 린이 이렇게 '하고 싶은 것'을 말하는 일은 좀처럼 보기 힘들었다.

"하아, 괜찮을까 모르겠네요."

그 말만으로도 린의 얼굴이 한층 더 밝아진다. 연비는 보초가 서 있는 저 아래쪽을 흘낏 한 번 바라보았다.

보초는 때마침 그놈의 들리지 않는 피리를 꺼내서 불고 있었다. 산에 오르고 벌써 두 시진 반이 흐른 것인가. 차분히 피리를 품에 넣는 모습을 보니 별다른 이상은 느끼지 못하는 모양이었다.

'흐음. 사람들도 있으니 괜찮으려나?'

그러고 보면 여기까지 데려와 놓고 돌아가자는 것도 우습긴 했고, 이런 마무리로는 린을 다시 방 밖으로 끌고 나오기가 더욱 힘들어질 공산이 컸다. 게다가 이미 점심때도 슬슬 지나고 있다.

'그래. 하긴 어차피 먹을 거, 역시 그 무지개가 걸리는 폭포를 보면서 먹는 게 제일이지.'

린을 데려가려는 장소. 그곳은 기가 막힐 정도로 미려한 폭포를 볼 수 있는 명당이었다.

연비가 새들의 왕좌라고 부르는 측백나무 뒤쪽의 샛길로 살짝만 돌아가면 한순간에 눈앞이 탁 트이면서 여섯 줄기의 폭포가 기적처럼 펼쳐진다. 반원형으로 펼쳐져 뽀얗게 일어나는 물의 장막 덕분인지, 맑은 날이면 물줄기가 만나는 중심부에 색색의 무지개가 걸리는 천혜의 사원.

지금 연비가 서 있는 곳은, 조용히 귀를 기울이면 어렴풋이 물소리가 쏴아아 들릴 정도로 가까운 거리였다. 연비는 걱정을 떨쳐 내듯 어깨를 으쓱해 보았다. 폭포 소리에 귀를 기울이니 마음이 한결 상쾌해졌다.

"뭐어, 괜찮겠죠? 가요, 가."

작은 주먹을 굳세게 쥐며 린이 싱긋 웃었다. 산 내음이 스며들어 한층 더 맑아진 웃음이었다.

수풀을 헤치자 나타난 것은 거대한 적갈색의 기둥, 그 기둥을 구름처럼 감싼 짙푸른 침엽(針葉)의 주름이었다. 족히 수백 년간 온갖 풍상을 이겨냈을 거대한 측백나무. 높이가 얼마나 까마득한지, 못해도 십오 장은 훨씬 넘어 보이는 아름드리 나무였다.

그 장장한 측백나무 주변의 이삼 장 이내엔 이렇다 할 나무가 보이지 않았다. 나무가 큰 만큼 널따랗게 그늘이 져서인지, 무릎 밑 높이의 잡초만이 무성해서 자연스레 둥그스름한 공터가 형성되어 있었다. 그 공터의 뒤쪽엔 커다란 바위들이 병풍처럼 겹겹이 둘러져 있었다.

쏴아아아…….

머릿속을 씻어 내릴 듯 세찬 낙수(落水) 소리가 바위벽을 울린다. 겹겹이 포개진 비좁은 바위 틈새를 돌아나가면 마침내 목적지인 것이다. 연비는 청량한 측백나무 향기를 깊숙이 들이마시며 린을 돌아보았다.

"이 나무가 바로 백웅이 둥지를 트는 곳이에요. 백웅의 보금자리, 그러니까 새들의 왕이 머무는 왕좌지요."

"왕좌……."

린은 고개를 한껏 들어올리며 연비가 가리킨 위쪽을 올려다보았다. 백웅의 둥지는 겹겹의 나뭇가지와 무수한 침엽의 안개에 감싸여 알 듯 말 듯 찾기가 어려웠다. 연비가 다시금 손가락을 들어 정확히 위치를 가리켜 준 후에야 린은 비로소 백웅의 둥지를 찾을 수 있었다.

푸드드득!

다급한 날갯짓 소리가 들리며 하얀 깃털 몇 개가 그들의 눈앞에 하늘

하늘 떨어져 내린 것은 바로 그때였다.

깃털의 주인은 바로 백응이었다. 그토록 늠름한 하늘의 왕이 지금은 매우 마음이 급한 듯 측백나무 주위를 빙빙 돌며 날카롭게 곤두서 있었다.

"하악!"

린이 갑자기 급히 숨을 들이키며 연비의 품에 와락 안겼다. 의아해하던 연비는 린의 시선을 따라 측백나무 옆을 바라보고는 나직한 소리로 경악했다.

"저, 저건!"

어느 결에 아름드리 나무 기둥 뒤에서 슬며시 몸을 드러낸 그것이 시야에 들어왔다. 장정의 허리만큼이나 굵다랗고 기다란 몸뚱이, 뒤집힌 눈의 흰자위처럼 미끈거리며 섬뜩하게 빛나는 허연 비늘, 요석처럼 빛나는 붉은 눈동자, 그것은 바로…….

"백교(白蛟)!"

억지로 소리를 낮춘 말이었다. 작은 어깨를 파르르 떠는 린을 감싸며 연비는 돌처럼 딱딱하게 얼굴을 굳혔다. 등 뒤로 부스럭거리며 수풀을 헤치는 소리가 들려왔지만 연비는 굳이 돌아볼 여유가 없었다. 발소리만 들어도 보초라는 것을 알 수 있었다. 린이 놀라는 소리를 듣고 맘대로 거리를 좁혀온 것이리라. 연비는 차분하고 확실한 어조로 경고했다.

"백 년도 넘게 산 이무기가 되다 만 녀석이에요. 다행히 우리한텐 관심이 없는 것 같으니 큰 소리나 큰 움직임으로 자극하면 안 돼요."

품에서 반사적으로 피리를 꺼내 들던 보초는 그 말에 재빨리 동작을 멈추었다. 날짐승에게 들린다는 피리 소리라면, 자칫 백교를 자극할 가능성도 있었다. 그는 피리를 그대로 들고 상황을 주시했다.

"저도 말로만 들었지만, 저 녀석과 한 번 눈을 마주치면 한순간에 끝이라더군요. 이대로 서서히 물러나요, 린."

연비는 백교에게 한시도 눈을 떼지 않고 린의 손을 굳게 잡았다. 린도 이번에는 물러나는 데 이의가 없었지만, 한 가지 걸리는 점이 있었다.

"백웅도 못 피하나요?"

"아뇨, 날개가 있으니까요. 앗, 설마……!"

연비는 얼른 백웅의 둥지로 홱 시선을 옮겼다.

백웅은 칼날처럼 날개를 세우고 둥지 주변을 계속해서 빙글빙글 돌고 있었다. 둥지 안에서 희끗희끗한 뭔가가 어른거리는 것을 보니, 아직 어린 새끼들이 있는 것 같았다.

"둥지에 어린 새들이!"

백웅이 필사적으로 저지하는 데도 백교는 포기하지 않고 계속해서 둥지로 다가가고 있었다. 아마도 어미일 것으로 짐작되는 백웅은 잔뜩 날을 세우고 둥지 앞을 막아섰다.

린은 놀라서 입을 다물지 못하고 둥지 쪽을 뚫어져라 살펴보았다. 물러서던 발걸음이 주춤해지자 뒤쪽에서 지켜보던 보초는 한층 더 초조한 기색이 되었다.

"역시, 백웅이 늘어나면 곤란하니까 미리 없애려는 거예요."

"곤란해요?"

"구렁이는 매를 싫어할 수밖에 없어요. 늘 땅에 붙어 있어야 하니까 날개 달린 짐승은 상대하기 까다롭잖아요?"

그동안은 눈에 거슬리더라도 별 충돌 없이 거리를 유지했는데, 이제는 더 이상 상면하고 싶지 않은 모양이었다.

"하지만 이번엔 백웅 쪽이 큰일이에요. 한 마리가 나가 있으니, 혼자서 백교를 상대하며 새끼들을 지키기는 버거울 거예요."

"그럼 우린 어떡하죠?"

연비는 린을 가만히 바라보다가 보초를 슬쩍 돌아보았다. 한쪽은 뭔가 백웅을 돕고 싶다는 순수한 얼굴, 또 한쪽은 제정신이면 빨리 물러나라는 절박한 얼굴이었다. 심정적으로는 린에게 마음이 치우쳤지만, 연비는 결국 절박한 현실을 직시하기로 했다.

"위험하니까 일단 물러나야 해요. 백웅은……."

연비는 쓴웃음을 지었다. 솔직히 그들에게 별다른 방도는 없었다.

"응원하는 수밖에요."

지금은 자연의 섭리에 맡겨야 할 때였다.

인간세계에는 독립하려는 자식의 날개를 꺾고는 '널 위해서야!' 라고 족쇄를 채우는 부모들, 혹은 '그래, 넌 언제까지나 나의 아가란다' 라며 장성한 자식을 언제까지나 감싸 안는 부모들이 얼마든지 있다. 그러나 자연의 권속들은 스스로 날아야 할 때가 되면 부모 곁을 떠나 독립하는 것이 자연의 섭리. 날지 못하는 새는 언젠가 추락하게 마련이니, 귀여운 새끼라면 적절한 때에 둥지 밖으로 끌어내는 것이 때를 알고 순리를 따르는 것이다.

다만 이들도 어린 새끼들은 무슨 수를 써서라도 보호하는 법. 자식을 지키려는 어미 백웅의 본능은 강력했다.

백교의 이빨과 섬뜩한 혓바닥이 아찔하게 독기를 뿜어내며 날아들 때마다 백웅은 날카로운 부리와 발톱으로 번개처럼 막아냈다. 민첩하고 정교한 움직임 덕에 위험한 독기는 모조리 피해낼 수 있었지만, 문제는 강철 같은 백교의 비늘이었다.

단단한 비늘 때문에 백웅은 예리한 발톱으로도 백교에게 별다른 타격을 입힐 수 없었다. 더구나 백교가 몸을 비틀며 촤악촤악 비늘을 일으킬 때 조금이라도 스치면, 백웅의 깃털에서는 곧바로 선홍색의 피가 배어

나왔다. 결국 백웅은 몸통 공격을 포기하고 백교의 눈알을 집요하게 노리며 상승과 급하강을 반복하며 집요하게 공격을 계속했다.

매와 뱀의 대결은 처절했다.

눈처럼 새하얗던 백웅의 날개는 어느덧 복사꽃처럼 붉게 물들어 있었다. 여기저기 깃털이 뽑힌 처참한 몰골이었다. 백교도 비늘 몇 군데가 떨어져 나가긴 했지만 백웅보다는 훨씬 상태가 나았다.

삐이이이이—!!

높다란 휘파람처럼 날카로운 소리를 울리며 하늘에서 또 한 마리의 백웅이 날아들었다. 외출했던 아비가 돌아온 것이었다.

수풀 속으로 물러나서 숨을 죽이고 있던 연비와 린은 손을 맞잡고 기뻐했다. 백교가 긴급히 몸을 돌리는 순간, 붉게 물든 어미 백웅이 전광석화처럼 파고들어 백교의 눈을 쪼았다. 린은 끔찍한 광경에 몸을 움칠하며 두 눈을 질끈 감았다.

쒜에에에에엑—!!

쇠를 긁듯 끔찍한 울림과 함께 백교가 고통스레 요동치는 소리가 들렸다.

"으윽!"

연비의 신음성에 눈을 뜬 린은 놀라고 말았다.

"어? 왜, 왜 백웅이……!"

한쪽 눈이 뽑혀 텅 비어 있는 백교의 앞에, 어미 백웅이 구겨진 천 조각처럼 내던져져 있었던 것이다.

"꼬리를… 피하지 못했어요."

린은 무겁게 잠긴 목소리에 놀라 연비를 돌아보았다. 연비의 눈동자 깊숙이에서 뭔가가 조용히 이글거리고 있었다.

어미 백웅은 간신히 백교의 오른쪽 눈을 뽑아내고 재빨리 둥지로 돌아가려고 했다. 짝이 돌아오고 형세가 역전됐으니, 백교가 몸부림치는 통에 몸을 빼내 자신은 둥지를 지키려고 했던 것이다. 그러나 급한 것은 마음뿐, 숱한 상처를 입은 어미 백웅은 긴장이 풀려서인지 날갯짓이 영 신통치 못했다. 그때였다, 몸을 비틀던 백교가 백웅을 향해 꼬리를 휘두른 것은.

"아직은… 괜찮을 거예요."

연비의 목소리는 덧없이 허공을 떠돌았다. 어미 백웅은 걸레처럼 바닥을 뒹굴며 풀잎을 붉게 적시고 있었다. 이미 가망이 없다는 것쯤은 린도 한눈에 알 수 있었다. 남은 백웅이 하늘을 찢을 듯 비통한 울음소리와 함께 백교에 격돌해 갔다.

목구멍으로 뭔가가 치밀어 오른다. 연비는 으득 소리가 날 정도로 이를 악물며 그 뭔지 모를 것을 억지로 삼켰다. 현재 자신의 실력을 객관적으로 판단해 보면, 백교는 완전 무리다. 린도 옆에 있으니 이럴 때는 당연히 숨죽이고 있어야겠지. 그걸 냉정히 알고 있으면서도 가슴이 뜨겁게 끓어오르는 건 왜일까.

'그때처럼 아무것도 할 수 없는 건, 그런 건……!'

이제는 잊어버린 줄 알았는데, 감춰두고 싶은 기억이 심연으로부터 스멀스멀 기어 나오고 있었다.

* * *

빠짝 마른 땅. 거친 흙덩이가 손끝에서 파스스 부스러진다. 손톱도 같이 부스러진다. 껍질이 벗겨져 피가 흐르는 손에 흙가루가 덕지덕지 달라붙는다. 어깨가, 몸이 부서지는 것 같다. 하지만 그래도 멈추지 않고 파고 파고 또 팠다.

타인의 힘은 빌릴 수 없었다. 마을에 남겨진 것은 혼자뿐. 며칠이 지났는지는 기억도 할 수 없었다.

파고 묻고, 파고 묻고를 반복하는 일상. 그래도 도망칠 수는 없었다. 그리고 싶지도 않았다. 그저 작은 손으로 파고 묻고, 파고 묻고를 계속했다. 그것이 혼자 남겨진 아이의 사명이라도 되는 듯이.

아버지의 몸에는 더 이상 온기가 돌아오지 않는다. 납득할 수 없지만, 그렇다. 그러니까 묻는 거다. 흙으로 두텁게 덮어놓아도, 그 안에서 다시 따뜻해지진 않겠지. 흙은 차다, 아버지의 몸처럼. 그래도 어쩔 수 없다. 묻지 않으면 짐승들, 벌레들에게 뜯어 먹힌다. 그건 싫다. 그러니까 묻어야 한다.

장소는 정해져 있었다. 몸이 차가워지기도 전, 그 힘없는 눈이 파르르 떨리는 것을 볼 때부터 이미 아버지를 묻을 곳을 생각하고 있었다. 어머니의 묘 바로 옆, 그곳밖엔 없었다.

아버지의 얼굴로 떨어지는 흙덩이를 보면서 세상이 잠시 희뿌옇게 변했다. 하지만 단지 그뿐, 눈물은 흐르지 않았던 것 같다. 마을 사람들을 하나씩 흙으로 덮을 때마다 조금씩 몸 밖으로 흘러 나가서, 아버지에게 흘려줄 눈물은 미안하게도 남아 있지 않았다. 어쩌면 말라 버린 것은 눈물이 아니라 마음이었는지도 모른다.

하지만 바빴다. 어머니도, 친구들도, 그 친구들의 부모들도, 모두의 몸이 차례로 식어갈 때마다 무슨 짓을 해도 소용이 없었다. 할 수 있는 건 어른들이 그 위에 흙을 덮는 일을 돕는 것뿐. 그리고 끝내는 흙을 덮어주던 어른들조차 흙으로 돌아가고 말았다.

마침내 무덤은 완성되었다. 이제는 더 이상 무덤을 만들 일도 없었다. 죽은 다음에는 무덤을 만들 수 없으니까. 이 몸은 짐승들이, 벌레들이 뜯어 먹게 되는 걸까. 그건 싫은데. 그렇게 멍하니 앉아 있자니 뭐가 뭔지 알 수 없게 되었다.

도저히 참을 수 없었다, 그런 건. 할 일, 할 일, 할 일을 찾아 배회하던 중에 문득 그것들이 보였다. 칼과 나무. 다행이었다. 아직은 할 일이 남은 것이다. 그러니까 아직은 좀 더 살아남아도 괜찮은 거다.

기억을 떠올리며 찬찬히 나무를 깎아나가기 시작했다. 이 일이 끝나면 더 이상 할 일은 남지 않는다. 그건 싫다. 혼자만 무덤에 들어가지 못하고 땅바닥에서 썩어가는 것보다도 백배천배는 더 싫다. 이 일을 끝내 버리면 안 된다. 그렇다고 멈출 수는 없었다.

그러다 결국 조각이 끝났다. 필사적으로 만들어낸 결과물은 만족스러웠다, 그동안 만들었던 그 어떤 것과도 견줄 수 없을 정도로.

목소리가 들린 것은 그때였다.

"이 무덤을 네가 만들었냐?"

사람. 그것도 말을 하는 사람이었다. 가만, 이럴 때는 어떻게 대답해야 하더라.

"그렇다."

약간 이상한 답이었던 것 같지만, 뭐 상관없겠지. 그보다도 그, 그 노인은 여전히 살아서 말을 걸어오고 있었다.

"이 나무 조각도 네가 한 것이냐?"

"그렇소."

조금 변화를 시켜보았지만 여전히 뭔가 어색한 답이었다. 하지만 이어지는 그의 말에 더 이상 그런 일에 신경 쓸 여유는 없어졌다.

"나와 같이 가지 않겠느냐?"

느닷없이 노인은 손을 불쑥 내밀어왔다. 그 커다란 손을 망연자실 바라보다가 문득 의심이 들었다. 이래도 되는 것일까, 이대로 이 손을 잡아 버려도 되는 것일까 하는.

"당신을 따라가면 뭐가 생기지요?"

그는 허허 웃으며 말했다.

"강해지게 도와주지, 천하제일의 무공으로."

믿을 수 없었다. 그 말을 어떻게 믿느냐고 반문하자, 그는 가볍게 손을 휘둘러 소나무 십여 그루를 단번에 날려 보냈다.

"어때, 배우고 싶지?"

노인의 눈동자가 얼굴 가까이로 다가왔다. 마음을 꿰뚫어 보듯 깊고 잔잔한 시선이었다.

"적어도 할 일은 생길 게다."

"……"

읽혀 버리고 말았다.

할 일이 있다. 강해질 수 있다.

무심결에 뒤를 돌아보았다. 차가운 흙 속에 누운 자들은 누구도 어떤 말도 해주지 않았다.

"알았어요!"

어쩔 수 없는 답이었다. 할 일이 필요했다. 강해지고 싶었다. 강해지지 않으면 안 됐다.

*   *   *

푸드득, 푸드득!

남은 백웅이 거칠게 날개를 떨치며 백교를 향해 날아들었다. 둥지에서는 새끼들이 숨을 죽이고 떨고 있었다. 제 짝의 죽음에 분노했기 때문일까. 백웅의 공격은 무모하기 짝이 없었다.

'내 앞에서, 내 앞에서……!'

또다시 혼자가 되는 녀석이 만들어지리라.

연비는 타오르는 눈빛으로 백교를 노려보았다. 걱정스레 자신을 바라보는 린도, 뒤에서 초조해하는 보초의 존재도 그의 머릿속에서 점점 흐릿해져 가고 있었다.

백교의 꼬리가 다시 한 번 무시무시한 파공성을 내며 날아갔다. 백웅은 간신히 꼬리를 피해냈지만, 꼬리가 일으킨 돌풍에 약간이나마 균형을 잃고 말았다. 확연히 드러난 허점, 백교는 그 순간을 놓치지 않고 독니를 번뜩였다.

"멈춰!"

몸이 제멋대로 움직이고 있었다. 뭔가가 바람을 가르며 백교를 향해 날아갔다.

황금빛 여명이 빛을 발하다
―사생결단

연비의 손에서 돌멩이가 화살처럼 날아가더니 백교의 텅 빈 오른쪽 눈을 정확히 강타했다.

"키에에에엑!"

분노한 백교가 무시무시한 괴성을 터뜨리며 머리를 홱 돌렸다. 눈이 없는 눈에서는 붉은 피가 흘러내리고, 남아 있는 붉은 눈동자는 적의를 불태우며 연비를 똑바로 노려보았다.

'아뿔싸!'

연비는 속으로 식은땀을 흘렸다. 손이 제멋대로 움직인 거지만, 이 상황에서 백교를 건드리다니, 엄청난 실수였다. 살짝 눈을 돌려보자 등 뒤에서 린이 돌기둥처럼 굳어버린 것이 보였다.

그때 백교가 느닷없이 펄쩍 하늘로 뛰어올랐다. 날아오른다는 표현이 어색하지 않을 만큼 강력한 도약이었다.

"피, 피해!"

연비는 린을 안고 재빨리 옆으로 몸을 날렸다. 단숨에 날아올랐던 백교의 아가리가 방금 린이 있었던 장소에 떨어졌다. 땅이 갈라지고 옆쪽의 나무가 뿌리째 기울면서 흙먼지가 튀어 올랐다. 곧장 피하지 않았다면 삼켜지기도 전에 몸이 으스러졌으리라.

"린, 괜찮아요?"

잠시 린을 돌아보는 순간, 백교는 다시금 땅을 박찼다.

"으윽!"

연비는 당황하며 린을 두 팔로 감쌌다. 그 덩치로 수풀 속에서 그렇게 민첩하게 연속 공격을 하리라고는 생각지 못했기에 순간 눈을 뗐던 것이다.

"으아아아악!!"

난데없이 처절한 비명 소리가 들려왔다. 어찌 된 건지 생각할 새도 없이 연비는 뒤쪽으로 몸을 날렸다. 순간 눈에 띈 수풀 속 바위틈새에 린을 밀어 넣고는 다시 앞으로 달려나갔다.

연비는 수풀과 공터의 경계선에 자리를 잡고 섰다. 나무가 빽빽한 수풀 속이 백교의 공격을 막기에는 그래도 좀 더 유리했지만, 린을 보호하려면 앞에서 대치하면서 어떻게든 버티는 수밖엔 없었다.

"으우욱……."

연비는 백교를 보며 욕지기를 억누르느라 애썼다. 땅에 떨어져 있는 백응의 숫자가 결국 둘로 늘어나 있어서만은 아니었다. 우적거리는 백교의 아가리에서 보초의 머리와 오른쪽 팔이 삐져 나와 있는 것을 발견했기 때문이다.

땅에 피리가 떨어져 있는 것을 보고서야 연비는 왜 백교가 곧바로 자신들을 덮치지 않았는지 깨달았다. 아마도 피리를 부는 순간 보초가 백교에게 대신 당한 것 같았다. 그가 린을 피신시키는 동안 백교는 사람을 잡아먹고 있었던 것이다. 그에게 위험을 무릅쓰게 했던 아비 백응도 아마 그 와중에 덧없이 목숨을 잃고 만 듯했다.

외눈박이가 된 백교는 그 한쪽 눈으로 연비를 비웃듯 노려보며 보초를 완전히 집어삼켰다. 재빠른 계산이 연비의 뇌리를 스쳐 갔다.

'연락은 됐겠지? 잠시만, 잠시만 이대로 버티면 린은 안전해지는 거야. 저 녀석도 어른 하나를 잡아먹었으니 움직임이 조금은 느려질 테지.'

그러나 연비가 미처 비도를 펼쳐 내기도 전에 제이격은 곧바로 날아왔.

부웅!

무거운 바람 소리를 내며, 어른 허리만 한 백교의 꼬리가 채찍처럼 연비를 향해 날아왔다. 무심결에 몸을 날려 피하려던 연비는 몸을 굳혔다. 자칫 뒤로 물러나다가는 린이 위험해진다.

연비는 급히 양손을 교차해 단전으로 가져갔다. 밑에서부터 올려치듯 날아오는 백교의 꼬리를 온몸으로 받아낼 셈이었다.

"크악!"

연비의 몸이 실 끊어진 연처럼 공중으로 치솟아올랐다.

"연비!"

뒤쪽에서 린의 비명이 터져 나왔다.

백교의 입가에 미소와 비슷한 것이 걸렸다. 이미 반쯤은 요물이 되어 가는 백교였다. 지금까지 숱한 강적들을 해치웠던 역전의 필살기, 아름드리 나무도 일격에 부러뜨리는 자랑스러운 꼬리치기다. 말만 할 수 있었으면 이 수법을 쓸 때마다 그럴듯한 기술명이라도 외쳤을 텐데, 라고 아쉬워하듯 백교는 붉은 혀로 입가를 핥았다.

그러나 이번 먹잇감은 상당히 끈질겼다.

그대로라면 나뭇가지에 등이 꿰뚫릴 것처럼 솟구치던 연비가, 순간적으로 신형을 뒤집으며 나무를 박차고 땅으로 떨어졌다.

콰가가각!

불완전한 자세로 착지한 탓에 거칠게 흙먼지가 날렸다. 연비의 한쪽 무릎은 어느새 꺾여 있었다.

"우왝!"

연비는 입으로 한 줌의 피를 토해냈다.

'일부러 몸을 날렸는데도, 역시 완전히 흘려내긴 힘들구나.'

당장이라도 내장들이 쏟아져 내릴 것 같았다. 인형설삼의 힘이 없었으면 실제로도 내장들은 뱃속에서 엉망진창이 되었으리라. 다행히 분뢰수로 손을 단련해 온 덕인지 방금 전의 일격으로도 두 팔에는 별다른 지장이 없었다.

'어디, 끝까지 버텨봐야겠지!'

더 이상은 물러날 곳이 없었다. 그렇다고 방어만 하기도 위험했다.

'미완성이긴 해도 쓸 만한 기술들이 있을 텐데. 그러고 보면 이런 때를 대비해 사부가 내려준 처방이……'

"네 녀석의 성취는 말할 것도 없이 미완성! 그런데 제자야, 어디서 뭘 주워 먹었는지 지난 일 년간 내공이 부쩍 늘었더구나."

분명 이런 말로 시작했었지. 그런데 제자의 성취가 늘어나면 보통은 '아, 이 녀석 분골쇄신 열심히 수련했구나'라고 생각하지 않나?

"진짜 분골쇄신 시켜주랴? 이런저런 걸 주워 먹고도 여태껏 '밤(夜)의 경계(境界)'라니, 이 사부는 제자의 무능에 통탄하지 않을 수 없구나."

이런 말이나 하면서 괜히 섬뜩하게 눈이나 희번뜩거리고 말이야.

"아무튼 이 사부가 하해와 같은 은혜를 베풀어 이 시점에서 가장 중요한 처방을 내려주마."

아, 그렇지. 안광까지 빛내며 내려준 사부의 처방.

"조금이라도 센 놈은 절대로 건드리지 마라."

촤라라락!
양팔을 쫙 펴자 연비의 손에 여덟 자루의 비도가 잡혔다.

"어설프게 실력이 늘면 간덩이도 부어오르지. 하지만 그런 놈이야말로 제일 먼저 목이 떨어지는 법이다. 만에 하나 어쩔 수 없이 부딪쳤으면, 후딱 도망가도록!"

'젠장, 이미 도망갈 수가 없다구요오오!'
역시, 처방 따위는 있을 리 없었다.
이렇게 된 이상 이판사판 생사결단을 낼 작정으로 전력을 다해 적을 상대하는 수밖에.

비뢰도(飛雷刀) 오의(奧義).
초절기교(超絶技巧)의 장(章).
팔뢰난무(八雷亂舞).

연비의 소매에서 뻗어 나온 여덟 줄기의 섬광이 현란하게 사방을 뒤흔들며 백교에게로 날아갔다. 그러나 백교는 수십 번에 걸친 변화를 비웃기라도 하듯이 그 자리에 가만히 서 있었다.

파차창!

연비의 화려한 기술은, 터무니없이 강력하고 무식한 비늘에 파해되어 무위로 돌아갔다. 공격을 피하거나 막지 못하도록 상대방의 시야를 교란시키는 게 변초의 목적. 얌전히 맞아주겠다는 상대 앞에서는 무의미한 힘의 낭비일 뿐이었다.

백교는 마치 약을 올리려고 작정한 것처럼 연비를 향해 혓바닥을 날름거렸다.

'좋아! 그렇다면 최근에 터득한……'

미완성이라도 그것이라면 충분히 승산이 있을 것 같았다.

비뢰도(飛雷刀) 오의(奧義).

뢰명풍운의 장(章).

뢰광류하곡(雷光流河曲).

신들린 악사가 금을 연주할 때처럼 연비의 열 손가락이 초절하게 움직였다. 손끝에서 열 줄기의 번개가 뻗어 나와 살아 있는 생물처럼 백교에게 날아들었다. 번개들은 또다시 백교의 몸에 맞아 모조리 튕겨 나왔다. 그러나 그건 이미 예상했던 바였다.

연비의 손가락이 다시 한 번 뇌령사 위를 누볐다. 미세한 움직임에 따라 튕겨 나갔던 번개가 다시 한 번 궤도를 바꿔 쏟아져 나갔다.

'열 번 찍어 안 넘어가는 나무 없지!'

그러나 백교는 열 번을 찍어도 넘어가지 않았다. 열 줄기의 번개는 맞았다가 튕겨 나가기를 반복하면서 조금씩 힘이 약해졌다.

'그렇다면!'

아무리 단단한 비늘을 지닌 생물이라도 약점은 있다. 이를테면 눈, 그리고 입.

비도들의 목표는 눈과 입으로 수정되었다. 그러나 백교도 이제는 예측과 대비를 마친 참인지, 눈을 노렸던 다섯 개의 비도는 백교의 눈꺼풀과 머리에 사방으로 튕겨 나갔다. 입속을 노렸던 나머지 다섯 개는 상황이 더 나빴다. 세 개는 튕겨 나갔고 두 개는 황당하게도 앙다문 이빨에 맥없이 잡힌 것이다.

지금까지 얼마나 많은 맹수들이 이 기술들로 인해 밥상 위의 반찬이 되었던가. 그런 기술이 깡그리 통하지 않는 상대라니. 굴욕도 이런 굴욕이 따로 없었다.

"잘 들어라. 괜히 잔머리 굴리다가 후회하지 말고."

상황이 이렇게까지 되고 보니 인정하지 않을 수 없는 사부의 충고가 떠올랐다.

"힘이 뒷받침되지 않는 기술은 단순한 기교일 뿐이지. 예언컨대, 미리미리 힘을 길러두지 않으면 네 녀석은 언젠가 기교만 믿다가 호되게 당하는 날이 올 게다."

과연 그랬다.
그렇게나 단정적인 말투로 불길한 장담을 하더니만 이렇게 보기 좋게 들어맞아 버리다니, 심히 불쾌한 일이 아닐 수 없었다.
'하도 찝찝해서 그 뒤 힘 단련을 좀 해뒀기에 망정이지……'
무엇보다도 사부의 예언은, 현실의 변수를 한순간에 면밀히 계산해서 나온 결과물이라는 점이 제일 무서웠다. 자신이 그대로 있으면 벗어날 수 없는 미래라는데, 바보가 아닌 이상 어찌 가볍게 흘려 버리고 말겠는가.

비도가 아무리 어지럽게 날아들어도 확연히 우세를 차지한 백교를 봐도 알 수 있었다. 한순간이라도 공격을 멈추면 단박에 달려들 태세였다. 이대로는 점점 불리한 힘 겨루기가 될 게 자명했다.

'절대 안 돼, 이런 뱀대가리한테 억울하게 당하다니!'

연비는 이를 악물었다.

날마다 밥 짓기, 여장 하기, 돈 모으느라 아등바등하기, 땀 뻘뻘 흘리며 장작 패기, 그 빌어먹을 무식한 방망이로 날마다 빨래 하기, 팔찌랑 발찌 차고 찬거리 찾느라 험준한 산봉우리를 이리저리 뛰어다니기 등등, 여태껏 그 망할 짓들을 참아온 게 무엇 때문인데!

약하니까, 더 더욱 강해지겠다고 그 애를 썼던 것 아니던가! 그런데 이런 곳에서 이런 굴욕적인 위기라니, 절대 있을 수 없는 일이다!

'그 망할 사부 밑에서 이렇게 불우한 시절만 보내다가 인생을 마칠 수는 없어!'

연비는 마침내 결단을 내렸다.

'에라, 한순간에 전부 걸어버리자!'

투두두둑!

차고 있던 네 개의 팔찌가 모두 떨어져 나갔다.

"전력은 쓰지 마! 이건 구속구이자 보호구다. 잊지 마라. 풀어내고 전력을 쓰면 아직 성장기인 네 몸이 버티지 못해."

알고는 있었다. 하지만, 어차피 이대로는 백교의 뱃속에서 녹아버릴 뿐이다. 선택의 여지는 없었다. 물러나 봤자 뒤에서는 천 길 낭떠러지가 자신을 열렬히 환영하고 있을 뿐이었다.

비뢰도(飛雷刀) 독문심법(獨門心法).
영사심결(靈絲心訣) 오의(奧義).
발동(發動).
여명천안(黎明闡眼).

밝아오는 여명에 어둠이 스러지듯, 호안석 같던 연비의 눈에서 검은 그림자가 순식간에 걷혀 나갔다. 황금빛의 눈동자는 아침 햇살처럼 찬란히 빛을 발했다.

흩어져 있던 정신의 가닥들이 한줄기로 모여들었다. 물레로 실을 짜듯 한 가닥으로 꼬아낸 정신의 끝은, 마치 송곳의 첨단처럼 날카로워졌다. 집중된 정신은 절대적인 통제력으로 전신의 신경과 근육을 지배해 갔다. 평범한 인간은 일생 단 한 번도 사용할 일이 없을 잠재력이, 망각의 심연 저편에서 조금씩 깨어나는 순간이었다.

촤라라락!

양손에 각각 하나씩, 단 두 자루의 비뢰도가 연비의 손에 잡혔다.

문제는 숫자가 아닌 관통력. 저 단단한 비늘을 뚫고 들어갈 절대적이고 순수한 힘이 필요했다. 연비는 모든 변화를 없애고, 실개천처럼 흩어진 힘들을 하나의 강줄기로 모으기 시작했다.

비뢰도(飛雷刀) 오의(奧義).
검뢰사살(劍雷死殺)의 장(章).
충각(衝角).

영사심결이 발동된 지금, 기회는 오직 한 번뿐. 두 번째란 존재하지 않는다.

그는 온갖 밉살스런 것들을 뇌리에 떠올렸다. 그의 어깨를 혹사시키는 도끼, 만만찮게 무식한 빨래 방망이, 푼돈밖에 되지 않는 지긋지긋한 목걸이, 그 밖에 기타 등등의 끔찍한 여러 존재들. 그 뒤에선 궁극의 원인 제공자인 사부가 음험한 미소를 짓고 있었다. 연비는 백교의 자리에 사부를 대체시키며 깊고 깊은 울분을 일격에 담았다.

"쌍섬일격뢰(雙閃一擊雷)!"

두 자루의 비도에 모든 힘의 정수가 응축되었다. 왼쪽 손을 중심으로 온몸의 근육이 한계까지 쥐어짜졌다.

쐐애애애액!

하늘에서 떨어지는 낙뢰처럼 한줄기 뇌전이 백교의 미간을 향해 무서운 속도로 쏟아져 나갔다.

"크윽!"

근육이 찢어지는 듯한 충격에 연비는 신음을 토했다. 정신의 통제가 육체의 내구성을 넘어서고 있었지만, 이만한 반동은 각오한 바였다.

백교는 뇌전을 향해 꼬리를 세차게 휘둘렀으나, 이번만큼은 그도 무사하지는 못했다. 가공할 속도로 날아간 비도는 하얀 비늘을 꿰뚫고 들어가 백교의 몸뚱이에 박혔다.

쓰르르르르!

고통스레 헛소리를 울리며 백교가 몸을 움츠렸다. 아가리는 있는 대로 벌린 채였다.

노리고 있던 기회가 온 것이다. 연비는 금빛으로 눈을 반짝이며 두 번째 뇌전을 쏘아 보냈다.

"가랏!"

혼신의 힘을 다한 일격은 한줄기 뇌전이 되어 백교의 입으로 빨려 들어갔다.

키아아아아악!!

쩍 벌어진 입 깊숙한 곳으로부터 괴이한 소리를 터뜨리며 백교는 경련을 일으켰다. 연비는 어미 백옹과 같은 전철을 밟지 않고자 즉각 뒤쪽으로 몸을 날려 피했다.

앞쪽에서 둔탁한 충돌음이 들려왔다. 바닥에 착지한 무릎으로 미미한 땅의 진동이 느껴졌다.

'쓰러졌나……'

긴장이 풀리며 눈이 스르르 감겼다. 팽팽한 신경의 끈이 느슨해지고 전신의 뼈와 근육이 비명을 지르며 삐걱거린다. 일부는 이미 파열된 것 같았다. 연비는 그대로 바닥에 주저앉았다.

길게 느껴졌어도 기껏해야 반 각(半刻)도 채 안 되는 짧은 전투였기에 망정이지, 좀 더 길어졌으면 십중팔구 사지의 뼈마디마저 남아나지 못했으리라.

"여, 연비! 괜찮아요?"

바위틈에 숨어 있던 린이 뒤쪽에서 급히 달려왔다. 연비는 눈을 번쩍 뜨며 정신을 차렸다. 눈빛은 이미 원래대로 돌아간 뒤였다.

"우욱… 좀 무리했지만 그럭저럭 괜찮아요. 린은요?"

인두로 지지는 듯한 고통이 사지를 타고 달렸지만, 연비는 이를 악물고 참았다.

"괜찮아요."

린은 울지도 웃지도 못하고 창백하게 질려 있었다. 린이 숨어 있던 바위틈에선 나무들 때문에 시야가 가려져 있었다. 연비가 계속 등을 돌리고 있었던 탓에, 대체 무슨 수로 백교를 쓰러뜨린 건지도 정확히 알 수 없었다.

그러나 어른거리는 윤곽과 움직임만 봐도 중요한 내용은 대강이나마 알 수 있었다. 연비가 꼬리에 맞아 날아갔던 것, 백웅이 죽었다는 것, 그리고 보초가 잡아 먹혔다는 것까지.

 "미안해요. 내가 돌아가기 싫어서 모두들……."

 린의 눈에 그렁그렁 눈물이 맺혔다. 끔찍한 참사가 모두 자기 탓인 것만 같았다.

 "린은 정말 착하군요. 나라면 왜 그때 돌을 던졌냐고 화냈을 텐데. 나야말로 미안해요."

 연비는 주저앉은 채로 쓴웃음을 지었다.

 "백웅을 구하려고 그런 거였잖아요."

 "그렇긴 하지만… 아, 그러고 보니 새끼 백웅들은 괜찮나 모르겠네요. 같이 가볼까요? 이젠 백교도 쓰러졌으니까."

 연비는 끙끙거리며 천천히 몸을 일으켰다. 한순간 숨이 막히는 줄 알았다.

 연비는 눈앞에서 오락가락하는 별을 감상하며 둥지를 아예 통째로 갖고 내려왔다. 둥지를 들여다본 린의 눈에 또다시 눈물이 그렁그렁 맺혔다.

 백웅의 둥지 속에서 그들을 기다리고 있던 것은 오직 한 마리뿐. 나머지 세 마리는 모두 힘없이 온기를 잃고 있었다. 연비는 쓸쓸하게 한숨을 내쉬었다.

 "그렇게 필사적이었는데……."

 겨우 꼬물거리고 있는 한 마리 역시 언제 죽어도 이상하지 않을 만큼 위태로웠다. 그대로 놔두면 하루도 지나지 않아 차갑게 식어버릴 게 분명했다.

 "힘들긴 하겠지만, 데려가서 키워야겠죠?"

 린은 급히 고개를 끄덕였다. 연비는 둥지에서 떼어낸 지푸라기를 손수건 위에 깔고는 그것으로 어린 새를 살며시 감쌌다.

"그럼 잘 부탁해요. 린은 틀림없이 잘 기를 수 있을 거예요."
"웃, 제가요?"
감싸진 새를 연비에게서 무심결에 건네받다가 린이 당황했다.
"그럼요. 내가 맡는 건 위험해요. 당분간은 계속 따뜻하게 돌봐줘야 할 텐데, 날마다 돈을 버느라 집을 비워야 하거든요."
"그, 그런……."
"믿고 맡길 사람은 린밖에 없어요. 이 아이가 엄마나 아빠 백웅처럼 자라서 멋지게 하늘을 가르는 모습을 보고 싶지 않아요?"
"……."
린은 그 두 백웅이 떨어져 있는 옆을 돌아보았다. 가슴이 뭉클해지면서 하늘을 가르던 백웅의 모습이 떠올랐다.
"알겠어요. 그런데 연비, 우리… 묻어주면 안 될까요?"
연비는 고소를 지었다. 극히 무리한 상태라서 이제는 손발이 떨릴 지경이었다. 그저 서 있는 게 고작이었지만, 그나마 슬슬 사람들이 도착할 때였다.
"한 놈만 빼고는 당연히 그렇게 해야죠."
"네?"
무슨 말인지 의아해하는 린에게 연비는 피식 웃어 보였다.
"저놈 말이에요. 몸도 무식하게 크거니와 이 비극의 원흉이니까."
그렇게 투덜대며 뒤를 흘겨보는데, 백교의 허연 비늘이 어째 슬그머니 움찔거리는 듯한 느낌이 들었다.
"어라? 설마!"
순간, 백교는 눈을 번쩍 뜨며 쾌속하게 몸을 일으켰다. 아까부터 마지막 기회를 노리며 깨어 있던 모양이었다.
쐐르르르르……!

내장에 구멍이 났는지 괴이한 소리를 울리며 백교가 날아올랐다.
"헉, 피해!!"
다급히 린을 밀쳐 냈다. 린이 뒤로 쓰러지는 게 보였다.
콰악!
순간 등이 화끈했다. 백교의 독니가 등을 긁고 지나간 탓이었다. 불에 덴 듯 뜨거운 통증과 함께 순식간에 몸이 마비되기 시작했다.
'독(毒)······.'
연비의 정신도 급속도로 마비되어 갔다.
'백교의 독은 해독제를 구하기 힘들다고 사부가 그랬는데······.'
―연비, 연비!
어디선가 희미하게 울먹이는 목소리가 들려왔다.
―까아아악!!
아득한 심연으로 추락해 들어가며 연비는 점점 멀어져 가는 비명 소리를 들었다.
'아, 린의 비명이다. 어서 일어나야······.'
하지만 손도 발도 이미 감각이 없다. 심장 소리도 점점 희미해진다.
―이 멍청한 녀석! 바보짓 좀 작작해라!!
심연의 밑바닥으로부터 사부의 욕설이 들려오는 것 같다.
'시끄러워요, 곧 죽을 제자한테 욕은!'
뭔가 더 그럴듯한 항변을 해주고 싶지만, 이미 말은 한마디도 할 수 없었다. 이제는 머리도 제대로 돌아가질 않는다.
정신이 아득해지는 가운데, 연비는 마지막으로 생각했다.
'아, 다시 태어나면 앞으론 꼭 확인사살할 거야.'
완전한 어둠이 연비의 심신을 먹어치웠다.

저승길은 편하게
—어둠 속의 목소리

"정신 차려라, 이 녀석아!"
 먼 곳, 어딘가에서 목소리가 들린다. 익숙한 목소리. 하지만 자주 듣고 싶은 목소리는 아니었다.
 '아, 시끄러워요. 저승길이라도 좀 편히 갑시다.'
 다시 어둠 저편에서 소리가 들린다. 절박한 목소리였다.
"네 녀석은 죽을 수 없다! 죽으면 안 돼! 죽지 마!"
 '어어, 설마 슬퍼하는 거예요? 그럼 진작 있을 때 잘해주시지.'
 절박한 목소리는 금세 거칠게 바뀌었다.
"이 버릇없는 놈, 허락도 없이 맘대로 죽을 셈이냐!"
 '뭐, 죽는 것 정도는 맘대로 해도 되는 거 아닌가. 물론 이번엔 전혀 그럴 맘은 없었지만.'
 그리고 보면 자업자득이었다. 린이 무사하길 빌었지만, 마지막에 아스라이 들려왔던 비명 소리가 마음에 걸렸다. 하지만 저승길을 앞둔 지금,

후회는 되도록 떨쳐 버리는 게 좋았다.

'미련이 많으면 원귀(冤鬼)가 된다던데. 음. 그럼 사부한테 들러붙어야지.'

"괘씸한 녀석! 냉큼 눈 뜨지 못할까? 네놈은 아직 할 일이 많아!"

다시 어둠이 쟁알거린다.

'일? 그럼 그렇지, 슬퍼하긴 개.뿔.이. 그리고 나이 드신 분이 자꾸 흥분하지나 마세요. 저승에 가자마자 또 만나긴 싫다구요.'

"이놈, 혹시 일하기 싫어 농땡이냐! 이런 식으로 먼저 죽으면 나중에 쫓아가서 백배천배 후회하게 해주마! 흥, 어디 한 십만 년 동안 부려먹어 줄까, 앙?"

어둠 저편에서도 절절한 진심이 전해져 온다.

'앗, 그건 절대 사양! 저 같은 건 부디 잊어주세요!'

이런 지긋지긋한 악연은 지금까지도 충분하다.

"네놈이 없으면 누가 날 먹여 살리냐? 어서 정신 차리고 돈 벌러 가야지! 냉큼 일어나지 않으면 반 각(半刻)에 삼만 년씩 일거리를 늘려주마! 그것도 지금의 두 배로!"

번쩍!

그 순간 자동반사적으로 눈이 떠지면서 환한 빛이 밀려들었다.

익숙한 천장, 익숙한 공기……. 하지만 몸은 무겁기만 할 뿐 아무런 감각이 없었다. 눈동자만 이리저리 움직일 수 있는 정도였다.

"정신이 드냐?"

시선을 돌려 옆을 바라본다. 언제나 보아온 지겨운 수염이 보인다. 그 옆엔 어울리지 않게 약탕기가 보였다. 뭘 끓인 걸까? 지금은 알 수가 없다.

"싸… 부……."

"왜?"

퉁명스럽게 노인이 반문한다.

"우리의 악연은… 역시 저승까지였던 건가요."

딱!

눈앞에서 여느 때처럼 별이 반짝인다. 왠지 반갑다.

"저승에서까지 폭력을……."

"시끄럽다! 시답잖게 헛소리할 거면 더 때려주랴?"

화내는 얼굴이 어째 창백해 보인다. 많이 놀랐나? 에이, 설마.

"나… 살아 있는 거예요?"

아무래도 저세상은 아닌 모양이었다.

"당연하지. 네 녀석이 내 허락도 없이 죽을 수 있을 것 같으냐? 헹, 어림도 없지, 어림도 없고말고."

여느 때와 같은 사부지만, 뭔가 조금 다르다. 심기가 불편하다 못해 심상한 모습이었다.

"일어나라!"

사부가 퉁명스레 말했다.

"으윽, 나 중환자인데. 사부도 가끔은 온정을 베풀어보라구요."

"더 맞고 싶냐?"

사부가 슬그머니 주먹을 들었다. 거짓말처럼 몸이 움직였다. 인간의 정신력, 아니, 공포의 힘은 위대한 것이었다.

이것이 바로 반복 학습의 힘!

어느새 조금씩 잃어버린 감각들이 돌아오고 있었다. 찢어지는 고통과 함께.

"크윽!"

"마셔라!"

겨우 일어나 앉자, 사부는 퉁명스럽게 사발 하나를 불쑥 내밀었다. 왠지 위험한 냄새가 풍기는 검고 진득한 액체가 김을 뿜고 있었다.

"시커멓게 생긴 게 꼭… 독(毒) 같네요."

"독은 무슨! 약이다, 약! 냉큼 마셔라, 식는다."

"약이라면, 사약(死藥)……?"

한 번도 이런 적이 없었으니, 의심이 드는 것도 무리는 아니었다.

"역시 맞고 싶은 게로구나."

원한다면 얼마든지 때려주마! 꽉 움켜쥔 주먹은 그렇게 말하고 있었다.

"아뇨. 오해입니다."

정중히 거절하고 약을 받아 들었다. 하얀 사발과 검은 액체가 뚜렷한 흑백 대비를 보이고 있었다. 잠시 그 고약하게 생긴 검은 물결을 바라보다가 눈을 딱 감고 벌컥벌컥 들이켰다.

"우엑, 써라. 응?"

텅 빈 사발을 내려놓는데 입 안에서 뭔가 걸리는 게 있었다. 혀로 밀어 빼내보니 어딘가 친숙해 보이는 하얀 비늘이 나왔다.

"이거, 대체 뭘 달인 거죠?"

아무리 달이고 농축한 맛이라지만, 쓴맛 속에 숨어 있는 이 수상쩍은 비린 맛. 비록 시커먼 국물로 변했다 해도 그것이 원래 무엇이었는지 대충 짐작할 수 있었다.

"아. 그거? 그러고 보니……"

퍽!

이미 꿀밤이라고 할 수 없는 강력한 타격이 머리로 날아왔다.

"아욱!"

"멍청한 놈! 백교가 바로 옆에 있었던 걸 다행으로 알아라! 백교의 독에는 어떤 약도 안 듣는다고 내 미리 경고했거늘, 넌 그때 졸았냐? 엉?"

"그럼 해독제라는 게……."

"독과 해독제는 가까운 법. 백교의 독은 그 자리에서 백교의 피를 마셔서 진정시킨 다음, 비늘 한 줌과 심장을 다려서 삼 일 밤낮으로 완전히 제거해야 하지. 일각이라도 늦었으면 바로 황천길이었다!"

사부의 비아냥은 듣기 싫었지만 별달리 대꾸할 말은 없었다. 독이 퍼지던 속도를 떠올려 보면 사부의 말은 거짓이 아니었다. 때마침 처치를 해주지 않았으면 영영 돌아오지 못했으리라.

구사일생에 기뻐하고 있자니, 신경 쓰이는 것들이 하나씩 생겼다.

"근데, 제 옆에 있던 여자애는 어떻게 됐어요?"

"몰라. 떨거지들이 잘 데리고 갔겠지."

전혀 관심없다는 말투다.

"떨거지라니요? 다치진 않았어요?"

사부의 두 눈이 가늘어지고 입가가 슬며시 위로 올라갔다.

"호오, 벌써부터 밝히는 게냐? 어쩐지 요새 들떴다 싶더라니."

"이익! 크억!"

화를 내려니까 갑자기 숨이 턱 막히고 식은땀이 흐른다. 아직 남아 있는 독의 여파인 것 같았다. 아니면 전력 개방의 후유증이거나.

"진정해라. 입에서 거품 나올라. 암튼 아가씨 아가씨 하던데 뭔 놈의 아가씨가 그렇게 시끄러운지 원."

귀찮았다는 투로 고개를 절레절레 젓는다. 더 이상은 물어봐도 제대로 답해주지 않을 것 같았지만, 말투로 보건대 걱정하던 일은 일어나지 않은 모양이었다.

'마지막에 들린 비명 소리는 착각이었나?'

그렇다면 달리 신경 쓰이는 것들 중에 사부에게 물어볼 내용은 한 가지뿐이었다.

"백교… 나머지 부위는 거기 그대로 있어요?"

"미쳤냐? 싹 다 이리저리 해체해서 여기저기 팔아야지. 희귀하고 근수도 많이 나가니 꽤 많이 받을 수 있을 게다. 크흠. 심장도 값이 꽤 높았을 것을, 팔지도 못하고 써야 하다니. 아깝게시리……."

어이없는 궁싯거림에 왠지 인상이 구겨졌다.

"그래도 내가 다 잡은 건데……."

자신에게도 조금은 처분에 대한 권리가 있는 게 아닌가 하는 주장이었다. 주장에 대한 대가는 사부의 콧방귀였다.

"홍. 확실하게 숨 끊어놓는 사람이 임자지 무슨 헛소리냐. 죽었다 살아난 놈은 이 사부의 하해와 같은 은덕에 감사나 하고 있어라. 생명의 빚이 얼마나 큰지는 네놈도 모르진 않겠지?"

"윽!"

역시 사부는 만만하지가 않았다.

'하긴 그 게으른 성격에 약까지 달여준 것만 해도 기적이지.'

체념은 빠르고 간단했다. 좀 묘한 기분이 들기도 했다, 이럴 때는 사부에게도 조금쯤 고마워해야 하지 않을까 하는.

"아참! 그 생명의 빚은 말이다."

기분이 한결 산뜻해졌는지 사부의 목소리가 약간 부드러워졌다. 왠지 고마운 마음이 곧 사라져 버릴 것 같은 예감이 들었다.

"일해서 갚아라!"

역시, 사라졌다.

* * *

"그땐 정말로 연비가 죽는 줄 알았어요."

아직도 그때의 기억이 생생한지 나예린이 진저리를 치듯 말했다.

"나도 그랬어요. 빚이 생겨 버리긴 했지만 다행히 목숨은 건졌죠."

"빚이라뇨? 설마 치료비 때문에……."

어렸을 때는 그런 것까지 생각이 미치지 못했었는데, 돌이켜 보면 연비는 당시에도 이미 음률과 가무를 팔던 신세였다. 안 그래도 가난한 처지에 갑작스레 치료비를 낼 수 없어 빚을 냈는지도 몰랐다. 자신이 모르는 새에 연비는 얼마나 고생을 했을까를 생각하면 나예린의 마음은 천근만근 무거워졌다.

"후후후, 걱정 말아요. 그냥 사부가 억지로 뒤집어씌운 정신적인 빚이니까요."

"정말이죠, 연비?"

"물론이죠."

연비가 싱긋 웃었다.

"아. 그 어르신은 잘 계신가요? 생각해 보면 저한테도 소중한 은인이신데, 죄송하기도 하고."

연비는 몸을 흠칫했다.

'소중한 은인? 그보다 죄송하다는 건 또 뭐지?'

"연비뿐 아니라 저도 구해주셨는데 그런 무례를… 아, 그리고 보니 그 이후에 연비를 만났을 땐 그저 기뻐하다가 자세히 말을 못해줬네요."

연비는 고개를 끄덕였다. 정확히는 기뻐서 계속 울먹이느라 제대로 말을 못한 거지만.

"그때, 연비가 쓰러지고 백교가 저한테 달려드는 것을 어르신이 막아주셨어요. 이렇게요."

나예린은 가볍게 웃으며 한쪽 손을 위로 들더니, 무심결에 날파리를 쫓듯 손을 살짝 털었다.
"그 손짓 한 번에 백교가 그대로 절명했어요. 이미 죽어가는 때였다곤 해도 정말 대단한 분이었어요. 그러니까 연비도 그때부터 그렇게 강했겠죠."
연비는 웃기는커녕 얼굴이 뻣뻣해졌다. 누구는 생사를 오가며 덤벼야 했던 상대를 파리 쫓기 한 방에 날려 버리다니, 역시 괴물 사부였다.
"그런데 감사 인사를 드리기는커녕, 때마침 달려온 분들이 제가 우는 걸 보고 오해를 해서……."
뒤는 말하지 않아도 훤했다.
'악당인 줄 알고 달려들었겠지. 뭐, 악당이 맞긴 하지만.'
"그분들, 다치진 않았나요?"
"…거의 괜찮았어요. 날아간 것치고는."
"날아가요?"
연비의 반문에 나예린은 약간 곤혹스런 표정으로 예의 그 파리 쫓기 동작을 다시 한 번 해 보였다. 연비는 한숨을 내쉬었다.
"그리고는 곧바로 연비의 입술에 백교의 피를 흘려 넣으시더군요. 그 땐 사람들도 오해한 걸 알고 사과하려고 했는데 어르신이 그냥 가버리셨지요. 연비를 들쳐메고 백교도 끌고 가시더군요."
그제야 연비는 린의 안부를 물었을 때 사부가 마뜩찮아 했던 이유를 이해할 수 있었다.
"지금도 어르신은 건강하시겠죠? 제게도 은인이신 분이니, 실례가 아니라면 존성대명이나 계신 곳을 알 수 있을까요?"
"그건… 밝히는 걸 따로 허락받지 못해서요. 건강이라면야, 아마 죽여도 죽지 않을 정도로 정정할걸요."
다소 기이한 대답이었지만 나예린은 쉽사리 수긍했다. 사문에 관한 것을 밝히지 말라고 제자들에게 명하는 은거기인들은 원래부터 종종 있었다. 그럴 때는 본인이 밝히지 않는 이상 캐묻지 않는 것이 예의다.

"그렇군요. 그땐 제대로 인사도 못 드린 탓에 다시 한 번 뵙고 싶었는데 유감이네요. 그치만 어쩐지 한 번 정도는 꼭 다시 만나뵐 수 있을 거라는 생각이 들어요."

순간 연비는 돌덩이처럼 굳었다. 자신의 몸에 다시 피가 도는 것을 느낀 것은 조금 지난 후였다.

"다음번에 뵙게 되면 꼭 정중히 감사드려야겠어요."

연비는 경악한 얼굴로 나예린의 어깨를 두 손으로 덥석 붙잡았다.

"아니에요, 린! 그런 생각은 당장 떨쳐 버려요! 그런 무시무시한 과거는 인생에 한 번 스쳐 지나간 것만으로도 크나큰 불행! 게다가 다시 만나다니, 그땐 린까지 불행해지고 만다구요! 그런 무서운 말은 두 번 다시 입 밖에 내지 마세요! 알았죠?"

왜 그러는지는 몰라도 도저히 거부할 분위기가 아니었다. 반드시 다짐을 받아놓겠다는 강경한 태도였다. 지금까지 연비가 이렇게 기겁을 하는 것은 한 번도 본 적이 없었다.

"아, 알았어요."

나예린은 얼떨결에 고개를 끄덕였다. 그제야 안심이 되는 듯 연비는 다시 몸가짐을 바로 하곤 환하게 미소 지었다.

"하아, 바로 그거예요, 린!"

사부, 천무학관에 난입(亂入)하다
—허구(虛構)의 우상

 천무학관의 정문에서 이어지는 중앙 대로 한가운데는, 거대한 동상 하나가 우뚝 서서 풋풋한 무인들을 항상 내려다보고 있다. 이 동상을 지날 때는 가볍게나마 공손히 예를 표하는 것이 관례였다. 지금의 무림을 존립하는 데 큰 기둥이 된 사람을 기리고, 그를 본받아 정진하라는 의미였다.
 그런데 오늘 그 동상을 빤히 올려다보는 노인 한 명이 있었다. 그 노인의 눈에 서린 것은 지독한 회의와 의아함이었다. 이 노인에게 이런 감정을 불러일으킨다는 것은 실로 대단한 업적이었는데, 천무학관은 동상 하나로 그 일을 성공시킨 것이다.
 노인은 정체는 물론 노사부였다.
 "이보게, 뭐 하나만 물어보세."
 노사부가 길 가던 사람 하나를 붙잡고 물었다. 우연찮게 노사부의 마수에 걸린 불쌍한 사람은, 화산비천웅이란 멀쩡한 별호를 지니고서도 여태껏 천음선자 홍란에게 별 고백도 못하고 끙끙 앓는 불우한 무사부 문일기였다.

"예, 말씀하십시오."

바쁜 길이라 번거롭게 느껴졌지만, 문일기는 걸음을 멈추고 동상을 향해 가볍게 예를 표한 다음 답했다.

"이 동상은 도대체 누구 동상인가?"

"예?"

오히려 반문한 쪽은 문일기였다.

'혹시 노망나셨나요?' 라고 묻지 않은 것은 그가 장유유서(長幼有序)의 도리를 아는 사람인 덕분이었다. 그 예의가 그의 목숨을 구했다.

"거기 분명히 적혀 있습니다만……."

상대가 누군지 모르니 자연스레 존댓말이 나왔다. 혹시 글을 못 읽는다면 낭독해 줄 용의도 있는 것처럼 친절한 말투였다.

그가 가리킨 현판에는 네 줄의 글귀가 웅비하고 힘찬 서체로 새겨져 있었다.

천무학관(天武學館) 시조(始祖)
하늘의 무(武)
무신(武神)
태극신군(太極神君) 혁월린(赫月璘)

"나도 글은 읽을 줄 아네."

그 글귀가 심기를 자극한 것일까? 미간을 살짝 찌푸리며 노사부가 퉁명스레 대꾸했다.

"그럼 무슨 일로?"

까막눈도 아니라면 역시 노망인 거라고 문일기는 확신해 갔다.

"노부가 궁금한 건, 마치 신선처럼 수염을 길게 늘어뜨리고 얼굴 선이 사내답고 늠름하며, 탄탄하고 단단한 두 팔로 각각 한 자루의 검과 한 자루의 도를 들고 있는 저 풍채 좋은 사람이 대체 어디 사는 누구냐 그 말일세."

동상의 모습은 노인이 숨도 안 쉬고 표현한 것처럼 매우 위엄있고 남성적이었다. 딱 이야기에서 나올 법한 그런 모습이었다.

"그러니깐 저분이 바로 천무학관의 개창자이자 그 유명한 무신 혁월린……."

딱!

문일기의 눈에서 별이 반짝였다. 언제 뭐가 어떻게 날아왔는지도 볼 수 없었다.

"거짓부렁도 유분수지!"

노사부의 입에서 불호령이 떨어졌다.

"자네, 직접 본 적은 있나, 그 무신인지 뭔지 하는 사람을?"

"소생에겐 아직 그런 광세의 기연은 없었던지라……."

노인의 알 수 없는 박력에 문일기는 저절로 말문이 막혔다.

'아니, 이럴 수가! 천무학관의 무사부씩이나 되어서 도대체 이 무슨 추태인가?'

마음 한 켠에선 그런 의문이 불쑥불쑥 고개를 쳐들었으나 어찌 된 일인지 저항할 수가 없었다. 묻는 말에 순순히 대답하는 것이 고작이었다.

"이 동상, 대체 언제 만들어진 건가?"

다시 노사부가 추궁하듯 물었다.

"분명 오십 년 정도 된 걸로……."

그런데 아직도 별다른 흠집 없이 매끈한 걸 보면 관리 하난 철저히 해온 모양이었다. 그러나 지금 문제시되는 부분은 그와는 관계없는 주제였다.

"이 동상이 세워질 때 본인도 그 자리에 있었나?"

무신 혁월린을 가리키는 말이었다.

"아, 아닙니다. 그땐 이미 은거하신 지 오래된 후라……."

문일기도 그 정도는 들어서 알고 있었다.

"그럼 동상 만드는 사람은 뭘 근거로 이런 물건을 내놓은 건가? 초상화라도 있었나?"

"아뇨, 그건 아닌 것 같습니다만."

자꾸만 높아지는 압박 수위에 당황하며 문일기가 대답했다.

"호오, 그럼 아무런 근거도 없이 상상으로 만들었단 말인가?"

이상하게도 송골송골 맺히는 식은땀을 훔치며 문일기는 필사적으로 변명을 늘어놓았다.

"그, 그렇습니다. 하나 이건 어디까지나 그분의 업적을 기……."

"홍, 시끄럽네. 거참, 지나가던 개가 웃을 노릇이로군. 본인이 그렇게 해달라고 부탁하기라도 했나? 저렇게 콧구멍 한 짝도 안 닮은 볼품없는 동상을 세워달라고?"

검지로 동상의 가리키며 노사부가 힐난했다.

"그, 그건 물론 아닌 것 같습니다만……."

"허참! 상상만으로 자기 마음대로 만들어놓다니, 기가 막혀서 원. 저런 불쾌하기 짝이 없는 물건은 당장 치워 버리게!"

"그, 그럴 수야……."

그것은 터무니없는 요구였다. 이 동상은 천무학관의 상징과도 같은 물건이었다. 그걸 정체 모를 노인네가 지나가다 던진 말 한마디 때문에 냅다 치울 수야 없는 노릇이었다.

"싫다는 겐가?"

"그, 그보단 제 권한 밖의 일인지라……."

"그래? 그렇단 말이지?"

잠시 생각에 잠긴 노사부가 다시 문일기를 바라보았다. 왠지 모를 불안감에 화산비천웅은 소심한 참새처럼 몸을 움츠렸다.

"할 수 없군. 자신들의 과오는 스스로 바로잡게 만들고 싶지만, 이번만은 노부가 특별히 수고를 덜어주도록 하겠네!"

"……?"

쾅!

서너 다발의 천둥이 한꺼번에 몰아치는 굉음이 학관 전체를 쩌렁쩌렁 울렸다. 하늘이 무너지는 게 아닌가 싶을 정도였다.

피유우우웅!

한자리에 못 박힌 듯 오십 성상을 지키고 있던 동상이 오늘 드디어 자유를 찾아 하늘로 높이높이 날아올랐다. 작은 새들과 바람이 그의 곁을 스쳐 지나갔다. 하지만 갑작스레 얻은 자유는 그리 길지 않았다. 십여 장을 날아간 동상은 청석 바닥으로 낙하해 머리를 부딪치더니 호숫가에 던진 물수제비처럼 십수 번을 튕긴 다음 앞쪽에 놓인 본관 건물에 그대로 처박혔다.

도저히 인간의 능력이라고 생각할 수 없는 능력이었다.

떠헉!

문일기는 너무 경악한 나머지 턱이 빠지고 말았다.

적의 기습이 아닌 이상 울릴 일이 없는 특일급 비상경보가 천무학관을 들쑤셔 놓았다.

서둘러 무장을 챙긴 무사부들은 최대한 빠른 경공을 사용해 급히 현장으로 달려갔다. 그중에는 천무학관의 관주 철권 마진가도 끼어 있었다. 마진가는 마침 비상종이 울릴 때 가까운 곳에 있었기 때문에 금방 현장으로 달려갈 수 있었다.

　문제를 일으킨 자는 전혀 도망갈 생각이 없는지 그 자리에 그대로 서 있었다.

　금세 포위망이 형성되었다. 포위망이 완성되는 것을 느긋하게 관망하며 노사부가 중얼거렸다.

　"좀 늦구만."

　도망치기는커녕 기다린 모양이었다.

　"이, 이럴 수가!"

　무사부들은 자신들이 본 광경을 믿을 수 없었다. 존경해 마지않는 대영웅의 동상이 십여 장 밖의 건물에 거꾸로 처박힌 꼴이라니.

　'누가 천무학관 앞마당에서 이리도 대담한 짓을 벌였단 말인가!'

　그동안 아무도 상상할 수 없는 사태가 벌어진 것이다.

　"이놈! 감히 무신님을 모욕하다니!"

　비분강개한 목소리로 한 무사부가 외쳤다.

　"모욕? 누가 누굴?"

　노사부의 시선이 흘깃 그 무사부를 향했다.

　"헉!"

　이게 어찌 된 일인가. 저 정체불명의 노인과 시선이 마주친 순간, 그는 숨조차 제대로 쉴 수 없었다.

　"물었다. 누가 누굴 모욕했다는 게냐?"

　낮지만 강한 힘이 담긴 목소리였다. 여전히 숨 쉬기가 버거운 듯 그 사내는 파리한 얼굴로 숨을 헐떡였다.

　'범상한 고수가 아니구나!'

마진가는 직감적으로 그 사실을 알 수 있었다.

"멈추시지요."

나직한 목소리에 힘을 담아 마진가가 말했다.

"응?"

노사부의 시선이 그 사내를 떠나 마진가를 향했다. 그제야 겨우 숨 쉬기가 편해진 남자가 털썩 자리에 주저앉았다.

"자넨 누군가?"

노사부가 물었다.

"전 미욱하나마 이 천무학관을 맡고 있는 관주 마진가라 합니다. 실례가 되지 않는다면 존성대명을 알려주시겠습니까?"

마진가를 위아래로 한 번 훑어본 후 노사부가 퉁명스레 말했다.

"넌 아직 그럴 자격이 없다."

주위를 단숨에 경악의 도가니로 몰아넣는 엄청난 발언이었다.

"가, 감히!"

당장이라도 무례한 늙은이를 때려잡겠다고 분기탱천해서 달려들 태세였다. 마진가는 무사부들을 저지하며 침착한 어조로 지시했다.

"함부로 끼어들지 말게나!"

그는 알 수 없는 본능적인 위협을 느끼고 있었다. 지난 세월을 돌이켜 본 결과 지금은 그 본능에 충실히 따라야 할 때였다. 그 대처가 노사부의 마음에 좀 든 모양이었다.

"자네가 여기 책임자라고?"

"그렇습니다."

"그렇다면 저기 저 동상을 누가 만들었는지 알겠군?"

"말씀드리기 전에 고인께 한 가지 묻고 싶은 것이 있습니다."

"물어보게."

사부, 천무학관에 난입(亂入)하다 253

"고인께서 무신님을 모욕한 이유는 무엇입니까?"
"모욕? 하, 적반하장이로세. 누가 누굴 모욕했는지 모르겠군. '그 녀석'을 모욕한 것은 네 녀석들이 아니냐?"
기분이 몹시 상했다는 목소리다. 필시 그들의 주장이 아주 어이없게 들린 탓이리라.
'그, 그 녀석이라니……'
무지막지하게 신경 쓰이는 호칭이 아닐 수 없었다. 도대체 무슨 관계이기에 천하의 무신을 '그 녀석'이라 호칭할 수 있단 말인가?
"저희들이 무신님을 모욕할 리가 없지 않습니까? 저희는 그분을 누구보다도 존경하고 있습니다."
마진가가 항의했다.
"그럼 저기 저 보기 흉한 동상은 대체 뭐냐?"
자신이 날려 버린 동상의 발바닥을 가리키며 노사부가 힐문했다.
"그러니깐 그건 그분의 뜻을 기리기 위해……"
노사부는 가소롭다는 듯 혀를 찼다.
"기려? 모욕이 아니고? 우상 신봉자도 이따위 동상을 만들지는 못할게야. 암, 그렇고말고."
"모, 모욕이라니요? 어떻게 그런 말씀을! 그런 말이야말로 저희에 대한 모욕입니다!"
마진가는 용감했다.
"그럼 아니라고?"
노사부가 반문했다.
"물론 아닙니다."
마진가의 답에 노인은 뭐가 그리 우스운지 배꼽을 잡고 웃어댔다.
"크크큭! 크하하하! 재밌군, 재밌어. 좋아, 다시 한 번 묻겠다. 마치 신선처럼 긴 수염에 사내다운 얼굴 선, 탄탄 단단한 두 팔로 검과 도를 들고 있는 저 풍채 좋은 사람이 어디 사는 누구라고?"

"그러니깐 당연히 무신……."

노사부의 시선이 정면으로 쏟아지자 마진가도 더는 말을 이을 수 없었다. 뱀 앞의 개구리처럼 온몸이 옥죄는 느낌을 받았던 것이다.

"아직도 그런 헛소리를 지껄일 테냐? 너, 사실 저 녀석 만난 적 없지?! 여기 책임자씩이나 되면서!"

푹!

노사부의 말은 비수가 되어 마진가의 심장에 박혔다. 사실 그도 무신에 대한 이야기는 소문으로만 들었을 뿐 만난 적은 없었다.

"여기서 그 녀석을 직접 본 놈은 한 놈도 없는 게냐?"

주위를 빙 둘러보며 노사부가 물었다.

"딱 한 사람 있습니다."

잠시 생각해 보던 마진가가 대답했다.

"그게 누구냐?"

노인이 흥미를 나타내며 반문했다.

"마침 저기 오시는군요."

그의 손가락이 향한 곳에서 한 노인이 무시무시한 표정으로 흙먼지를 일으키며 맹렬하게 달려오고 있었다. 날카로운 보검을 빼 들고 질풍처럼 달려오는 노인의 정체는 바로…….

"바로 저분, 이곳 천무학관의 최고 원로이자 고문이신 검존 공손일취 선배님이십니다."

마진가가 짧게 소개했다. 그러나 지금의 공손일취는 어딜 보나 대화를 할 만한 상태는 아니었다.

사부, 천무학관에 난입(亂入)하다

"비켜라!"

질풍이 무색하게 달려오던 공손일취는 벽력처럼 대갈일성을 터뜨렸다. 두 눈에서 분노의 불꽃이 뿜어져 나올 것 같았다. 참담하게 처박힌 동상을 목격한 게 틀림없었다. 백 살이 넘었어도 성급한 건 여전한 모양이었다. 그 성급함만 없애면 검성과 동급이 될지도 모를 일이었으나, 그런 것은 자각하지 못하는 듯했다.

"하압!"

힘찬 기합성과 함께 공손일취가 지면을 박찼다. 신형이 비조처럼 허공을 가른다. 백 살이 넘은 노구라고는 전혀 생각할 수 없는 호쾌한 움직임이었다.

합합합합!

오 장 넘은 곳에서 허공 높이 도약한 검존은 공중에서 다시 허공을 밟으며 대여섯 걸음 더 신형을 옮겼다.

"오옷! 저것은 바로 전설의 허공답보(虛空踏步)!"

경신법의 극의라 칭해지는 전설의 경지, 공중을 맨땅처럼 걷는 궁극의 경지, 바로 허공답보의 경지였다. 검존이 이처럼 무위를 자랑하는 일은 무척 드물었기에, 중인들의 입에선 자연히 감탄사가 흘러나왔다.

"오오오옷! 처음 봤다!"

허공답보(虛空踏步). 문자 그대로 허공을 지면처럼 밟으며 걷는 기술!

무림 전체를 드넓은 백사장에 비유하자면, 물 위를 걷는다는 등평도수의 경지에 도달하는 자는 전체를 통틀어 한 줌도 채 되지 않는다. 허공답보라는 환상의 경지는 더 더욱 성취가 어려운지라 지난 수십 년간 강호상에서 단 한 번도 그 모습을 목격할 수 없었다. 기술을 넘어선 하나의 경지. '있다 카더라' 하는 식의 이야기로나 회자되던 환상의 경지가 눈앞에서 실시간으로 펼쳐지는데 어찌 감동하지 않을 수 있겠는가.

거기서 끝이 아니었다.

"하압! 상—승(上昇)!"

창천일소성과 동시에 공손일취의 신형이 공중에서 사라졌다.

"오오오오오!"

허공의 바람을 밟고 도약해 태양 속으로 모습을 감춘 것이다. 내리쬐는 태양 빛에 눈이 부신 나머지 사람들은 그만 그의 신형을 놓치고 말았다.

노사부는 공손일취의 행동엔 그다지 관심이 없는지 태평하게 뒷짐 진 자세로 가만히 서 있었다.

"지존검법(至尊劍法) 오의(奧義)!"

태양 속에서 다시 힘찬 목소리가 터져 나왔다.

"지존무상(至尊無上)!"

태양의 광망은 무수한 빛의 창이 되어 뜬금없는 폭우처럼 노사부의 몸으로 쏟아져 내렸다, 여전히 뒷짐을 지고 선 노사부의 몸을 단숨에 꼬치 신세로 만들기 위해서.

같은 기술인데도 공손절휘가 잠시 보여줬던 그 초식과는 차원이 다른 위력이었다.

"모두 물러나게! 위험하네!"

다급한 목소리로 마진가가 외쳤다. 아무래도 검존은 지나치게 흥분한 나머지 힘 조절에 실패한 게 분명했다. 그것도 아주 많이. 그 자리에 멍하니 서 있다간 덩달아 꼬치 신세가 될 판국이었다.

마진가를 비롯한 무사부들은 인두를 엉덩이에 들이댄 듯 화급히 그 자리를 피했다. 그러나 노사부는 여전히 미동도 없었다.

쐐애애애애애액! 파바바바바바박!

사부, 천무학관에 난입(亂入)하다

태양의 창살이 매섭게 대지를 꿰뚫었다. 수십 줄기의 검기가 대지를 헤집자 무수한 흙먼지가 뭉게뭉게 피어올랐다. 그 맹렬한 기세에 지켜보던 사람들의 간담마저 서늘해졌다.

"뼛조각은 주울 수 있을까?"

"그건 힘들 걸……."

"동감일세!"

모두들 마른침을 삼킨 채, 곧 불어올 바람이 자욱한 흙먼지를 밀어내고 보여줄 참상을 두근두근 콩닥거리는 마음으로 기다렸다. 바람이 불자 흙먼지가 쓸려 나가며 모습이 드러났다.

"크헉!"

"헉!"

"히엑!"

턱이 빠진 사람, 눈알이 반쯤은 튀어나올 것 같은 사람, 머리칼을 움켜쥔 사람 등등 가지가지였다. 그중에서도 가장 경악한 사람은 바로 지상으로 하강한 검존 공손일취 본인이었다.

"마, 말도 안 돼!"

믿을 수 없는 상황이었다. 천참만륙이 되어 천지사방으로 흩어졌을 줄 알았던 노인은 무슨 일이라도 있었냐는 듯 사지 멀쩡하게 그대로 서 있었다. 약간 달라진 점이 있다면 뒷짐을 졌던 손이 양손에서 한 손으로 바뀐 정도였다.

뒷짐을 푼 한 손은 태연하게 검존의 검끝을 잡고 있었다. 공손일취의 심장이 어찌 철렁 내려앉지 않을 수 있겠는가.

"마음도 성급하고, 검은 더 성급하군."

아무래도 교정이 필요하다고 판단한 모양이었다.

"훈계를 내리겠다."

찰싹! 찰싹!

경쾌한 격타음과 함께 공손일취의 얼굴이 오른쪽 왼쪽으로 휙휙 돌아갔다.

대낮인데도 눈앞에서 별이 반짝였다. 태양 속을 뚫고 나온 후유증 탓일까?

'와, 왕복 뺨따구!'

현세에서 벌어지리라곤 상상도 못했던 무시무시한 광경에 중인들은 내뱉던 숨도 되삼켜야 했다.

공손일취는 발갛게 달아오른 양 볼의 얼얼한 통증을 느끼며 멍하니 뒷걸음질쳤다. 그가 도착한 곳은 마진가 바로 옆 자리였다. 이제는 도대체 일이 어떻게 돌아가는 건지 본인조차도 헷갈렸다.

그러다가 자신이 당한 불합리한 모욕에 항의할 기회를 공손일취는 영영 놓치고 말았다.

"어라? 너, 어디서 본 듯한 얼굴이다?"

당장이라도 폭발코자 활화산 용암처럼 들끓던 분노가 그 한마디에 싸늘히 식어버렸다.

'그런 바보 같은 일이……. 이건 꿈이야!'

공손일취가 속으로 비명을 내질렀다. 다시 보니 자신도 기억에 있는 얼굴… 일 뿐만 아니라 이 뺨의 아픔도 기억이 있었다. 그저 기억에 있는 정도가 아니었다. 자신의 절기를 한 손으로 가뿐하게 파훼시킨 장본인의 얼굴은, 잊을래도 절대로 잊을 수 없는 바로 그 얼굴이었다.

간간이 몸이 안 좋을 때면 밤마다 악몽이 되어 자신을 괴롭히던 얼굴을 백 년이 지났다고 해서 어찌 잊을 수 있겠는가.

"분명 어디선가 봤는데……."

노사부는 아직 희미한 기억의 저편을 뒤적이고 있었다. 사소한 것은 기억하지 않는 주의라 가물가물했지만, 어딘가 익숙한 느낌이 있었다. 그것도 노사부의 기나긴 세월 속에서 뭔가 나름대로 이색적인 감상을 남겼던 느낌이었다.

"아무래도 기분 탓인 듯합니다."

좀 전과는 전혀 다른 사근사근한 말투로 공손일취가 말했다.

'제발 기억하지 마라! 기억하지 말아줘! 기억하지 말아주세요!'

검존은 속으로 절실히 외쳤으나 별 효험은 없었다.

"아, 맞다! 너, 바로 그때 그 애송이구나!"

백 년 전에 혼꾸멍냈던 애송이를 아직껏 기억하고 있었던 것이다.

'애송이?'

그 한마디에 중인들은 모두 경악했다. 애송이라니. 검존이라 불리는 이에게 가장 걸맞지 않은 표현 중 하나다. 그러나 검존은 가타부타 말이 없었다. 그는 지금 절망하느라 무척 바쁜 중이었다.

"다, 당신은……."

악몽이 현실이 되어 나타나는 통에 검존은 참으로 오랜만에 혼란과 절망의 감각을 맛보고 있었다.

"흠. 내가 혹시 잘못 본 건가?"

컴컴한 절망 속에서 검존은 희망을 한 가닥 발견했다. 그러나 노인의 눈을 마주 본 순간 그는 즉시 희망을 접었다. 그 눈은 이렇게 말하고 있었다.

난 이미 확신하고 있지만 어떻게 나오는지 한 번 봐주마.

속이려 해봤자 헛수고. 검존은 직감적으로 그 사실을 깨달았다.

"아닙니다. 맞습니다."

검존의 솔직한 자백에 노사부가 고개를 끄덕였다.

"그러리라 생각했다. 네 녀석은 여긴 웬일이냐?"

역시 확신하고 있었던 것이다.
"이분은 현재 고문으로 계시는 검존 공손일취 선배님이십니다."
대신 답한 사람은 바로 마진가였다. 막무가내로 검존을 대하는 노인의 행동은 그도 경악하고 있었으나, 검존이 곤란해하는 기색을 눈치 채고 얼른 대신 답한 것이었다.
"검존? 크, 크흠, 거 꽤 거창한 칭호를 달고 다니는구나."
웃음을 참는 게 분명한 어조였다.
"부, 부끄럽습니다."
공손일취는 무심결에 말을 더듬었다.
"아시는 분입니까?"
옆에서 있던 마진가가 소곤거리며 물었다.
"그냥 좀, 아는 사이네. 더 이상 자세히 묻지는 말게!"
째려보는 눈빛에는 단호함과 살기가 반반씩 섞여 있었다. 숨기고 싶은 과거를 캐내는 자에게 살인멸구의 감정이 치솟는 것은 인지상정 아니겠는가. 마진가도 범상한 고수는 아닌지라 그 이면에 담긴 위험을 충분히 감지할 수 있었다.
'더 이상 물으면 위험하다!'
그것은 본능이 알려주는 위험신호였다. 그러나 노인의 한마디에 공손일취의 은밀하지만 처절한 은폐 노력은 수포로 돌아갔다.
"아, 옛날에 하늘 높은 줄 모르고 개기길래 좀 만져 준 적이 있지. 그때 정말 새파란 애송이였는데 이젠 수염도 좀 그럴듯하네?"
공손일취의 수염을 힐끗 쳐다보며 노사부가 한마디 했다.
"어, 어르신!"
노사부의 생각없는 폭로에 공손일취는 울상이 되었다. 이렇게 되면 진짜 살인멸구를······.

모여 있던 중인들은 뼛골을 에이는 스산한 살기에 어깨를 움츠려야만 했다. 붉은 살기가 실핏줄처럼 흰 동공을 빽빽이 메운 눈이 주위를 훑고 지나갔다.

'다른 데 가서 주책없이 입을 놀리기만 해봐라! 죽을 줄 알아!'

주위를 둘러보는 공손일취의 눈은 그렇게 말하고 있었다.

"듣자 하니 너는 그 녀석을 만난 적이 있다고?"

"그 녀석이라시면?"

"저기 저 동상에 적혀 있는 그 본인 말이다."

"아예, 예전에 몇 번 뵌 적이 있습니다."

"그래? 그럼 그 녀석 얼굴을 기억하고 있겠군. 네 녀석이 좀 증언해 줘라. 그 이쁘장한 녀석이 이렇게 생겼었더냐?"

'이, 이쁘장하다니?'

아무리 생각해도 그들이 가진 무신 혁월린의 늠름무쌍한 상(像)과 맞지 않는 표현이었다.

"그, 그건······."

그렇다. 그는 무신의 모습을 직접 보고 몇몇 전장에서 함께 싸워보기도 했다. 그때는 천무삼성이 아직 삼성이란 이름을 얻기 전이었고, 그들 네 명을 가리켜 '사신성(四新星)'이라 부를 때였다.

그러나 '모종의 사고'로 마지막 대전에 참가하지 못하고 병상에 누운 자신은, 그들 세 명과 나란히 이름을 놓을 기회를 영원히 놓치고 말았다. 그 사고의 가해자가 바로 눈앞에 있었다. 그의 마음이 어찌 심란하지 않을 수 있겠는가.

"왜 대답이 그리 굼떠? 굼벵이를 삶아 먹다 체하기라도 했나?"

노사부가 대답을 재촉했다. 은근한 압박이었다.

"아, 아닙니다. 그러니깐······."

자신에게 쏠린 수십 개의 시선이 검존은 무척이나 부담스러웠다.

말똥말똥말똥!

'다른 곳들도 좀 쳐다보고 있지, 이 드넓은 세상에 볼 게 이 늙은 몸 하나도 아니고 말이야!'

그러나 사람들은 다들 그의 입이 열리기만을 기다리며 눈을 부릅, 귀를 쫑긋 세우고 있었다.

"자, 대답해 보게. 그 녀석이 정말 저렇게 생겼는가?"

대답에 따라 그들은 명분을 상실할 수도 있었다. 그러나 사실을 은폐할 수는 있어도 없는 일로는 만들지 못한다. 그리고 자신의 눈앞에 있는 사람은 속이려야 속일 수 없는 사람이었다.

"아닙니다. 전혀 다른 모습이셨죠."

마침내 검존은 진실 앞에 굴복했다. 대답하는 그의 어깨가 오늘따라 맥없이 축 처져 있었다.

웅성웅성웅성!

여기저기서 믿을 수 없다는 반응들이 와자지껄 튀어나왔다.

"그럼 왜 이런 엉터리 동상을 허용한 게냐?"

다시 노사부가 힐문했다.

"그게, 진짜 모습 그대로 세워놓으면 아무도 안 믿을까 봐……."

검존은 필사적으로 변명해 보려고 했으나 헛된 일이었다.

"그래서 저런 허풍 섞인 동상을 올려놓게 허용했단 말이냐? 단지 사람들이 믿지 않을 것 같다는 이유 때문에?"

"그, 그렇습니다."

한숨을 푹 내쉬며 검존이 대답했다.

"그럼 누가 누굴 모욕했는지 이젠 확실히 밝혀졌군."

무심한 눈빛으로 주위를 쏘아보며 노사부가 이죽거렸다.

"……."

검존과 마진가를 위시한 무사부들은 다들 할 말이 없었다.

사실 조용히 용건만 끝내고 돌아갈 생각이었다. 그런데 들어오자마자 이 동상을, 그리고 거기 적힌 이름을 보는 순간 기분이 팍 상하면서 무척 아니꼬와졌던 것이다.

"그 사람이 어땠는지는 알려고도 않고 자신이 가진 상을 일방적으로 투영하다니, 그렇다면 그는 도대체 어디에 존재한단 말인가?"

준엄한 노사부의 질문에 중인들은 침묵했다.

"기억해야 할 것이다. 너희들이 했던 그 행동들은 저기 저 혁월린이란 한 인간의 존재를 말살하는 행위였다는 것을! 저런 거짓 우상 따위는 차라리 녹여서 세숫대야로 쓰는 게 나아!"

"송구스럽습니다."

"면목이 없습니다."

마진가와 공손일취가 깊이 반성하는 기색을 보였다.

"난 사소한 것엔 신경 쓰고 싶지 않은 사람이야. 알겠나? 부디 사소한 것으로 노부를 자극하지 말게, 귀찮으니깐."

노사부는 짜증스러워하며 쯧쯧 혀를 찼다.

"예, 어르신!"

"그건 그렇고, 마침 잘됐군. 자네가 이곳의 높은 사람 같으니 한 가지만 문세."

"뭐든지 하문하십시오."

공손일취가 공손하게 대답했다. 천무학관 내에서 지금껏 그 누구도 보지 못한 태도였다.

"그놈은 어딨나?"

노사부의 입에서 대뜸 튀어나온 질문이었다.

"예? 그놈이라뇨?"

질문이 너무 짧다 보니 미처 내용을 파악할 수 없었다.

"그 순풍산부이인가 하는 녀석의 말에 의하면 그 녀석, 이곳에 벌써 삼 년째 틀어박혀 있었다고 하던데?"

노사부도 그 순풍산부이 나대이의 집을 방문했던 모양이다.

"그러니깐 어떤 놈을 말씀하시는 겁니까?"

"아, 비류연이란 놈일세. 이십대 초반쯤 된 사내 녀석인데 평소 땐 앞머리로 요렇게 눈을 가리고 다니지. 본 적이 있나?"

노사부는 스스로 머리를 헝클어뜨리며 머리 모양을 만들어 보여주었다. 물론 그렇게까지 안 해도 그들은 모두 알고 있었다.

"본 적이 있군. 안 그런가?"

검존이 대답하기도 전에 노사부가 반문했다.

"무, 물론입니다."

그 말에 노사부의 눈이 번쩍 떠졌다.

"잘됐군. 오늘은 일이 좀 풀리는구만."

노사부나 그렇지 검존과 마진가를 위시한 천무학관 일동은 전혀 그렇지 않았다. 굳이 말하자면 최악의 일진이라 할 만했다.

"그래, 그 망할 녀석은 지금 어디 있나?"

"그, 그건 잘 모르겠습니다."

검존이 공손하게 대답했다. 노사부의 얼굴에 약간 실망한 표정이 떠올랐다.

"진짜 모르나?"

"예, 요즘 그 녀석을 봤다는 사람은 한 명도 없습니다. 하지만 이 사람은 알지도 모르지요. 어찌 됐든 이곳의 최고 책임자니까요."

그러면서 검존은 슬쩍 마진가를 가리켰다.

'헉!'

마진가는 속으로 기겁했다. 이건 분명 자신에게 일을 떠넘기려는 음모가 분명했다.

"호오, 거기 철탑처럼 덩치 큰 친구가 알고 있다고?"

노사부의 시선이 마진가에게로 넘어갔다.

"아마도 그럴 겁니다."

마진가는 원망스러운 눈빛으로 검존을 노려보았으나 공손일취는 그 눈빛에 찔릴까 두려운지 재빨리 시선을 피해 버렸다. 일이 이렇게 되니 마진가는 당황하지 않을 수 없었다.

"왜 그리 당황하나? 설마?"

날카로운 시선으로 노사부가 힐문했다. 마진가는 머리를 긁적이며 이실직고했다.

"그, 그렇습니다. 사실 저도 요즘은 그 아이가 어디 있는지 전혀 알지 못합니다. 분명 지난번 습격 사건도 있고 해서 일 년 동안 근신 처분을 내려놨었는데, 그게 그만……."

"종적이 묘연해졌다?"

마치 그 행동이 손에 잡히는 듯 노사부가 반문했다.

"그, 그렇습니다."

귀신 족집게 같은 눈치가 아닐 수 없었다.

"또 놓친 건가."

약간 실망한 말투였다. 겨우겨우 여기까지 쫓아왔더니 단서가 끊겨 버린 것이다.

"하, 하지만 짐작 가는 곳이라면 한 곳 있습니다."

정신을 다시 수습한 마진가가 얼른 대답했다.

"그래? 그게 어딘가?"

안색이 조금 밝아진 노인이 기쁜 목소리로 반문했다.
"그곳은 바로……."
마진가는 잠시 갈등했다. 자신의 짐작을 말할지 말지, 이게 혹시 자신의 학생을 배신하는 일이 될지 말지 우려가 되었던 것이다.
"저어, 죄송하지만, 노선배님은 그 아이와 어떤 관계이신지요?"
"아, 그놈이 내 제자일세. 어느 날 말도 없이 사문의 보물을 들고 줄행랑을 쳤지. 당장 쫓아가서 주리를 틀까 했는데, 문 앞에 검남춘 서른 병이 줄줄이 있지 뭔가. 허허. 아, 갑자기 귀찮더라고. 그걸 다 마셨더니 며칠이 지났지. 그래도 막 출발하려는데 청룡은장이란 데서 연금이란 게 떡하니 날아오더구만. 뭐, 나중에 생계가 위험에 처할 때나 출발해 볼까 했는데, 마침 또 검남춘 세 병이 배달 오지 뭔가. 이래저래 먹고 마시다 보니 다달이 연금이 꼬박꼬박 나오더란 말일세. 허허. 그러다 보니 어느새 삼 년이 홀떡 가던데."
'그래서 청룡은장이 멸문한 지금 겨우 자리를 털고 나선 것인가?'
황당하기 짝이 없는 이야기였다.
"그래서, 그 녀석이 어디 있는 것 같다고?"
마진가는 갑자기 기운이 빠져 될 대로 되라는 마음이 되었다.
"아마도…… 마천각입니다."
그 이름 석 자에 힘을 주며 마진가가 말했다.
"마천각? 어디서 들어본 것 같은데?"
그것도 무척 최근의 일이었다.
'아, 그리고 보니 그 친구들이 간다던 곳이 그곳 아니었나?'
"그리고 보니 진소령이란 여자 아일 혹시 알고 있나? 덤으로 유은성이란 애송이도."
그 말에 마진가는 화들짝 놀랐다.

'어떻게 그 두 사람을……'

"예, 물론 알고 있습니다. 이번에 저희 천무학관 사절단의 인솔자가 되어 함께 마천각으로 출발했지요. 그런데 그들은 왜?"

"아닐세. 그냥 문득 떠올랐던 것뿐이네. 그리고 여기서 거기로 표행 하나를 보내기로 했지 아마? 중앙표국편으로?"

"그, 그렇습니다. 잘 아시는군요."

문제가 될 정도로 지나치게 잘 알고 있었다. 마진가는 마치 귀신에게 홀린 기분이었다. 진소령, 유은성, 중앙표국과 정체불명의 괴노인을 연결하는 접점을 아무 데서도 찾을 수 없었던 것이다.

"흠, 그렇다면 굳이 길잡이는 필요없겠군."

싸고 편하게 여행할 방법은 크게 고민하지 않아도 될 듯했다. 그 순간 공손일취는 크게 안도했다. 그는 본능적으로 깨닫고 있었다. 만일 상황이 여의치 않으면 그 길잡이 역할이 바로 자신에게 돌아왔을 것이라는 것을. 그 끔찍한 악몽에서 벗어나게 해준 하늘에 그는 감사했다.

노인은 더 이상 이곳에서 용무가 없었다.

"고맙네, 잘 지내게. 애송이 자네도."

인사는 잊지 않는다.

"아니, 잠시만……"

그러나 이미 노인의 모습은 바람처럼 사라진 후였다.

'내가 지금 꿈을 꾸고 있는 건가?'

한낮의 백일몽이 아니고서야 어찌 이런 끔찍한 일이 일어날 수 있단 말인가. 한참이 지나도록 검존은 자리에 붙박인 듯 꼼짝도 하지 않았다. 사실 움직이고 싶어도 움직일 수 없는 실정이었다.

푸욱!

검존은 하마터면 땅바닥에 주저앉을 뻔하다가 검을 바닥에 꽂아 넣어서 간신히 버텨냈다. 걱정이 된 제자들이 슬금슬금 주변으로 몰려들자 그가 일갈했다.

"누구도 내 몸에 손대지 마라!"

누가 건드렸다가는 이 이상 자세를 유지할 자신이 없었던 것이다. 많은 제자들 앞에서 주저앉았다가는 은퇴 정도로 끝나지 않는다.

'근데 저 괴물이 그 비류연이란 놈의 사부란 말인가?'

그렇다면 보통 일이 아니었다.

"그런데 저 노인은 도대체 누굴까요, 관주님?"

아직도 얼떨떨한 얼굴로 문일기가 조심스레 마진가에게 물었다.

"글쎄… 솔직히 나도 그게 제일 궁금하네."

진심이었다. 그의 머릿속에 든 무림 인명부는 꽤나 두껍다고 자만하고 있었건만, 노인으로 추정되는 인물은 그 안에도 없었다.

"이야기로 미루어 보아 꼭 무신을 알고 있는 듯했습니다만……."

나름대로 추정해 본다.

"아마 그럴 걸세. 그렇지 않다면 동상을 가지고 그렇게 화내진 않았겠지. 그건 본인을 잘 아는 사람만이 할 수 있는 행동이었네."

그 말을 듣는 즉시 짚이는 사람이 있었다.

"그렇다면 설마 무신마 갈중혁 그분?"

마진가는 고개를 가로저었다.

"그건 확실히 아니라 할 수 있네. 난 그분을 만나본 적이 있으니까. 물론 검존께서도 그 사실을 확인해 주실 걸세."

공손일취 역시 고개를 끄덕였다. 검은 여전히 땅에 박혀 있었다.

"무신마 그분은 아닐세."

문일기의 시선을 받은 마진가가 마지못해 대답했다.

"아니, 무신마도 아닌데 무신을 잘 알고 있으며, 저 정도의 무공을 지닌 고수가 있단 말입니까? 설혹 있다 해도 왜 백 년이 지난 지금까지 그 존재가 알려지지 않았단 말입니까?"

그러고 보니 또 하나 짚이는 사람이 있었다. 거기까지 생각이 미치지 그의 얼굴에서 삽시간에 핏기가 빠져나갔다.

"서, 설마 천겁……."

"더는 말하지 말게!"

마진가는 급히 그의 입을 막고는 고개를 가로저었다.

"그 이상은 말하지 말게. 아니, 말해서는 안 되네."

진실이든 거짓이든, 말이 나오는 것만으로도 혼란을 잉태할 수 있었다. 신중히 확인해 보기 전엔 섣부른 판단을 미루는 게 좋았다.

"검존께서는 어떻게 생각하십니까?"

그 정체불명의 신비노인과 검존은 예전에 만난 적이 있는 것 같았다. 그렇지 않다면 부동심을 연마했을 검존이 아직까지도 이토록 허둥지둥 당황하고 있을 턱이 없었다.

"가능성이 아예 없지는… 않겠지."

검존이 마지못해 대답했다.

"그렇다면 감시대를 파견해야겠습니다."

"이의없네. 그리고 또 하나. 저 노인이 찾는 그 비류연이란 녀석도 철저히 감시해야 하네. 차마 입에 담기도 두려운 일이지만, 만에 하나 저 노인의 정체가 '그'라면……."

검존은 잠시 말을 멈췄다. 불쾌한 상상이 머릿속을 헤집은 탓이다.

"그 녀석은 '그'의 제자가 되는 셈이니 말일세."

그것은 곧 강호 전체의 적이라는 이야기와 같았다.

"알고 있습니다."

침중한 어조로 마진가가 대답했다.

"특수 추적 부대 '무영각(無影閣)'에게 지시를!"

마진가의 명령은 신속하고 적확(的確)했다. 무영각은 추적과 정보 수집이 본업인 신견대 중에서도 가장 뛰어난 자들을 모아 만든 특수 조직이었다. 현재 각주는 무영객(無影客)이라 불리는 자인데, 아직까지 사람들 앞에 정체를 드러낸 적이 단 한 번도 없었다.

무영각이 추적하지 못한다면, 천무학관의 그 누구도 그 일을 대신할 수 없었다.

"아이들은 잘 있나 모르겠군. 무사하면 좋으련만."

천하의 검존조차 어린애처럼 다루는 저런 정체불명의 괴물이 그곳으로 향한다니, 저절로 근심 걱정이 앞서는 마진가였다.

그러나 지금의 그는 무력하기 그지없었다. 그가 해줄 수 있는 일은 아무것도 없었다.

꽃잎과 함께 사라지다
―미폭국(美爆國)의 임금님

마천각 본부에서도 최중심부에 자리한 마천루(魔天樓).
총 높이 십육 간(間), 무려 구십육 척(尺)에 달하는 화려하고 위풍당당한 팔층 누각. 그 최상층에 오랜만에 네 개의 자리가 마련되었다. 십여 명이 둘러앉아 잔치를 벌여도 넉넉할 만큼 커다란 원형 탁자 둘레에, 옥좌처럼 묵직하고 화려한 의자가 동서남북으로 놓여 있었다.
날이 저물고 묵빛으로 물든 하늘에 금빛의 실처럼 가느다란 초승달이 걸렸다. 네 개의 자리는 어느새 조용히 만석이 되었으나, 탁자 위는 여전히 술잔도 산해진미도 없이 휑뎅그렁하기만 했다. 처음으로 입을 연 것은 서쪽 의자에 앉아서 무표정한 얼굴로 칼을 닦던 장신의 거한이었다.
"그래, 저쪽의 대장은 정해졌나?"
"결정되긴 한 모양인데 임시라고 하더군."
남쪽에 앉아 있던 남자가 주판을 튕기며 대답했다.
"임시(臨時)?"

서쪽의 남자가 반문했다.
"그래, 임시. 잠시 동안만 대장을 맡았다는 의미일세. 이 경우는 임시변통(臨時變通)에 더 가깝겠지만."
"누가 그런 걸 몰라서 묻나? 왜 임시로 뽑았는지를 묻는 거다."
남쪽의 남자는 여전히 주판에서 눈을 떼지 않은 채 말했다.
"말했지 않나? 임시변통, 갑작스레 터진 일은 대강대강 둘러맞춰 처리한다는 뜻일세. 하루 만에 뽑자니 시간이 부족해서 임시 대장을 뽑은 거겠지."
"따분한 이야기군."
동쪽의 남자가 손을 턱에 괸 채 한숨을 내쉬었다.
"뭔가 재밌는 일 없나? 아아, 따분해! 따분해! 따분해!"
그는 참을 수 없는 따분함을 연신 성토했으나, 다른 이들은 모두 그의 울부짖음을 아랑곳하지 않았다. 서쪽의 남자가 다시 물었다.
"그래서 그 임시 대장은 누군가?"
"그게 결과가 좀 의외야. 창천룡 용천명이나 철옥잠 마하령이 아니더군."
남쪽의 남자는 왼손으로 주판 놀리기를 계속하면서 오른손으로 장부에 숫자를 기입했다. 서쪽의 남자가 놀랍다는 투로 물었다.
"예측이 빗나갔단 말인가?"
"그런 셈. 뇌전검룡 남궁상, 남궁세가의 셋째 도련님이라더군."
"최근 들어본 이름이다. 아미일봉 진령의 정인이라는 자. 맞나?"
시위하듯 하품을 계속하던 동쪽의 남자가 잠시 눈을 빛냈다. 여자, 그것도 미녀의 이름이 거론되었기 때문이라는 것을 나머지 세 사람은 잘 알고 있었다.
"과연 그 정도 인물이 우리를 상대할 수 있을지 의문이다."

서쪽의 남자가 투덜거렸다. 어지간히 쌓인 게 많은 듯한 말투였다.

"임시라곤 해도 대장이 새로 생겼으니까 우리 사천왕도 축하 인사를 해야겠군. 안 그래?"

동쪽의 남자가 북쪽의 남자를 바라보며 물었다.

"그렇군."

지금껏 한 번도 입을 열지 않고 있던 북쪽의 남자가 짧게 대답했다. 어찌 되든 그다지 상관없다는 말투였다.

"그래그래, 조촐한 환영회라도 열어주는 게 어떨까? 어때? 어때?"

장난기 가득한 목소리로 동쪽의 남자가 의견을 제시했다, 멋진 제안에 박수갈채가 돌아오길 바라며. 그러나 나머지 사람들은 눈썹 하나도 까딱하지 않았다.

동쪽의 남자가 이놈의 탁자를 뒤엎을까 말까 고민하는 순간, 구원의 손길이 의외로 서쪽에서 뻗어왔다.

"좋다. 신고식은 치르게 해야지. 난 찬성이다."

"나도 찬성이네, 예산(豫算) 범위 안이라면."

남쪽의 남자도 주판을 고르며 동의했다. 말이 떨어지자마자 예산 책정에 들어갈 태세였다.

마지막까지 잠잠하던 북쪽의 남자가 무언의 압박에 입을 열었다.

"그러지, 그럼."

"아아, 이제야 결정이군! 크게 선심 써서 통고 역은 내가 맡지. 겸사겸사 인사도 나누고 말이야. 역시, 가는 김에 정식으로 소개도 해야겠지?"

의욕이 넘치는 수준을 넘어서 신이 난다는 기색이 역력했다.

"인사는 무슨. 꿍꿍이는 다른 데 있는 것 아닌가?"

서쪽의 남자가 딱딱거렸다.

"앗! 자네의 발언은 대체 무슨 뜻이지? 남들이 들으면 이 순수한 마음을 오해하겠어! 설혹 이 몸이 '쿠쿠쿳, 사절단에 미인이 많이 섞여 있더만요, 형님'이라는 말을 정보관에게 듣고 눈을 빛낸 적은 있다 하되, 그게 어찌 내 일개인의 사사로운 마음 때문이겠나?! 나는 단지 한 사람의 사내대장부로서 지고한 대업 '미폭국(美爆國)'을 완성하고자 애쓸 뿐! 억울한 말은 어서 거두어주게!"

그는 사무치는 억울함에 어깨를 파르르 떨며 두 눈을 부릅떴다.

"억울한 말이라니? 그 미폭국인지 자폭국인지가 바로 불순하고 사사로운 마음의 결정체라는 거다."

서쪽의 남자는 일고의 가치도 없다는 듯 인상을 찌푸리며 칼날을 손끝으로 튕겼다. 남쪽의 남자는 어깨를 으쓱하며 말했다.

"뭐, 진심이라는 면에선 순수하다고도 볼 수 있지. 게다가 본격적으로 가다듬어 착수하면 대업은 몰라도 대사업은 가능한 구상이군. 뜻이 있으면 언제든 내게 말해주게나. 이윤 배분은 삼 대 칠. 물론 내가 칠일세."

"사업이라니! 자네의 그 세속적인 발언은 나의 이 지고한 사명과 대업에 막대한 상처가 되었네! 아, 아름다움을 모르는 자들은 이 얼마나 흉흉하단 말인가!"

두 손으로 자신의 가슴을 움켜잡으며 동쪽의 남자가 절규했다.

"심각한 상태다."

서쪽의 남자는 길 가던 사람이 광견을 바라보는 시선으로 동쪽의 남자를 곁눈질했다.

"어쨌든 가서 소란 피우진 말게."

묵묵히 사태를 지켜보던 북쪽 남자의 말이었다.

"당연한 말씀! 이 내가 누군가? 사랑할 자(慈)에 임금님 군(君)! 자군(慈君) 아닌가, 자군! 이 사랑나라의 임금님은 아름다움에 반(反)하는 짓은 절대로 하지 않을 테니 걱정 말게!"

역시 뭔가 하긴 할 모양이었다.

"뭐든 적당히 하게."

그렇게 당부를 하긴 했지만, 여기는 그 누구도 자군이 '적당히'라는 훌륭한 개념을 이해할 것이라고 믿지 않았다.

"하하하, 그럼 난 이만!"

느닷없이 불어 닥친 꽃바람과 함께 그의 신형이 자리에서 사라졌다.

스윽!

남쪽의 남자가 장부 위에 떨어진 꽃잎 한 장을 손가락으로 집어 올렸다. 생화, 그것도 상당한 고품질의 싱싱한 붉은 장미였다.

"쓸데없이 화려하지만 않으면 좋으련만. 요즘 꽃 값도 한창 올라가고 있는데."

　　　　　*　　　*　　　*

마천각에 도착하고 한동안 감감무소식이 되었던 은설란이 오랜만에 식당에 얼굴을 내비쳤다. 요귀한테 홀려서 기력을 온통 빨린 것처럼 핼쑥한 얼굴이었다.

식사를 막 마친 후 연비, 이진설과 함께 찻잔을 기울이던 나예린은 급히 일어나 비틀거리는 은설란을 부축했다.

"괜찮아요?"

도리도리!

은설란은 답하기도 힘겨운지 그저 고개를 두 번 내저어 보였다. 별말이 없어도, 까칠해진 피부에 푸석해진 머릿결은 그녀가 그간 얼마나 괜찮지 못했는지를 여실히 보여주고 있었다. 자리를 권하자 은설란은 무너지듯 앉았다.

"차를 더 내올까요?"

힘겹게 고개를 가로저으며 은설란은 꺼져 가는 목소리로 말했다.

"밥, 밥부터……."

그리하여 빈사의 은설란을 구출하기 위한 식사 주문이 긴급 전개되었다.

"조심해요."

세 번째 밥그릇을 묵묵히 비워낸 은설란이 뜬금없이 말을 꺼냈다. 파리해진 얼굴에 제법 혈색이 돌아온 상태였다. 본인 말로는 밀린 보고서 작성을 위해 끼니도 띄엄띄엄 삼 일을 꼬박 철야한 결과라지만, 누가 보면 꼭 며칠 감금됐다 막 탈출한 사람의 몰골이었다.

"조심하라니, 갑자기 무슨 얘기예요, 설란 언니?"

이진설이 어리둥절해하며 물었다.

"그들 네 명이 오랜만에 회합을 가졌다는 이야기를 들었어요. 거의 일 년 만에 회합까지 열 정도라면 각오해 두는 게 좋아요."

나름대로 진지한 목소리였지만, 아무도 이해할 수 없는 말이었다. 게다가 저렇게 숟가락을 힘껏 움켜쥐고 빈 그릇을 노려보며 심각한 얘기를 해봤자, 생기려던 긴장감도 푹 꺼질 지경이었다.

"그 네 명이란 게 대체 누군데요?"

이진설의 반문에 은설란은 비로소 사람들의 시선을 의식했다.

"사, 사천왕! 바로 마천각의 사천왕이라 불리는 자들이에요."

"사천왕?"

"네. 동서남북 네 개의 섬을 각자 담당하는 고수들이에요. 모두 학생 신분으로 대장에 오른 예외적인 존재들이죠."

"그들을 조심해야 하는 이유는 뭔데요? 우리가 뭐 잘못한 것도 없잖아요?"
"아니, 그게……."
순진한 반문에 은설란은 찰나 말문이 막힐 뻔했다.
"이 시기에 모인다는 건, 사절단이 왔으니 뭔가 행동을 하겠다는 취지예요. 조만간에 분명 모종의 행동을 걸어올 거라는 거죠."
"무력행사……."
나예린이 생각에 잠겨서 중얼거렸다.
"요컨대 기선 제압이군요."
조용히 차를 마시던 연비가 찻잔을 내려놓으며 처음으로 입을 열었다. 은설란과는 배에 있을 때 이미 통성명을 나눈 사이였다.
"연 소저 말이 맞아요. 그들에게 사절단은 방해꾼이나 다름없으니까요. 그리고 천무학관에서 온 우수한 인재들을 잔뜩 골탕 먹일 수 있다면, 즐겁게 승리의 축배를 들 수 있지 않겠어요? 제가 보기에도 그들의 힘을 시험하기에 그대들만큼 적절하고 적당한 존재들은 따로 없다는 생각이 드는군요."
마지막 부분은 영 껄끄러운 표현이 아닐 수 없었다. 나예린은 차를 한 모금 마시고 나서 감상을 피력했다.
"무시당하는 기분도 좋지는 않군요."
"별수없죠. 강아지도 자기 집 앞마당에선 호랑이 노릇을 한다잖아요?"
연비의 비유에 은설란은 그만 헛웃음을 터뜨리고 말았다.
"푸훗, 그렇게 들으니 할 말이 없네요. 하지만 주의하는 게 좋아요. 사람들이 좀 이상하긴 해도 그들의 실력은 진짜니까요."
그것만은 진심이었다.
"고마워요, 이렇게 일부러 귀띔까지 해주고. 사실 우린 소속도 다른 데……."

비록 적대 관계는 아니라지만, 은설란과 그들은 엄밀히 말하자면 경쟁 관계에 있는 셈이었다. 그런데도 이렇게까지 배려를 해주니 고맙지 않을 리 없었다.

"뭘요. 우린 친구잖아요. 게다가 전에 도움도 받았었고."

은설란이 웃었다.

"아참, 그러고 보니 나 소저는 특별히 더 주의하세요."

진중한 눈빛으로 은설란이 말했다.

"사천왕과 관련된 일인가요?"

은설란이 한숨을 푹 내쉬며 고개를 끄덕였다.

"예. 그들 중에 꽤 특이한 인간 하나가 섞여 있거든요. 음. 네 명 모두 특이하긴 하지만, 그는 특히 여자에 관해서 특이하죠."

그 말에 모두들 짐작 가는 바가 있었다. 확인을 시도한 것은 이진설이었다.

"혹시 여자를 밝히는 인간이에요?"

백도에도 그런 인간들은 잔뜩 있었다. 하물며 여기는 흑도. 위선의 가면조차 필요없는 곳이었다.

"그건 아마… 아닐 거예요. 조금 달라요."

"아마?"

괴이한 표현이었다.

"잘 설명할 수가 없군요. 어쨌든 그냥 조심하세요. 무조건 조심하세요. 이건 친구로서의 충고예요. 알겠죠?"

친구라는 그 말이 무척 따뜻하게 들렸다.

"알았어요, 조심할게요. 걱정 말아요."

"누, 누가 걱정한다고 그래요?"

"은 소저, 고마워요."

옆에서 예린의 부드러운 미소를 지켜보는 연비의 입가에도 가느다란 미소가 맺혔다.

텅 비어 있던 그녀의 주변에 이제 좋은 친구들이 채워져 가고 있었다.

은설란의 경고가 실현되기 시작한 것은 그로부터 한 시진도 채 지나지 않은 오후, 제십삼 기숙사 앞에서였다.

오후 일과를 위해 기숙사 앞으로 속속 모여들던 천무학관 사절단원들은, 갑자기 어디선가 들려온 알 수 없는 음악 소리에 하나같이 움직임을 멈추고 귀를 기울였다.

"이게 무슨 소리지?"

"일단 음악 소린데?"

"앗, 저길 보게!"

화려막측한 음색과 함께 어디선가 나타난 흰옷을 입은 여자들이 좌우로 도열했다. 십여 명에 달하는 그녀들은 모두 흰색 바탕에 붉은 선이 들어간 똑같은 옷을 맞춰 입고 있었다. 게다가 모두들 손에 꽃바구니를 하나씩 들고 있었다.

붉은 꽃잎을 흩뿌리며 여자들이 일제히 노래를 시작했다.

"아아~ 작렬하라~ 미의 꼬옷~ 잎이여어~!!"

왠지 듣는 이들을 주화입마로 빠뜨리는 합창 소리가 절정에 달하자, 붉은 꽃잎이 작렬하듯 공중으로 치솟았다. 몰아치는 꽃잎의 폭풍에 몇몇은 눈을 가릴 정도였다.

화려하게 흩날리는 꽃잎들 사이로 한 남자가 온몸에 꽃잎을 휘감고 등장하는 것이 보였다.

빰빠라라밤— 빰빰빠, 빰빠라밤!

출처를 알 수 없는 요란한 음악이 들려왔다. 사뿐히 꽃잎을 즈려밟고 나타난 남자의 등장을 알리려는 의도적인 연출이 분명했다.

'오, 오늘 오후 일과가 혹시 집단 주화입마 체험이었나?'

목구멍으로 울컥 피를 토할 것 같은 괴로운 감각을 애써 억누르며, 남궁상은 화급히 품 안에서 일정표를 뒤적거렸다. 그가 손을 부들부들 떨며 일정표에 집중하고자 안간힘을 쓰는 동안 나머지 일행들은 천무학관에서는 결코 볼 수 없던 그 괴현상을 멍하니 바라보고 있었다.

음악이 멈추자 곧 거짓말처럼 꽃의 폭풍도 수그러들었다. 돌풍이 사라진 중심에 예의 그 남자가 서 있었다. 옷감 전체를 장미 꽃잎처럼 붉게 수놓은 터무니없이 화려한 옷을 걸친 남자였다.

그를 바라보는 합창단 여자들의 눈이 이상할 정도로 초롱초롱하게 빛났다. 영민하게 반짝인다기보다는 아득하고 몽롱한 시선이었다.

아무도 입을 여는 사람이 없는 가운데, 남자는 우수에 잠긴 표정으로 한동안 석상처럼 서 있었다. 그러나 여전히 그에게 말을 걸어주는 사람은 없었다.

"이런이런! 아무리 기다려도 나의 이름을 물어주는 이가 아무도 없으니, 이 얼마나 슬픈 일인가!"

슬피 울부짖던 사내는 씁쓸한 미소를 입가에 걸었다.

"후우, 그렇군! 더할 나위 없이 완벽하게 연출된 이 아름다운 등장에, 미(美)의 문외한들이 할 말을 잃는 것은 이해 못할 바도 아니지. 하지만 아아, 아름다움의 재현, 그것은 곧 잔혹한 사명일지니!"

그는 오른손으로 이마를 짚으며 고뇌에 휩싸였다. 말인즉슨 아무래도 본인이 직접 그런 괴기스런 등장을 연출한 것 같았다.

고뇌에 휩싸인 자는 천무학관 측에도 또 한 명이 있었으니, 그는 바로 효룡이었다. 그는 좀 전부터 골치가 아프다는 듯 관자놀이를 움켜잡은 채 고개를 푹 숙이고 있었다.

"자네는 왜 그래? 그나저나 저 녀석, 미쳤나?"

장홍이 효룡을 보며 수군거렸다. 고뇌하던 효룡은 화들짝 놀라며 경고했다.

"앗, 그런 말을 함부로 하……."

휘익!

효룡의 말이 끝나기도 전에 갑자기 두 자루의 비수가 장홍의 얼굴로 날아들었다.

"헉!"

효룡은 다급하게 검을 들어올려서 살기를 머금은 두 자루의 비수를 막아냈다. 그의 검 자루에 박힌 비수가 부르르 떨렸다.

"이분을 모욕하는 자는 용서하지 않겠습니다!"

"저희 미폭수호단(美爆守護團)의 이름을 걸고!"

좌우로 도열해 있는 여인들의 선두에서 두 여인이 동시에 외쳤다.

"이분이 누군지 궁금하시다고요?"

그것이 범인들이 가져야 할 마땅한 덕목이라는 시선으로 우측의 여인이 말했다. 눈빛이 아련한 것이 상당히 위험했다.

"그렇다면 알려 드리지요."

사실 아무도 알고 싶어하지 않았다.

"이분이야말로 용모 준수, 재기 발랄, 무공 출중하면서도 막대한 사명을 어깨에 짊어지셨기에 우수에 찬 고독을 품고 있는 슬픈 분, 바로 사천왕의 한 명이자 동쪽 섬의 우두머리이신 자군 공자님이십니다!"

"끼아아아아악!"

도열한 여인들 사이에서 비명이 터져 나왔다. 단말마와는 약간 성질이 다른 비명이었다. 저런 식으로도 좋아하는 감정을 표현할 수 있다니, 놀라울 뿐이었다.

"정말이지 여러모로 어이가 없군."

툴툴거리긴 했지만 사실 장홍도 감탄하는 마음이 없지는 않았다. 저런 정신 나간 짓을 아무나 할 수 없다는 점에선 확실히 범상치 않은 자였다.

탕!

다시 한 번 비수가 날아들었다. 여전히 날카로운 솜씨였으나 이번에는 장홍이 가볍게 처리했다.

"이미 경고했습니다."

비수를 던졌던 것은 선두 좌측의 여자였다. 말은 짧았지만 의도는 명확했다.

"이거야 원, 살벌해서."

역시 여인들의 원한을 사는 것은 현명한 처사가 못 되는 듯했다. 장홍은 한층 더 소리를 낮춰 효룡과 수군거렸다.

"저자는… 혹시 최면술법의 달인인가?"

저 사이비 교주 같은 녀석의 정체가 대체 뭐냐는 말을, 혹여 들릴까 봐 완곡히 순화한 표현이었다. 겨우 불평 한마디 좀 했다고 두 번씩이나 비수가 날아오다니. 기분이 좋을 리는 만무했지만 또다시 비수를 받고 싶진 않았다.

"특기가 뭔지는 아직 밝혀지지 않았습니다. 꽤 화려한 무기를 쓸 것 같기는 하지만, 설마 꽃을 무기로 쓰지는 않을 테고…… 어쩌면 환술사일지도 모르겠군요."

효룡 역시 그의 진짜 실력은 본 적이 없었다. 장홍은 전음까지 써가며 의문을 표했다.

"환술사라기보단 사이비 교주 같은데?"

효룡도 전음으로 장홍에게 답했다.

꽃잎과 함께 사라지다

"상대를 현혹시킨다는 건 같죠. 차이가 있다면 환술사는 개인을 상대로 하는 반면 사이비 교주는 다수의 대중이 사냥감이라는 것이겠군요."

빰빠라라밤!

흐름이 끊겼다고 생각했는지 다시 한 번 풍악이 울렸다. 그리고 또다시 꽃잎이 화려하게 날렸다.

"저거 또 왜 저러나?"

"아무래도 처음부터 다시 시작하려는 것 아닐까요?"

"뭣이?!"

효룡의 예상은 맞아떨어졌다. 그나마 합창이 생략된 것이 다행이었다. 붉은 꽃보라와 함께 다시금 자세를 가다듬은 자군은, 고개를 반쯤 떨구고 눈을 지그시 감은 채 말했다.

"먼 여정을 지나 이곳 동정호의 외딴 섬을 방문한 아름다운 꽃들을 나 자군은 진심으로 환영하는 바입니다. 아름다움이란 덧없지만 고귀한 것. 그 고귀한 빛으로 이 황량한 섬을 밝혀줄 그대들을 내 어찌 그냥 가만히 묵과할 수 있겠소? 이에 나 미폭공자 자군은 그대들 백도의 꽃을 진심으로, 진심으로 열렬히 환영하겠소!"

과장된 동작으로 그가 두 팔을 활짝 벌렸다. 그리고는 번개처럼 주위를 훑었다. 여성의 얼굴을 검색하고 분석 판단하는 데 있어 그의 능력은 타의 추종을 불허했다. 그는 단박에 백도에서 가장 아름답다고 정평이 나 있는 차가운 얼음의 꽃을 발견했다.

그가 미끄러지듯 주욱 나예린 앞으로 다가가더니 사뿐히 무릎을 꿇었다.

"아아, 차가운 한 떨기 얼음 꽃이여! 이제 걱정하지 마시오. 나 자군이 언제까지나 그대를 지키리라! 미(美)의 왕국은 영원할지니! 미폭만세(美爆萬歲)!"

갑작스런 자군의 행동에 나예린은 깜짝 놀랐다. 분명 처음 보는 사람이었다.

"이 사람 왜 이러죠?"

의아해하면서 연비가 물었다.

"글쎄요, 저도 잘 모르겠군요."

나예린이 확신할 수 있는 것은 다만 이 비처럼 내리는 꽃잎들이 모두 생화라는 것뿐이었다.

"그럼 단도직입적으로 말하리다!"

자리에서 벌떡 일어난 자군이 나예린의 눈을 똑바로 바라보며 촉촉하게 젖은 눈으로 말했다.

"나의 연인이 되어주시오! 미폭국이 당신을 기다리고 있소이다!"

'뭣시라라라라라라라!'

주위에서 지켜보고 있던 천무학관의 사내들이 동시에 속으로 괴성을 내질렀다. 미폭국인지 미역국인지는 도대체 뭔지 모르겠지만, 그 앞의 말을 이해하지 못하는 자는 아무도 없었던 것이다.

"아, 대답하지 않아도 좋소! 물론 거절하지 않으리라는 것을 이미 다 알고 있으니 말이오. 이처럼 운명적인 인연을 그 누가 거부할 수 있으리오!"

이미 그의 정신은 다른 세계에서 노닐고 있었다.

"자, 갑시다!"

와락!

달려온 자군이 나예린의 손을 덥석 잡았다. 아니, 잡으려 했다.

"엉?"

의아해진 두 눈이 크게 떠졌다. 그가 잡고 있는 손은 싸늘하게 굳어 있는 연비의 손이었다.

"사양하겠어요."

연비는 살짝 한 번 미소 짓더니 인정사정없이 자군의 뺨을 후려갈겼다.

짝!

경쾌한 소리가 푸른 하늘 위로 울려 퍼졌다. 연비는 차가운 눈으로 말을 이었다.

"그것은 무례함에 대한 답례입니다."

냉정한 어조였다.

"끼아아아악! 자군 공자니이임!!"

자칭 미폭수호단 쪽에서 비명이 터져 나왔다. 자군의 얼굴이 찌그러지는 것을 보고 정신적인 외상을 입은 모양이었다.

"이, 이럴 수가!"

자군은 발갛게 부어오른 뺨을 부여잡고 뒷걸음질을 치면서 넋이 나간 눈으로 중얼거렸다.

"아빠한테도 맞은 적이 없는데……."

충격의 도가니에서 허우적거리던 자군은 갑자기 두 눈을 빛내며 연비의 두 손을 덥석 잡았다.

"나와 부디 결혼해 주시오!"

"엥?"

"헉!"

"까아아악! 안 돼요!"

사절단 일행과 마천각 여인들 사이에서 여기저기 뜨거운 반응들이 쏟아져 나왔다. 장홍이나 남궁상처럼 입을 쩍 벌리는 것은 그나마 태연한 반응에 속했다. 돌기둥처럼 굳어버린 나예린의 옆에서, 이진설은 복잡다단한 얼굴로 경악했다.

'이런, 연 소저가 예린 언니를 이겨 버렸어! 언니가 겨우 연인인데 연

소저한테는 청혼이라니! 아, 아니, 이런 건 언니가 아니어서 다행인 건가……? 하지만, 하지만!'

불필요한 안면 경련을 일으키고 있는 것은 이진설만이 아니었다. 연비 일행에게서 다소 떨어진 뒤쪽에서는 그보다도 극심한 안면 경련으로 떨고 있는 자가 있었으니, 그는 다름 아닌 공손절휘였다. 공손절휘 정도는 아니지만 그와 뜻을 함께하며 주먹을 부르르 떠는 남자 관도들의 숫자도 결코 한둘이 아니었다.

지고의 미(美)를 자랑하는 빙백봉 나예린은 원래부터 만인이 마음에 품고 있는 만인의 여신이었다. 또한 천하의 악적 비류연의 존재도 빼놓을 수 없었기에, 이런 일에는 어느 정도 면역력이 형성되어 있었다. 마천각 녀석들이 빙백봉에게 접근해 올 것임은 누구든 예상할 수 있었으니, 그나마 괴성 정도로 마음을 정리할 수 있었다.

그러나 연비는 얘기가 달랐다. 천무학관의 신입생으로 뽑히자마자 사절단에 섞여왔기에 아직은 사절단 이외의 천무학관 관도들에겐 알려지지도 않은 풋풋하고 고아한 절세의 미녀! 한술 더 떠 빙백봉 나예린과 비슷한 반열의 미모와 품격, 화룡점정으로 연인도 없는 것 같지 않은가!

사절단의 일부 남자 관도들은 그 풋풋한 절세미녀와 일 년 동안을 함께 지내게 된 운명적인 특혜를 내심 흐뭇해하고 있었다. 일명 좌절공자 공손절휘에 대한 절묘한 대처, 또한 나예린과 늘 함께 다녀서 아름다움을 배가시키는 연비의 요소요소는 날이 갈수록 이 남자 관도들의 마음을 포로로 사로잡고 있었다. 그런데 그런 금단의 보루에 괴상한 놈이 침입해 왔으니, 이들이 충격 속에서 주먹을 떠는 것도 무리는 아니었다.

하나 뛰는 자가 있으면 나는 자도 있는 법. 자칭 미폭수호단의 여자들 중에는 충격을 이기지 못해 기절하는 아가씨들이 속출했다. 다들 자군의 광적인 추종자들이었다.

그중 선두에 서 있던 여인은 옷고름을 잘근 깨물었다. 두 눈에서 증오의 불길이 솟아올랐다. 질투의 업화였다.

"농담은 때와 장소를 가려서 해주세요."

삽시간에 태풍이 지나간 것처럼 초토화되어 버린 분위기 속에서도 연비의 반응은 매우 정상적이었다. 충격적인 사태에 대한 연비의 대응은 실로 초연하기까지 하다고 칭찬받을 만했다.

"아니오, 진심이오. 당신에겐 이 진실로 빛나는 두 눈이 보이지 않는단 말이오?"

"안 보이는데요."

연비의 말은 여전히 냉정했다.

"크윽! 자세히 보시오, 자세히."

"부디 저쪽으로 치워주세요. 부담스러우니까. 게다가……."

"게다가?"

"언제까지 잡고 있을 생각인가요? 무례하게!"

연비가 손목을 살짝 꺾자 자군의 몸이 한 바퀴 빙글 돌았다. 깔끔한 금나수법이었다. 그러나 그도 명색이 사천왕이라 불리는 자였다. 자군은 빙그르르 몸을 뒤집더니 한쪽 무릎을 시뿐히 굽히며 그럴듯하게 착지했다. 아직도 손을 붙잡고 있는 채였다.

'호오?'

그래도 역시 어중이떠중이는 아닌 모양이었다.

"난 진심이오. 잘 생각해 보시오, 연 소저!"

그리고는 연비의 손등에 입을 맞추었다.

'크윽!'

순간 연비의 온몸에서 바늘이 돋아나는 것 같았다. 까딱하면 한 마리의 닭이 되어버릴 것 같은 끔찍한 감각에, 연비는 무심결에 반사적으로 손을 털고 말았다.

"퍽!"

일장을 얻어맞은 자군이 주르륵 뒤로 밀려났다. 어중간한 상대였으면 그대로 즉사할 만한 위력이었다.

"하하하! 부끄러워하… 우웩!"

허세는 그리 길지 않았다.

"끼아아아악! 자군님!"

"피가… 피가……!"

입가에 핏자국을 남긴 채 자군이 간신히 입을 열었다.

"괜찮다오. 나의 아름다운 선녀들이여…… 쿨럭쿨럭!"

전혀 괜찮지 않았다.

"빨리 치료를!"

선두에 서 있던 여인이 재빨리 자군을 부축하며 말했다.

"그, 그럼 다음에 다시 봅시다, 나의 신부여."

다시 한 번 쿨럭거리며 그는 또다시 붉은 꽃잎에 감싸여 화려하게 사라졌다.

"저런 상황에서도 꽃잎은 잊지 않네요."

붉은 꽃잎이 소복이 쌓인 바닥을 바라보며 연비는 어이없어했다. 어떤 의미에선 정말 대단했다.

"그러게요. 정말 특이한 사람이군요."

평정을 되찾은 나예린이 전적으로 동의하다가 문득 물었다.

"그런데 저 사람은 왜 왔을까요?"

처음엔 분명 용무가 있었는데 나중엔 까먹은 듯한 인상이었다.

"글쎄요? 별로 궁금하진 않네요."

연비가 웃으며 대답했다. 세상은 넓고 이상한 놈은 많다. 매번 이상한 놈들을 만날 때마다 고민하면 끝이 없으리라. 그냥 맘 편하게 신경 끄기로 했다. 아니, 그러고 싶었다.

그런데…….

뿌드득!

'두고 보자!'

안 그래도 뜨거운 시선들이 무수히 자신을 향하고 있었기 때문에 연비는 한 여인이 나무 뒤에 숨어 자신을 향해 맹렬한 질투의 불꽃을 태우고 있다는 사실을 눈치 채지 못했다. 그리고 그것이 장차 끄고 싶었던 신경에 자꾸 불이 들어오게 할 것이라는 것도.

그녀는 바로 장강수로채 채주 흑룡번신 해응신의 딸, 해어화였다. 장홍에게 비도를 두 번씩이나 던진 바로 그 장본인이기도 했다.

"진짜 왜 온 거지?"

홀연히 나타났다 홀연히 사라진 현장을 보며 남궁상이 한숨을 쉬었다. 어지럽게 흩날렸던 꽃잎들은 지금 여러 사람의 발에 짓이겨지면서 점점 볼썽사나운 모습이 되어가고 있었다.

"청소나 해놓고 갔으면 좋으련만!"

이래서야 쓰레기 투척이랑 다를 바가 없었다.

"아무래도 그것 때문인 것 같은데요?"

"음?"

옆에서 들려오는 목소리에 고개를 돌리자, 윤준호가 호기심에 찬 얼굴로 다가와 있는 게 보였다. 그의 시선을 따라 자신의 뒤쪽을 돌아보니 어느새 자신의 발 뒤에 두루마리 한 개가 덩그러니 놓여 있는 것이 보였다.

"어느새……."

남궁상은 어안이 벙벙해졌다. 설마 자신의 이목을 속이고 이것을 놓고 갔단 말인가? 아무리 정신이 없었다고는 하지만 무인의 생명인 뒷자리를 접하고 가다니. 있을 수 없는 일이었다.

그러나 이미 벌어진 일이기도 했다. 필시 임시 대장으로 뽑힌 그에게, 실력을 자랑하는 동시에 간담을 서늘하게 해주겠다는 의도가 분명했다.

"적도 꽤 하는군요. 그렇죠, 남궁 공자?"

아직도 어리둥절한 얼굴을 하고 있는 남궁상에게, 어느 결에 다가온 연비가 의미심장한 미소를 지으며 말을 건넸다.

그 화사한 웃음을 마주하는 순간, 어째서인지 남궁상의 심장이 덜컥 내려앉았다.

'뭐, 뭐지? 이 서늘함은?'

설명할 수 없는 본능적인 불길함이 뜨겁던 심장 위를 스멀스멀 차갑게 기어갔다.

돌아갈 수 없는 길
― 함정을 위하여

　마천각의 각 기숙사에는 수뇌부들이 효율적으로 회의를 할 수 있도록 마련된 회의실이 있다. 천무학관 관도들에게 배정된 열세 번째 기숙사에도 필요한 시설은 모두 완비되어 있었다.
　그 회의실에 지금 세 사람이 모여 있었다. 남궁상, 용천명, 마하령이 바로 그들이었다.
　"어떻게 하면 좋겠나, 대장?"
　용천명이 남궁상을 향해 물었다.
　"아니, 그 호칭은 좀……. 아직 임시고……."
　영 떨떠름한 호칭에 남궁상이 머리를 긁적이며 불편해했다.
　"아무리 임시라도 현재 자넨 엄연히 우리의 대장이네. 그러니 대장답게 처신해야 될 필요가 있는 걸세. 대장이 권위가 없으면 남들에게 무시당하게 되지. 자네가 무시당하는 것도 큰일이지만, 우리 전체가 무시당한다면 그야말로 더 큰 문제가 아니겠나?"

"저도 용 공자의 말에 찬성이에요."

그때의 비무 이후로 용천명의 의견에 적극 찬성하는 일이 부쩍 늘어난 마하령이었다.

"에휴, 어쩌 대장 자리가 바뀐 것 같군요. 두 사람이 그렇게 말한다면 그렇게 해야겠죠."

반쯤은 체념한 말투였다.

"원래 부대장의 역할이란 그런 걸세."

"부대장의 역할도 대장의 부족함을 메우는 것 아니겠어요? 크게 신경 쓰지 말아요."

"아니, 무척 신경 쓰입니다만……."

천무학관에서는 사사건건 이견이 틀어져 티격태격하던 사람들이 하루 아침에 언제 그랬냐는 듯 죽이 척척 맞으니 그 사이에 끼어서 죽어나는 쪽은 오히려 남궁상이었다.

"그리고 보니 우리 말고 다른 임시 수뇌부도 좀 더 뽑아야 하지 않을까요? 갈수록 일손이 많이 필요해질 테니까요."

마하령의 제안에 이번에는 용천명이 고개를 끄덕였다.

"동감이오. 부대장이 두 명이니 수행관은 그렇다 쳐도, 참모나 정보관은 대장이 임명하는 것 같으니 속히 결정하는 것도 괜찮겠지. 어떻소, 대장?"

갈수록 늘어가는 책무에 남궁상은 머리가 지끈거렸다. 하지만 안타깝게도 두 사람의 의견은 틀린 말이 아니었다. 필요한 인원을 속히 선발하지 않으면 그만큼 업무 부담이 세 사람에게 쏠릴 것은 자명했다.

"그렇긴 하군요."

역시나 동의를 표한 뒤에도 두 사람의 똘망똘망한 시선은 여전히 남궁상의 입을 주시하고 있었다. 어서 냉큼 후보 명단을 읊어보라는 무언의 압력이었다.

'참모라…….'

남궁상의 머릿속에 몇 사람이 떠올랐다. 용천명, 백무영, 효룡, 연비……. 용천명은 눈앞에 부대장으로 있으니 당연히 제외 대상이었고, 효룡은 마천각의 사정을 잘 알고 있긴 해도 참모로 삼기에는 여러모로 적합지 못했다.

연비는 이상하게도 아무런 근거도 없이 그저 뇌리를 스쳐 간 얼굴이기에 즉각 기각이었다. 그렇다면 남는 사람은 하나.

"지룡(智龍)은 어떨까요?"

"으음, 무영이라… 나무랄 데 없는 인선일세."

남궁상의 말을 듣자마자 용천명이 곧바로 동의를 표했다. 마하령도 별로 이견은 없는 듯했다.

"그렇게 하죠. 그럼 정보관은요?"

이미 예상한 질문이기도 했지만, 남궁상은 순간적으로 떠오른 명답에 별다른 고민을 할 필요가 없었다. '정보관'이라는 말을 듣자마자 그의 머릿속에 떠오른 후보는 단 한 명뿐.

그자는 이런 일을 위해 태어났다고 해도 과언이 아닐 정도로 적합한 존재였다.

"비연태 선배로 정하겠습니다."

"으으음……."

마하령이 탐탁지 않은 얼굴로 살짝 인상을 찌푸렸다.

"참신한 발상이군. 분명 그 선배라면 훌륭히 소화할 수 있겠어. 누가 뭐래도 가장 어려운 정보에 손대던 사람 아닌가."

용천명은 쓴웃음을 지으면서도 고개를 끄덕였다. 엄연한 찬성의 표시였다.

"애소저회 회원들이 좋아라하겠군요. 쓸데없는 부가 정보 수집은 좀 자제해야 할 텐데 말이에요."

가시 돋친 말이었지만, 정보 수집 능력은 인정하겠다는 뜻이 담겨져 있었다. 용천명은 부드럽게 얘기를 정리했다.

"그럼 인선은 그렇게 정하고, 오늘은 일단 우리끼리 상의하세."

"그러지요. 두 사람에게는 제가 오늘 중으로 통보하겠습니다."

이로써 참모로는 백무영, 정보관으로는 비연태가 수뇌부에 합류하는 것으로 결정되었다.

"그건 그렇고, 이번에 받은 서찰 말인데……."

"나도 한번 보여줘요."

마하령은 아직 그 서찰을 보기 전이었다. 남궁상은 얼른 자신이 얼결에 받은 서찰을 마하령에게 넘겨주었다.

"천무학관 사절단 대환영회?"

말꼬리가 자연스레 올라갔다.

"상당히 수상한 제목이군요."

"동감입니다. 그들이 진짜 우릴 환영할 리도 없고 말이죠."

정말 수상하기 짝이 없었다.

"잘 봐줘야 눈엣가시겠죠. 하지만 벌써부터 시비를 걸어오다니, 역시 흑도. 생각보다 행동이 빠르군요."

"그러게 말이오. 마치 벼르고 있었다는 듯 행동하는구려."

용천명이 맞장구를 쳤다.

"이거야 원, 뺄 수도 없고……."

남궁상의 미간이 살짝 찌푸려진다. 거절하고 싶은 마음은 굴뚝같은데 입장상 그러지 못한다는 게 문제였다.

"그랬다간 대번에 겁쟁이 취급 당하겠죠."

맞는 말이었다.
"이러지도 못하고 저러지도 못하고… 계륵이오, 계륵."
"그러게요. 진퇴양난입니다그려."
남궁상이 한숨을 내쉬었다.
"대장은 자네이니 자네가 결정하게. 우린 그대로 따르겠네."
언뜻 듣기에는 신뢰의 표현 같았지만 남궁상은 하나도 기쁘지 않았다. 문제를 자신에게 떠넘겼다는 생각밖엔 안 들었던 것이다.
"어쩔 수 없군요. 함정이라 해도 걸어 들어갈 수밖에요. 겁쟁이 취급 받을 수야 없지 않겠습니까?"
각오를 정하며 남궁상이 말했다.
"동감일세."
어차피 이럴 땐 뒤로 물러나는 게 곧 지는 것이었다.
"함정이 기다리고 있다면 미리 대비하면 되지 않겠어요? 나도 찬성이에요. 저들에게 천무학관이 녹록하지 않다는 걸 보여줄 필요가 있겠어요."
투지를 불태우며 마하령이 말했다.
"그럼 그렇게 결정났군요."
남은 것은 대체 어떤 식으로 대비를 할 것인가 하는 문제였다.

　　　　　　*　　　*　　　*

"짐은 다 실었나?"
수레에 벌렁 누운 채 하늘을 바라보고 있던 노인이 물었다.
"예, 어르신. 다 실었습니다."
중앙표국 국주 장우양이 공손하게 읍하며 대답했다. 그의 뒤로 새하얀 백호의 깃발이 무수히 펄럭이고 있었다.

짐의 정체는 앞서서 마천각으로 향한 천무학관 관도들이 일 년간 지니고 있을 소중한 물품들이었다. 그러나 노인이 그런 물품들의 행방이나 표행 자체에 별 관심이 없다는 것쯤은 장우양도 잘 알고 있었다. 그저 출발할 시간이 다 됐는지를 확인하고 싶었으리라.

"언제든지 출발할 수 있습니다."

노인은 알았다는 표시로 고개를 한 번 끄덕였다. 장우양은 다시 한 번 읍하며 공손히 물러났다.

그는 이제부터 이 표행을 지휘해야 했다. 그가 단상에 올라가자 자신의 믿음직스런 부하들이 자세를 바로 했다. 늠름한 백호의 문장과 연꽃과 검의 문장을, 한 가슴에 동시에 단 표사들이 그를 우러러보고 있었다.

이번 일을 또 한 건 완수함으로써 중양표국의 명성은 더욱더 높아질 터였다. 왜냐하면 이 일은 지금껏 언제나 빠짐없이 중원표국의 일이었으니까.

이전엔 꿈에서도 보지 못했던 세계가 지금 그의 앞에 길을 쭈욱 뻗고 있었다. 이미 발은 들여놓은 이후였다. 앞으로는 전진만이 있을 뿐, 이제 돌아갈 길은 어디에도 없었다. 물론 돌아갈 생각도 없었다.

"모두 준비되었나?"

우렁찬 목소리로 장우양이 물었다.

"예, 준비됐습니다!"

우렁찬 대답이 돌아왔다.

"우리가 이 일을 완수하면 중원표국 놈들은 눈물깨나 짜게 될 것이다. 그것이 보고 싶나?"

"예, 보고 싶습니다!"

"그 모습을 보며 통쾌히 웃고 싶나?"

"예, 그렇습니다!"

사기는 하늘을 찌르다 못해 하늘의 진노를 사는 게 아닐까 걱정될 만큼 충천해 있었다.

"난 자네들을 믿는다. 자네들은 나를 믿는가?"

"믿습니다!"

일제히 대답이 터져 나왔다.

장우양은 검을 높이 치켜들었다.

"자, 그럼 동정호로 출발!"

〈『비뢰도』 제22권에서 계속〉

비류연과 그 일당들의 좌담회

(어디선가 커다란 웃음소리가 들린다.)
으하하하하하!
으하하하하하하하!
으하하하하하하하하하!

효룡: 뭐, 뭔가? 그 웃음소리는!

비류연: 역시 주인공은 우주불멸의 존재라 그 말이지. 그에 대한 자축의 웃음이라고나 할까. 전체는 하나, 하나는 전체! 내가 곧 우주라는 이야기지. 음하하하하하!

효룡: 자네, 괜찮나? 약 줄까?

비류연: 어허! 하지만 이걸로 이번 권에서 주인공이 된통 당할 거라던 예고는 헛소문임이 밝혀진 것이지.

효룡: 응? 자네 근데 이번 권에 나오긴 나왔나?

비류연: 당연하지. 주인공 빼고 이야기가 진행될 리가 없잖아?

효룡: 난 못 봤는데?

장홍: 나도.

모용휘: 저도요.

비류연: 허어, 잘 찾아보면 있어. 두 눈 부릅뜨고 찾아보면 말이야. 너도 이제 유연한 사고방식을 가질 때가 됐잖아? 인간들이란… 고정관념 때문에 바로 코앞에 있는 것도 제대로 못 보다니. 쯧쯧쯧.

효룡: 그 딱하다는 듯한 헛소리는 그만 내뒀으면 좋겠군. 듣고 있자니 왠지 불쾌하네.

장홍: 맞네. 게다가 자네도 어차피 인간이잖아?

비류연: 아냐! 달라!

장홍: 뭐가 다르단 건가? 그럼 대체 뭔가?

비류연: 난 단순히 인간이 아냐! 난 주인공이야!

효룡 & 장홍 & 모용휘: …….

장홍: 어지간히 강판당할까 봐 노심초사했나 보군. 그렇게 주인공에 집착하는 걸 보니.

효룡: 요즘은 인간 아닌 게 주인공이 되는 게 대세라서 그런 모양입니다. 자신이 인간인 게 탄로나면 주인공 자리에서 떨어날까 두려운 거죠.

장홍: 하지만 인간 아닌 게 주인공인 건 저쪽 서역 너머의 이야기 아니었나? 거의 이계(異界)나 다름없는 곳이지. 그리고 이미 그 유행은 한물 간 걸로 알고 있는데? 요즘은 '인간 아닌 것들'은 준주연 정도일걸?

쿵!

모용휘: (충격 받은 표정을 지으며) 그, 그럼 전 인간이 아니었던 겁니까?

장홍: (의아함을 감추지 못하며) 아니, 자넨 또 왜?

모용휘: 전 준주연이잖아요!!!

장홍: (효룡에게 소곤소곤!) 마음에 두고 있었군.

효룡: (소곤소곤!) 그러게요. 꽤 집착하는데요?

비류연: 가끔 그쪽 애들이 우리 쪽 애들을 납치해 가는 일도 있는 것 같더군. 그리고 거기랑 여긴 거리가 상당하니까 여기선 이제야 뒤처진 유행이 득세할 가능성도 있지.

장홍: 어차피 유행이란 건 세상처럼 항상 변하니, 다음번에 '어떤 게' 주인공으로 각광 받을지는 알 수 없는 것 아닌가?

효룡: 그러게요. 다음번은 뭘까요? 저도 '그게' 될 수 있을까요?

장홍: 자넨 이미 인간이니까 때가 늦었지. 그냥 밤에 길을 가다가 '그쪽'으로 납치당하는 걸 바라는 게 더 빠를 것 같군.

효룡: 그런가요. 그것참 안타깝네요……

장홍: 뭐, 죽었다 환생할 때 용가리 같은 걸로 태어날 수도 있는 거니까 끝까지 희망을 버리진 말게.

비류연: 그거야말로 유행 지난 것 아닌가?

장홍: 어허! 유행이란 돌고 도는 거야. 언제가 다시 돌아오게 되어 있어.

비류연: 글쎄? 남들 다 늙으면 그때 돌아올 수도 있지.

효룡: (더욱 침울해진다) 그럼 그렇게까지 해서 주인공이 되는 의미가 없잖아요! 인기없는 주인공이라니, 생각만 해도 눈물이……

장홍: 아직 포기하지 말게. 용가리 말고도 아직 다른 것들이 많이 남아 있으니깐.

비류연: 맞아맞아! 꼭 식상하게 용일 필욘 없지. 그 서유기에 나오는 저팔계도 있잖아? 천상의 장군이었지만 여자 밝히다가 축생도에 떨어져 돼지로 환생한 후 나중에 맹활약했잖아!

효룡: 돼지…….

모용휘: 게다가 저팔겐 주인공이 아니었는데?

(모용휘가 조용히 지적했다.)

비류연: 탁!(손바닥을 탁 치며) 아, 맞다! 갠 준주연이었지!

모용휘: (벼락 맞은 사람처럼 몸을 부르르 떨며) 주, 준주연······.

(두 사람 모두 좌절하는 것을 본 비류연의 입가에 회심의 미소가 맺힌다.)

장홍: 무서븐 놈! 정신 공격을 가해 둘씩이나 쓰러트리다니! 이제 남은 건 나 하나뿐인가?! 고독한 싸움이 될 듯하군.

비류연: 흐흐흐흐!

장홍: 난 이미 산전수전 다 겪은 몸일세. 게다가 정보전과 고문을 참는 건 나의 주특기라 할 수 있지. 그렇게 쉽겐 안 될 걸세!

비류연: (장홍의 뒤를 손가락으로 가리키며) 앗, 형수님!

장홍: (경기를 일으킬 듯 화들짝 놀라며) 뭐! 어, 어디?

(순식간에 고개가 뒤로 홱 돌아간다.)

비류연: 훗! 당황하긴! 하긴, 당연하겠죠. 칠 년씩이나 내버려 뒀으니. 화를 안 내는 게 이상한 것 아닐까요?

장홍: (가슴을 움켜쥐며) 크윽!

비류연: 편지도 한 통 없이 말이야.

장홍: (무릎이 반쯤 접힌다) 크으으윽!

비류연: 죽었는지 살았는지 기별 하나 넣어주지 않다니, 정말 너무한 남편이지 뭐야. 이유야 어쨌든 아내를 헌신짝처럼 내팽개치다니. 쯧쯧, 형수님도 불쌍하지, 불쌍하고말고. 그러려면 차라리 결혼을 하지 말던가. 결혼이 장난도 아니고 말이야!

장홍: (마침내 무릎이 땅바닥을 찧는다) 크으으으으으윽!

비류연: 여자의 꽃다운 칠 년을 거저먹으려 들다니, 도둑놈 심보가 따로 없어요. 그리곤 이제 와서 뻔뻔스럽게 얼굴을 들이밀다니. 정말 얼굴에 철판을 깔았네요, 깔았어! 뭐, 하긴 그동안 무서워서 감히 올 생각도 못했··· 어

라? 장 형, 지금 뭐 해?

장홍 : (이미 재기불능의 상태에 빠져 버린 후였다) 보글보글보글!

비류연 : (아무도 없는 주위를 휭 둘러본다. 발밑에는 눈길도 주지 않는다) 음, 이제 남은 사람 없나?

(그의 발치에서 여전히 좌절 중인 세 사람은 가뿐히 무시당했다.)

비류연 : 훗후후후, 이걸로 경쟁자는 모두 제거한 것 같군. 역시 주인공은 한 사람만 있으면 충분해. 그럼 오랜만에 단독으로 마무리를 지어볼까! 요즘 계속 공동으로 마무릴 했더니 색시같이 얌전한 얼굴을 하고선 중간에 채가는 녀석까지 나오니, 이쯤에서 한 번 누가 주인공인지 각인시켜 줄 필요가 있겠지.

(옷 맵시를 가다듬은 후)

비류연 : 자, 그럼 여러분! 다음 권에서도 단독 주인공 체제로 이야기가 전개될 비뢰도 대망의 22권, 즐거운 마음으로 기대해 주세요.

그럼 다음 권에서 다시 재회의 기쁨을!

학생이라면 반드시 읽어야 할—그러나 거의 아무도 읽지 않는—천무학관 지정 필독 추천 도서 108종

■ 五十五. 무현금에 대한 고찰

무현탄주나 무현금탄주, 혹은 묵금탄주란 쉽게 말해 줄이 달리지 않은 금을 연주하는 행위를 가리킨다. 이런 무모한 일련의 행위가 언제, 누구로부터 시작되었는지는 아직 알려져 있지 않다. 고산유수의 고사를 남긴 백거이라는 설, 혹은 맹인탄주자 겸 암살미수자인 고선립이라는 설도 있으나 고증된 바는 없다.

과연 현이 없는 금을 연주하는 것은 가능한가? 혹은 현이 달려 있지만 소리없이 그것을 연주하는 것은 가능한가?

연주라면 일단 소리가 나야 하고, 그 소리가 아름다운 조화를 이루어야 하는 것이 아니냐고 문제를 제기하는 사람들이 많을 줄 안다.

결론부터 말하면, 필자도 모른다.

알 리가 없지 않은가? 들어본 적이 없는데.

적어도 필자가 태어난 이후 지금까지 그것이 성공했다는 이야기는 들은 적이 없다.

다만 필자가 묵금탄주를 거론한 것은, 왜 이런 '무모한' 일이 시도되었는가, 그 원인을 고찰하고자 할 목적이다.

그것을 이해하려면 먼저 장자의 제물론 편에 나오는 한 구절, 바로 '천뢰'라는 말을 살펴보아야 한다. 구색을 갖추자면 천지인을 맞춰야 하겠으니 당연히 지뢰, 인뢰도 있다.

그럼 천뢰, 지뢰, 인뢰란 무엇인가.

지뢰는 자연의 소리이다. 인뢰는 자연의 소리를 흉내 낸 인간의 소리이다. 퉁소나 대금 등의 악기는 자연의 소리를 모방하여 만들어낸 인간의 소리, 즉 인뢰라 할 수 있겠다.

지뢰랑 인뢰는 이해하기 쉽다. 문제는 이 천뢰라는 것이다. 천뢰는 소리가 없는 소리이다.

그게 뭔 소리냐?

감히 추측컨대 소리를 가능하게 하는 그 바탕, 즉 침묵이 아닌가 하는 가설이 유력하다.

노자는 대기만성(大器晩成) 대음희성(大音希聲)을 거론하며 '지극한 음악은 소리없는 소리'라고 설파한 바 있다. 모든 음악을 통하게 하는 위대한 음악은 구체적인 소리를 내지 않는다는 것이다.

이 대음희성의 경지는 천뢰라는 것과 일맥상통하는 면이 있다. 때문에 소리를 내지 않고 천상의 음악을 연주하는 천뢰를 실현하고자, 바로 무현금의 탄주가 시도된다는 것이다.

물론 단순한 시도나 행위 자체로 천뢰의 소리가 가능다고 보기는 힘들다. 소리가 나지 않아도 '지극한 그 무엇'이 들려와야 하기에 무현금은 영원히 천뢰의 씨앗을 싹 틔우지 못하고 있는 것이다.

앞으로도 인류는 과연 천뢰를 울리는 데 성공할 것인가. 그것은 여전히 미지수로 남아 있다.

정체 모를 괴노인에게 추적 부대를 파견한 마진가는 정신적인 피로감을 느끼며 책상 앞에 그대로 앉아서 잠시 휴식을 취했다. 그러나 그의 눈길은 휴식 중에도 책상 위의 한쪽 구석, 정리를 위해 쌓아놓은 폐서류들 맨 위를 향하고 있었다.

천무학관 사절단 십 개 조 편성안이라는 제목이 붙어 있으나, 찻물이 번져서 폐품 신세가 된 서류였다. 괴노인이 나타나기 전 그는 차를 마시며 서류를 검토하던 중이었다. 그러다 갑자기 서두르게 되는 바람에 찻잔을 건드렸던 것이다. 동일한 필사본이 따로 잘 보관되고 있었으니 천만다행이었다.

그는 무심결에 손을 뻗어 얼룩진 서류를 집어 들었다. 사절단 일행의 이름 곳곳에 찻물이 번져서 뭉개져 있는 것이 왠지 그의 마음을 심히 불편하게 했다.

〈천무학관 사절단 십 개 조 편성안〉

작성자: 유은성, 진소령

第一. 편성 원칙

一. 필히 건전한 학내 풍토를 위하여 연인지간(戀人之間)은 절단한다.
二. 신입 관도 네 명은 지도 편달을 위해 필히 해당 시험관과 같은 조에 배정한다.
三. 가능하면 구룡칠봉(九龍七鳳)을 위시한 인재들은 각 조별로 적절히 분산 배치한다.
四. 안전한 학풍을 유지하기 위해 여(女)관도들은 가능하면 한 조로 배정한다.

第二. 십 개 조 편성 명단

제1조 용천명, 유엽성, 맹연호, 팽조영,
제2조 마하령, 나예린, 유란,
제3조 모용휘, 공손절휘, 장홍, 효룡, 단대풍, 전옥기
제4조 남궁상, 연비, 도광서, 금영호, 하윤명, 제갈유
제5조 진령, 화설옥, 황보옥연, 청문, 이자룡, 팽혁성
제6조 청흔, 백무영, 변태남,
제7조 하세인, 윤준호, 유운비, 비연태, 당철기, 천소해
제8조 천야진, 단목우, 당철표, 당문천,
제9조 현운, 당삼, 노학, 일공, 임성진, 추일태
제10조 남궁산산, 관설지, 당문혜, 이진설, 단목수수, 강유란

혁월린→크라드님

검무 예린—괴도B님

나예린─블루하늘님

연비—치미도로님

다세포 소녀 원작 만화 출간!!

2006 부천 국제만화상 일반부문 수상!!

전국 서점가 최고의 화제작!
OCN 슈퍼액션 드라마 시리즈 방영!

왜? 사람들은 다세포 소녀에 주목하는가!
상식을 뒤엎는 기발하고 엉뚱한 상상력!

『다세포 소녀』의 숨겨진 힘!!

다세포 소녀 원작만화 (전 5권 예정)
B급 달궁 글·그림 | 값 9,000원 / 부록 예이츠 시집

몇 페이지만 읽어도 좌중을 휘어잡을 이야깃거리가 넘쳐난다!
둔감해진 머리에 영감을 주는 아이디어가 마구마구 솟구친다!
원작을 더욱더 빛내주는 기발한 댓글 퍼레이드!
300만 다세포 폐인을 열광시킨 상식을 뒤엎는 엉뚱한 상상력!

또 하나의 이야기! 또 하나의 재미!
소설 『다세포 소녀』

초우 장편소설 | 값 9,000원 | 원작자 B급 달궁

"그건 모르겠고, 나는 외눈의 사랑이야. 사랑을 줄 수는 있어도 마주 할 수 없는 사랑이지. 두 눈을 가진 사람은 주고받을 수 있지만, 나는 주는 것만 할 수 있어. 나는 주는 사랑으로 족해. 외사랑이지."
-외눈박이

초등학생이 반드시 읽어야 할 좋은 책 49권

각 학년별로 초등학생이 반드시 읽어야할 좋은 책을 선정하여 통합논술의 기본이 되는 '올바른 독서법'을 일깨워 줍니다.

교과서와 함께하는 초등학교 통합논술

초등1학년 | 값 12,000원 / 초등2학년 | 값 9,500원 / 초등3학년 | 값 11,000원 / 초등4학년 | 값 9,500원 / 초등5학년 | 값 9,500원 / 초등6학년 | 값 11,000원

♣ 혼자 할 수 있어요.
엄마가 책 읽는 방법을 가르쳐 주어도 좋아요.
독서지도하는 선생님이 가르쳐 주어도 좋답니다.
"초등 교과서와 함께하는 **통합논술 시리즈**"는
아이 스스로 독서할 수 있도록 꾸며진 책이에요.
엄마와 선생님은 요령만 가르쳐 주시면 된답니다.

♣ 교과서의 중요한 내용이 총정리되어 있어요.
각 학년별로 중요한 교과 내용이 함께 수록되어 있어요.
초등학생은 교과서 내용을 충실하게 공부해야 합니다.
아울러 그와 병행한 독서가 대단히 중요하지요.
"초등 교과서와 함께하는 **통합논술 시리즈**"는
두 가지 방법 모두 알려준답니다.

♣ 이 책은 훌륭하신 선생님들이 함께 쓰신 책이랍니다.
동화작가 선생님들이 쓰셨어요. 소설가 선생님도 쓰셨답니다.
국어 논술독서지도 선생님들도 함께 쓰셨지요.
"초등 교과서와 함께하는 **통합논술 시리즈**"는
엄마의 마음으로 모든 선생님들이 함께 꾸민 책이랍니다.

입소문을 통해 아는 분은 다 알고 계십니다!
올 한해 공인중개사 최고의 화제작!

1~2권 합본 | 이용훈 지음
3~4권 합본 | 이용훈 지음
5~6권 합본 | 이용훈 지음
용 어 해 설 | 이용훈 지음
1~2차 문제풀이집 | 이용훈 지음

수험생 기본 필독서
만화 공인중개사

제목 : 만화공인중개사 쓰신 분에게 감사드립니다.

학원을 두달 다녔어요. 근데 과연 그 숫자 외우기 그런게 몇 문제나 나올까 생각을 했어요. 아니라는 생각이 드네요. 학원강의를 뒤로 하고 서점을 갔어요. 내 머리에 가장 이해될수 있는 책이 없나 하구요. 거기서 만화를 발견했어요. 무조건 세번 봤어요. 3개월 걸렸어요. 문제집을 보라고 했는데 그건 시행을 못했어요. 근데 합격을 했네요.

어떻게 감사의 말을 해야 될지…

도서관에서 만화책 들고 다니니까 사람들이 비웃더라구요. 만화책으로 공인중개사를 공부한다고 미친사람처럼 보더라구요. 근데 그거 다 감수하고 했던 내가 자랑스럽습니다.

어떻게 감사의 말을 해야 할지 정말 감사합니다.

부디 행복하세요. 제 나이 41살에 좋은 스승을 만난 거 같습니다.

엎드려 감사드립니다.

-본사 홈페이지에 독자분이 올린 메일 中 에서 발췌-

잘나가고 싶은 사람은 읽어라!

그에게 한눈에 반했다! 그것은 분위기 탓?
애인과 나란히 걸어갈 때 당신은 좌, 우 어느 쪽에 서는가?
이성은 왜 서로 끌리는 걸까? 그 심층 심리를 해명한다!

30초의 심리학

■ **30초의 심리학**
아사노 하치로우 지음 / 계일 옮김 | 값 8,500원

처음 본 사람인데 와 닿는 느낌이
너무나도 강렬한 사람이 있다.
흔히 하는 말로 '필이 꽂힌 사람',
그래서 잊혀지지 않는 사람,
한눈에 반했다고 하는 것이 바로 그것이다.
이런 인간의 감정을 논하는 데
남녀의 구분이 있을 수 없다.
사랑하는 그, 혹은 그녀를
생각하는 것만으로도 가슴이 두근거린다.
이상할 것 없다. 당연히 그럴 수 있는 것이다.
그렇기에 인간을 감정의 동물이라 하지 않는가.
그러나 그렇게 좋아하는 그 사람이
어느 날 갑자기 싫어지는 경우는 왜일까?